NICOLA CORNICK
Confesiones de una duquesa

Editado por HARLEQUIN IBÉRICA, S.A.
Núñez de Balboa, 56
28001 Madrid

© 2009 Nicola Cornick
© 2014 Harlequin Ibérica, S.A.
Confesiones de una duquesa, n.º 3 - 16.9.14
Título original: The Confessions of a Duchess
Publicada originalmente por HQN™ Books
Este título fue publicado originalmente en español en 2010

Todos los derechos están reservados incluidos los de reproducción, total o parcial. Esta edición ha sido publicada con autorización de Harlequin Books S.A.
Esta es una obra de ficción. Nombres, caracteres, lugares, y situaciones son producto de la imaginación del autor o son utilizados ficticiamente, y cualquier parecido con personas, vivas o muertas, establecimientos de negocios (comerciales), hechos o situaciones son pura coincidencia.
® Harlequin, HQN y logotipo Harlequin son marcas registradas por Harlequin Enterprises Limited.
® y ™ son marcas registradas por Harlequin Enterprises Limited y sus filiales, utilizadas con licencia. Las marcas que lleven ® están registradas en la Oficina Española de Patentes y Marcas y en otros países.
Imagen de mujer utilizada con permiso de Harlequin Enterprises Limited. Todos los derechos están reservados. Imagen de franja utilizada con permiso de Dreamstime.com

I.S.B.N.: 978-84-687-4518-3
Depósito legal: M-20645-2014

Para todos los autores maravillosos que he conocido a través de la Asociación de Escritores Románticos del Reino Unido y de Escritores de Novela Romántica de América.

Prólogo

Ve, toma tu caña, y con el sedal de un experto, rastrea la corriente con sutilidad.

Y, si fracasas en las profundidades quietas, tranquilas, quizá en los remolinos agitados el premio sea tuyo.

Thomas Doubleday

Brook's Club, Londres, julio de 1809

—¡Me ha rechazado!

Sir Montague Fortune entró rápidamente en la biblioteca de Brook's Club, tiró los contadores de la mesa de juego con el borde de la manga de la chaqueta y, sin disculparse, se dejó caer con indignación en una silla, junto al conde de Waterhouse. Se pasó una mano temblorosa por el pelo y le hizo un gesto impaciente a uno de los criados del club para pedirle un brandy.

NICOLA CORNICK

–¡Descarada y desagradecida! –murmuró–. ¡Que yo, una de las fortunas de Fortune's Folly quiera unirme a las clases inferiores y sea rechazado! –se tragó la mitad del licor de golpe y miró al grupo que lo rodeaba con furia–. ¿Sabéis lo que me dijo que soy? ¡Un señorito beodo de pueblo con los ojos vidriosos! –tomó la botella de brandy, que el sirviente había dejado en una mesita que había a su lado, rellenó la copa y frunció ligeramente el ceño –. ¿Alguien sabe lo que significa beodo?

–Pues no –respondió Nathaniel Waterhouse–. Dex fue el que estuvo en Oxford mientras los demás hacíamos locuras. ¿Dex?

Dex Anstruther apartó sus astutos ojos azules de *El Times* y miró brevemente al señorito de Fortune's Folly, después a la botella, y después al señorito otra vez.

–Significa que bebes demasiado, Monty –respondió.

Después observó a Miles, lord Vickery, el cuarto miembro del grupo, que estaba sonriendo burlonamente ante la indignación de Montague Fortune.

–¿Me he perdido algo? –preguntó Miles–. ¿Quién es esa dama que con tan buen criterio ha rechazado la oferta de matrimonio de Monty?

–Has estado tanto tiempo en la Península que no te has enterado del rumor, viejo amigo –le dijo Waterhouse–. Monty ha estado intentando conquistar a la señorita Alice Lister. La señorita en cuestión es, al parecer, una antigua doncella que se ha convertido en la heredera más rica de todo Fortune's Folly. Él le ofreció su mano y su corazón a cambio de su dinero, pero la muchacha es sensata y lo ha rechazado –dijo, y se volvió hacia Monty Fortune–. No habrás venido hasta Londres solo para darnos la mala noticia, ¿verdad, Monty?

–No –resopló Montague–. He venido para tener una reunión con mis abogados, y estudiar los documentos de Fortune's Folly.

–Muy loable –murmuró Dexter–. Exactamente lo que uno debería esperar de un terrateniente responsable.

Monty lo miró con cara de pocos amigos.

–No es por el bien de mis arrendatarios –protestó–. ¡Es para poder hacerme con el dinero que me pertenece!

–¿Con el dinero de quién? –preguntó Dexter.

–¡Con el dinero de todo el mundo! –ladró sir Montague–. No es justo que la mitad de la población de Fortune's Folly sea más rica que su señor.

Los demás intercambiaron miradas de diversión. Los Fortune eran una familia aristocrática antigua, perfectamente respetable, pero con un concepto demasiado alto de sí mismos. Y la obsesión por el dinero de sir Montague era considerada de muy mal tono.

–¿Y cuáles son tus planes, Monty? –le preguntó Miles.

–Voy a ejercer mis derechos de amo y señor –dijo sir Montague con petulancia–. Hay una ley medieval, llamada El Tributo de las Damas, que nunca se derogó. Permite al señor del feudo cobrar un diezmo a cada mujer no casada del pueblo.

Miles silbó de asombro.

–¿Y de cuánto es el diezmo?

NICOLA CORNICK

–¡Puedo quedarme con la mitad de su fortuna! –anunció triunfalmente Monty.

Se hizo un silencio de asombro en todo el grupo. Finalmente, Dexter salió de su estupor.

–Pero, ¿cómo es posible? ¿Por qué?

–Ya te lo he dicho –respondió sir Montague–. Por una ley medieval. Como las tierras de Fortune's Folly pertenecían a la iglesia, fueron eximidas cuando las leyes seculares se revocaron en el siglo diecisiete. Yo descubrí, por casualidad, que todos los tributos y los impuestos son aplicables todavía. En los siglos recientes no se habían recaudado solo por la buena voluntad del señor.

–Y tú no tienes buena voluntad –dijo irónicamente Nat.

–Ahora que la señorita Lister me ha rechazado, no. Si me hubiera aceptado, yo sería el más generoso de los amos.

–Y uno de los más ricos –murmuró Dexter.

–Todas las mujeres... la mitad de su fortuna –murmuraba Nat Waterhouse mientras bebía un poco de brandy–. Eso significa... –su talento para las matemáticas, que nunca había sido muy grande, le falló–. ¡Eso es muchísimo dinero, Monty! –protestó.

–Lo sé –respondió sir Montague con una sonrisa de satisfacción–. Todavía no lo he comprobado, pero se dice que la fortuna de la señorita Lister es de unas ochenta mil libras, y que la señora Everton se embolsó unas cincuenta mil libras por los términos del testamento de su marido...

Miles le lanzó una mirada aguda.

–¿También puedes aplicarles el tributo a las viudas, además de a las solteras?

—A todas las mujeres que no estén casadas –afirmó sir Montague.

—Pero... una prima mía vive en Fortune's Folly –dijo Miles–. ¡No puedes desplumarla, Monty! ¡No es aceptable socialmente! ¡No es aceptable en absoluto!

Dexter intervino:

—Entonces, si las damas de Fortune's Folly deciden casarse, ¿estarán exentas de pagar el tributo?

Sir Montague asintió.

—Eso es, Dexter. Lo has entendido a la primera. Ya entiendo por qué te dio un empleo el gobierno.

Dexter frunció los labios.

—Gracias, Monty. Me alegra saber que mis poderes de deducción son tan agudos como pensaba. Así pues... Tú anuncias la aplicación de El Tributo de las Damas y las señoras de Fortune's Folly tendrán que decidir si prefieren entregarte la mitad de su fortuna a ti o prefieren entregársela completa a sus maridos por el contrato matrimonial.

Nat se estremeció.

—Se van a poner furiosas, Monty. Espero que estés preparado.

Sir Montague se encogió de hombros.

—No pueden hacer nada por evitarlo. La ley está de mi parte. Os digo que el plan es perfecto.

Los demás se miraron.

—Monty, viejo amigo –le dijo Miles suavemente–. Por mucho que desapruebe tu avaricia, creo que acabas de convertir Fortune's Folly en una feria matrimonial, en un refugio para todos los que estamos...

—Sin peculio –dijo Dexter–. Sin provisión, míseros...

Nicola Cornick

—Sin blanca —dijo Nat—, y buscando una esposa rica.

—Tienes razón —dijo sir Montague con una espléndida sonrisa—. ¡He convertido Fortune's Folly en el mercado del matrimonio más grande de Inglaterra!

Capítulo 1

Fortune's Folly, Yorkshire, septiembre de 1809

Viuda. Era una palabra muy solitaria.

La mayoría de la gente pensaba que las viudas eran figuras cómicas, pero Laura Cole pensaba que las viudas eran las personas más solitarias del mundo.

Aquel día, su soledad la había empujado a ir al río, con un vestido de muselina azul claro y una chaqueta Spencer de color azul marino, un sombrero y una novela en la mano. Había leído en algún lugar que las cosas bellas de la naturaleza calmaban los espíritus inquietos, y por lo tanto, había decidido que sacaría el bote al río y leería rodeada de una paz bucólica, bajo las ramas de los sauces llorones que bordeaban el cauce.

Sin embargo, aquella cura de la naturaleza estaba siendo muy decepcionante. Para empezar, el bote estaba lleno de hojas amarillas, y cuando Laura consiguió quitarlas todas, se había ensuciado los guantes. Se sentó y abrió la novela, pero no podía concentrarse en la lectura porque tenía la cabeza llena de preocupaciones. Además, soplaba un viento muy frío. Laura frunció el ceño por su falta de atención e intentó disfrutar.

A Laura le encantaba el campo. Se había criado en aquel paisaje de Yorkshire, y había vivido en el campo la mayor parte de su vida, aunque había pasado los dos años anteriores en Londres. Pensó que quizá el hecho de regresar al hogar de su infancia mitigaría el sentimiento de vacío que la atenazaba aquellos días, pero no había sido así, y no podía entender por qué.

No estaba sola en el mundo: tenía una maravillosa hija de tres años, Harriet, y pasaba muchísimo tiempo con ella. Fortune's Folly era un pueblo muy concurrido, y había hecho muchas amistades allí. Además, tenía una gran familia de primos en todas las capas de la buena sociedad.

Por otra parte, no echaba de menos a su difunto marido, Charles, porque habían vivido separados durante casi todo su matrimonio. Por supuesto, Laura se había sentido muy impresionada al conocer su muerte.

Toda la sociedad se había quedado estupefacta al saber que un hombre podía ser tan libertino como para haberse matado con tres de sus amantes al perder el control de su coche de caballos y haber provocado un vuelco. Sin embargo, Laura no echaba de menos al duque descarriado. Lo que había sentido a su muerte había sido un gran alivio.

Confesiones de una duquesa

Alivio.
Sentimiento de culpabilidad.
Emoción.

Había sentido una gran emoción, una gran impaciencia, al saber que Hattie y ella eran libres. Después, se había sentido culpable otra vez, y más sola de lo que nunca se hubiera sentido en su vida.

Había ido a Fortune's Folly con la intención de forjar un futuro para su hija y para sí misma. Quería que Hattie creciera en el campo, así que después de pasar el año de luto obligado, había dejado Londres y se había ido a aquel pueblecito de Yorkshire, cercano a Skipton, donde su abuela le había dejado en herencia una casa modesta, el Viejo Palacio. Tenía un nombre grandioso, pero Laura pensaba que debería llamarse el Viejo Castillo, porque era un edificio medieval, con todos sus inconvenientes.

Su hermano y su cuñada se habían empeñado en que fuera a vivir con ellos, pero Laura sabía cómo sería esa situación: la tía viuda acogida por caridad, que debía cumplir constantemente la voluntad de su hermano. Sabía que era mejor la pobreza en soledad que la dependencia, por muy digna que fuera. Además, la situación de Hattie sería más intolerable que la suya si se criaba como una pariente pobre. No tenían por qué aguantarlo. Escatimando, haciendo economías de todo tipo, cultivando un huerto, cuidando árboles frutales y un panal de abejas, fabricando y arreglando, tenía que ser preferible vivir por sí misma, con Hattie y unos pocos sirvientes, a convertirse en la mantenida de su hermano.

Su hija era una fuente constante de alegrías y revelaciones para ella. Las dos juntas se las arregla-

… rían bien, y Laura estaba segura de que, poco a poco, el sentimiento de soledad desaparecería. Solo esperaba que su melancolía no afectara a Hattie. Hattie era una niña muy feliz.

Dejó la novela y desató la amarra del bote. Como no conseguía concentrarse en la lectura, daría una vuelta breve por el río. La actividad física la mantendría ocupada y, al mismo tiempo, podría admirar el paisaje del otoño. Empujó el bote suavemente y se sentó para disfrutar de la suave corriente del río.

Sin embargo, en cuanto el bote se alejó del refugio de la orilla, Laura se dio cuenta de que la corriente llevaba una fuerza inesperada.

El agua discurría con rapidez, y ella se puso nerviosa. Con los dientes apretados, intentó remar para volver a la ribera, pero era torpe y el río era muy poderoso. Uno de los remos se salió del escálamo y se alejó flotando. El bote siguió avanzando de manera errática por el río.

Mientras Laura veía alejarse el remo, pensó con impotencia que la vida se alejaba mucho, a menudo, de lo que uno había planeado. Allí estaba ella, una viuda de treinta y cuatro años con una hija pequeña, sin un penique y con un futuro incierto. Y en aquel momento, sus perspectivas inmediatas no parecían mucho mejores que las perspectivas a largo plazo. De hecho, parecía que iban a ser muy húmedas y desagradables. Tenía que pensar en cómo salir de aquello sin poner en riesgo su vida, por no hablar de su dignidad.

El bote rozó el lecho pedregoso del río y Laura intentó agarrarse a la rama de un árbol, que colgaba por encima de su cabeza. No lo consiguió, y además se rasgó la manga de la chaqueta. Maldición. No podía permitirse el lujo de comprar ropa nueva. Sería la única duquesa de todo el país que llevara ropa remendada.

La gente iba a hacer comentarios sobre su pobreza a sus espaldas. Incluso la pequeña sociedad de Fortune's Folly estaba llena de cotilleos, y casi ninguno era amable.

Laura tomó el remo que le quedaba y lo movió con energía, pero con poca habilidad, y el bote comenzó a girar lentamente, todo lo contrario a su intención. Remó con un poco más de fuerza y el bote giró con más rapidez, y ella comenzó a marearse. Se agarró a una rama, y aunque la corteza le arañó los dedos, consiguió que el bote dejara de girar. Sin embargo, la embarcación dio un fuerte tirón, como si alguien la hubiera empujado desde atrás. La rama se rompió y le golpeó en la parte trasera de la cabeza antes de caer al agua. Laura oyó el ruido de unos palitos rotos, como si alguien estuviera corriendo.

Con el balanceo del bote, Laura sintió náuseas. Soltó el segundo remo y se agarró a los bordes de la embarcación. Solo podía esperar que el bote se detuviera y que la corriente la devolviera a la orilla, porque en aquel momento estaba demasiado desorientada y mareada como para hacer otra cosa.

Sin embargo, el bote no se detuvo. La corriente, cada vez más rápida, lo arrastró al centro del río. Laura sabía que debía saltar, pero ya era demasiado tarde.

Le pareció oír a alguien gritando, pero el sonido se perdió en el rugido del agua y los roces de las piedras contra el casco del bote. La embarcación giró violentamente, y arrojó a Laura por la borda. Ella notó que el río se cerraba sobre su cabeza. El ruido le llenó los oídos, el agua le llenó los pulmones y solo vio la cara sonriente de su hija antes de que todo se volviera oscuridad.

Capítulo 2

Dexter Anstruther estaba pescando.

Aquel día agradable de otoño era perfecto para pescar tímalos en los tramos rocosos del río Tune. A Dexter le gustaba pescar porque era una actividad tranquila, calmante y solitaria, y todo un contraste con los asuntos violentos, inquietantes y desagradables a los que debía enfrentarse en su trabajo para el Ministerio del Interior.

La semana anterior, Dexter había dirigido la captura de un delincuente brutal especializado en robos y extorsiones. También había albergado la esperanza de que lord Liverpool, el ministro del Interior, le concediera el permiso que tanto necesitaba. Sin embargo, Liverpool tenía otros planes.

–Necesito que vayas a Yorkshire y atrapes a un maldito asesino –le dijo lord Liverpool, y mientras lo hacía, partió una pluma que tenía entre los dedos, y tiró las dos mitades a un lado, con irritación–. ¿Recuerdas la muerte de sir William Crosby, Anstruther?

–Sí, milord –respondió Dexter. Sir William Crosby, el magistrado de Yorkshire, se había pegado un tiro accidentalmente mientras cazaba, el mes anterior–. Pensaba que había sido un accidente de caza.

Lord Liverpool negó con la cabeza.

–Asesinato –dijo con una expresión lúgubre–. Lo arreglaron todo para que pareciera un accidente, pero Crosby era zurdo, y el ángulo de la bala demostraba que era imposible que se hubiera pegado el tiro al tropezar y caer. Es una molestia, pero el hecho es que no podemos dejar que esos canallas se salgan con la suya.

–Claro que no, milord –dijo Dexter–. Pero si es un caso claro de asesinato, es competencia de la policía local y no de los Guardianes... –se quedó callado al ver que Liverpool agitaba la cabeza furiosamente y buscaba otra pluma que destrozar.

–No puedo permitir que un policía de pueblo torpe se encargue de esto, Anstruther –le ladró–. Es muy complejo. Puede que esté implicado Warren Sampson. Cuando murió, Crosby estaba investigando algunos negocios turbios en los que andaba metido Sampson. Muy oportuno, ¿no crees?

Dexter frunció los labios. Eso le daba un cariz muy diferente a las cosas. Desde hacía varios años corría el rumor de que Warren Sampson, un hombre de negocios, propietario de varias fábricas e inmensamente rico, promovía el descontento social y las sediciones en el norte de Inglaterra.

Confesiones de una duquesa

Sampson era muy listo, y no había nada que pudiera atribuírsele; trabajaba con intermediarios, y se creía que alentaba los levantamientos en las fábricas para poder robarles el negocio a sus rivales. Además, había cometido varios fraudes contra compañías aseguradoras, y otras lindezas por el estilo. Lord Liverpool estaba furioso porque las autoridades no conseguían atraparlo.

–Se dice que uno de los secuaces de Sampson es miembro de la nobleza local –dijo Liverpool–. Es el hijo aburrido de un señor rural que busca emociones y quizá unos ingresos extra. Puede que él sea el asesino, Anstruther. Ya sé que todo esto es un maldito inconveniente, pero hay que llevar este caso con suma precaución.

Dexter suspiró.

–¿Y tiene idea de dónde se encuentra este delincuente aristocrático, milord?

–Sampson posee tierras alrededor de Peacock Oak y Fortune's Folly –dijo lord Liverpool–, y Crosby vivía cerca. El problema es que todos los delincuentes insignificantes están por esa zona en este momento. Lógico, cuando ese idiota de Monty Fortune ha hecho correr la voz de que ha convertido el pueblo en la feria del matrimonio de Inglaterra. El pueblo está abarrotado de visitantes, y todos los delincuentes de la zona quieren su parte del pastel.

Dexter entendía muy bien el problema. Incluso los cazadores de fortunas pobres habían acudido al pueblo, y siempre tendrían un reloj o una caja de rapé que merecería la pena robar, y los ladrones podrían obtener buenas ganancias de las herederas ricas. Seguramente, ningún delincuente resistiría la tentación, y entre los pequeños cacos podía haber algún canalla más peligroso enviado por Warren Sampson.

–Mientras tú estés allí, también puedes dedicarte a buscar una esposa rica, Anstruther –le dijo lord Liverpool–. No creas que ignoro que la situación financiera de tu familia es precaria. Tu madre no es capaz de hacer economías, tus hermanas necesitan presentarse en sociedad y tus hermanos requieren una educación muy cara. Tienes que casarte con una heredera. Los hombres pobres son más vulnerables al soborno y no puedo tener un agente así trabajando para mí.

–A mí no se me ocurriría sucumbir a un chantaje, por muy desesperada que sea mi situación, milord –dijo Dexter con frialdad.

Apretó los puños para contenerse y no decirle a su superior lo ofendido que se sentía por la sugerencia.

–No te pongas sensible conmigo, muchacho –gruñó Liverpool, al notar el gesto–. Sé que eres de fiar, pero quizá otros de tu familia no lo sean, y donde hay una debilidad... –sacudió la cabeza–. Ve a Fortune's Folly. Si no consigues una novia rica allí, entonces me lavo las manos contigo. Pero procura encontrar a nuestro malhechor primero, antes de rendirte a los encantos de alguna joven dama. Este asunto de la feria matrimonial de Fortune's Folly es la tapadera perfecta para tu presencia en Yorkshire, pero concéntrate en el trabajo primero y en la caza de una fortuna después.

–Sí, milord –dijo Dexter.

–Te doy dos meses –dijo lord Liverpool–. Quiero

que esto esté solucionado para antes de Navidad, Anstruther. Es tiempo suficiente. Si tienes suerte, quizá puedas pescar un poco, también. Si atrapas al asesino, intenta que inculpe a Sampson, también, y si además vuelves casado con una mujer rica, habrás hecho un buen trabajo.

—Sí, milord.

A Dexter se le encogió el corazón. No había modo de razonar con lord Liverpool cuando estaba de aquel humor tan malo. Y a decir verdad, Dexter sabía que el ministro tenía razón: necesitaba una mujer rica desesperadamente, y desde que Monty Fortune había anunciado sus intenciones en Brook's Club aquella noche, él mismo había estado pensando en ir a Yorkshire para encontrarla.

El problema era que Dexter no quería casarse. De ahí que estuviera pescando aquel día, en vez de cortejando a alguna de las damas que se reunían en aquel parque. El hecho de perseguir descaradamente una fortuna ofendía su sentido del honor. Sin embargo, tal y como le había dicho Miles Vickery, el honor era un lujo muy caro y Dexter no podía permitírselo.

El padre de Dexter había muerto cinco años antes, después de jugarse una fortuna que no tenía. El honorable James Anstruther había salido tambaleándose de su club una noche, de camino a un tugurio en el que ahogar sus penas, y había terminado atropellado por un carruaje.

Su hijo mayor se había quedado con una pila de deudas y con seis hermanos que cuidar. Por fortuna, había conseguido evitar la ruina hasta que terminó sus estudios en Oxford, lo cual, al menos, le aseguró que pudiera conseguir un trabajo del gobierno. Sin embargo, no estaba muy bien pagado, y la señora Anstruther y sus hijos tenían gustos caros y extravagantes.

Algunas personas tienen un progenitor irresponsable; Dexter había tenido dos. En aquel sentido, el honorable señor Anstruther y su esposa tenían mucho en común: su afición al juego, sus aventuras y su decadencia general.

Dexter, el hijo mayor y el único de los siete miembros de la «miscelánea Anstruther» de quien podía asumirse con seguridad que era hijo de su padre, había visto a sus padres oscilar entre la crisis financiera y el desastre emocional desde que tenía uso de razón. A los doce años había decidido que su vida sería exactamente lo contrario a la de su padre: racional, controlada y sin emociones peligrosas que nublaran su juicio.

Se casaría responsablemente, con una mujer que pudiera serle fiel, de modo que sus hijos supieran exactamente quiénes eran sus padres. Nunca toleraría que su progenie sufriera el estigma y la ignominia que siempre habían sufrido sus hermanos y él: las sonrisas disimuladas, las miradas, las referencias veladas a las aventuras desastrosas de sus padres y a la ilegitimidad de los hijos.

Aquel modo racional de plantearse la vida lo había mantenido en el buen camino hasta los veintidós años, cuando había sucumbido a un episodio de abandono sexual espectacular, excitante, durante el cual había perdido la virginidad y se había enamorado profundamente. El incidente había sido un desastre, y había fortalecido todas sus creencias sobre la necesidad de una vida calmada y controlada. A causa de su juventud e inexperiencia, había malinterpretado la situación y había pensado que sus sentimientos eran correspondidos. Cuando descubrió que no era cierto, se sintió desilusionado y enfadado, y buscó consuelo en aventuras con cortesanas que apenas podía permitirse, hasta que lord Liverpool lo llamó a filas.

No había más sonidos que el canto de un ave junto a la orilla del río, y los chapuzones de los peces. El día era muy tranquilo. Dexter tiró de nuevo el anzuelo pensando en el matrimonio sosegado y racional que tenía planeado.

—Intenta no meter la pata en este caso, como hiciste en el asunto Glory, Anstruther —le dijo lord Liverpool al despedirse—. Fue un completo desastre.

Dexter se movió con incomodidad en aquel momento, mientras reflexionaba sobre la conversación. El asunto Glory al que se había referido lord Liverpool había sido un caso muy desafortunado. Cuatro años antes, Dexter y su colega Nick Falconer habían fracasado en su intento de atrapar a una bandolera llamada Glory, una heroína popular que era la niña mimada de los valles de Yorkshire.

Glory luchaba por la justicia a su modo inimitable, robando a los ricos para luego dárselo a los pobres, como Robin Hood. Incluso Dexter pensaba en ella como en una heroína, y eso era un rasgo sentimental que lo irritaba profundamente, porque no debería pensar en ella en absoluto.

El carrete del final de la caña se hundió, indicándole que había picado un pez. Dexter comenzó a enrollar el sedal.

NICOLA CORNICK

Oyó el ruido de algo que caía al agua, seguido de un improperio, y después vio pasar un remo flotando que se enredó brevemente en el sedal y le hizo perder la captura. Dexter también soltó un juramento, y después vio otro remo pasando por delante de él. Entonces, vio a Laura, la duquesa viuda de Cole, avanzando con la corriente en un bote.

Dexter se irguió y la miró con curiosidad.

El bote giraba lentamente y se dirigía hacia la balsa de pesca, y Laura estaba sentada muy erguida, agarrada a ambos lados del bote. Parecía que estaba anonadada.

Dexter no creía que supiera nadar; la mayoría de las mujeres no sabía, porque era algo que no se les enseñaba. Y tenía razón al estar asustada; en menos de un minuto, el bote toparía con la presa de piedras, Laura caería a la balsa y podía ahogarse. Cabía la posibilidad de que se golpeara la cabeza al caer, o que la falda del vestido se le enredara en las piernas y la arrastrara al fondo.

Lo cual, sin duda, era lo que merecía, por haberle dado una noche perfecta de amor cuatro años antes y después destrozarle el corazón, demostrando así que no era más que una criatura fría, calculadora, egoísta e hipócrita.

No era porque él estuviera amargado.

No le importaba que Laura Cole se ahogara.

Demonios.

Laura Cole iba a ahogarse en un minuto y él estaba allí, viendo cómo sucedía.

Dexter soltó la caña, se quitó la chaqueta y se tiró rápidamente al agua. En las orillas el lecho del río no era hondo, pero en el medio sí era profundo.

El bote llegó a la parte superior de la presa y se detuvo con un crujido cuando el casco chocó contra las piedras.

—¡Salta! —gritó él.

Laura se volvió hacia él. Su cara era un borrón pálido. Se agarraba con tanta fuerza a los bordes del bote que tenía los nudillos blancos contra la madera oscura. No se movió.

Dexter tenía el agua por el pecho, y la corriente era muy fuerte. Tuvo que hacer un esfuerzo por mantener los pies en el suelo. Alargó el brazo para agarrar el bote, pero en aquel mismo momento, la quilla se deslizó con un crujido por las piedras de la presa, se elevó formando un ángulo muy pronunciado y lanzó a Laura al río, por encima de la presa, hacia la balsa de pesca que se formaba al otro lado, más abajo.

Ella cayó al agua con un gran chapuzón. Dexter farfulló una imprecación y permitió que la corriente lo arrastrara por encima de la presa y lo hiciera caer en la balsa, preguntándose por qué demonios estaba corriendo un riesgo tan grande. Se sintió como si todo el aire de los pulmones se le hubiera salido del cuerpo con la caída. El agua helada le metió el frío hasta los huesos, y su sonido le invadió los oídos. Se impulsó hacia arriba y se sacudió la cabeza para quitarse el agua de los ojos, buscando desesperadamente a Laura.

Entonces la vio.

Estaba luchando como loca contra el peso de la falda de su vestido, que tiraba de ella hacia abajo. Dexter la agarró con fuerza y la pegó contra sí para protegerla de la fuerza de la corriente. Y, pese a lo arriesgado de la situación y del frío, su cuerpo reaccionó al instante al notar los senos de Laura contra su pecho, al recordar otra situación en la que ella también había estado entre sus brazos, desnuda, cálida y seductora.

Fue evidente que Laura también notó su respuesta.

Se apartó los mechones de pelo mojado de la cara y se ruborizó.

–¡Señor Anstruther! ¿Qué está haciendo?

Laura dio exactamente la nota de una duquesa viuda escandalizada, y Dexter se admiró de la facilidad con la que asumió aquel papel. Nadie que la oyera en aquel momento pensaría que había estado haciendo el amor apasionadamente durante una tarde y una noche enteras.

–La estoy salvando de ahogarse, Excelencia –dijo Dexter amablemente–. Sin embargo, si tiene alguna objeción puedo soltarla.

Ilustró sus palabras aflojando el brazo con el que la sujetaba.

Laura soltó un grito ahogado y se aferró a él con todas sus fuerzas, clavándole las uñas en los brazos. Dexter recordó inmediatamente cómo le arañaba la espalda con las uñas mientras se movía, con abandono sensual, debajo de él.

Intentó ignorar aquel pensamiento, borrar aquel recuerdo de su mente, pero fracasó lamentablemente. Su cuerpo se endureció todavía más, y él pensó que iba a estallar, o que la iba a tumbar sobre la orilla para hacerle el amor. Estuvo a punto de soltar un gruñido.

–Señor Anstruther, ¿siempre encuentra tan excitantes estas situaciones? –le preguntó Laura en un tono tan frío que hubiera calmado al más ardiente de los hombres.

–Siempre –dijo él con expresión sombría.

Se inclinó, deslizó un brazo por debajo de sus rodillas y la levantó del suelo. A juzgar por la cara de asombro de Laura, nadie debía de habérselo hecho en la vida.

Quizá no fuera sorprendente, porque era una mujer alta. Él medía más de un metro noventa de estatura, y ella era pocos centímetros más baja. Seguramente, a muchos hombres les resultaría intimidatoria.

Empujado por la corriente, él caminó hacia la orilla y depositó a Laura suavemente sobre la arena. Ella había perdido un zapato, y Dexter se dio cuenta de que su otro pie, cubierto por una media mojada de seda, era grande para una mujer, pero que sin embargo tenía una forma delicada con un empeine curvo. Ojalá el contraste entre la altura de Laura y su aparente fragilidad no le atrajera tanto. Ella no era de su gusto, y no quería sentirse atraído por aquella mujer bajo ningún concepto.

–Gracias por su ayuda –dijo Laura en un tono igualmente frío–. Ya puede marcharse.

Dexter tenía intención de hacerlo, pero aquella despedida le molestó mucho.

Se quedó allí, observando cómo ella intentaba escurrirse el agua de la falda. La muselina calada se le ceñía al cuerpo y marcaba todas sus curvas, las de sus pechos, pequeños, redondos, con puntas hacia arriba, y las deliciosas líneas arqueadas de sus caderas.

Nicola Cornick

De repente, aquel día de otoño le pareció abrasador. Su cerebro dejó de funcionar coherentemente, y ante la poderosa ráfaga de deseo que se apoderó de él, no pudo evitar su enorme erección, que la tela mojada de sus pantalones marcaba con nitidez.

Laura había dejado de escurrirse la falda, se había incorporado y estaba mirándolo con indignación.

–Señor Anstruther, un caballero nunca mira fijamente a una dama de esa manera tan zafia. Y tampoco exhibe una reacción tan extremadamente fuerte... –se interrumpió, haciendo un vago gesto hacia las ingles de Dexter.

Dexter podría haberla corregido. Por mucho que intentara controlar sus deseos, estaba obligado a admitir que ningún hombre con sangre en las venas estaría mirando embobado cuando la protagonista de sus fantasías más abrasadoras estaba ante él. Sin embargo, por la inclinación belicosa de su barbilla, sospechaba que a Laura no iba a gustarle nada aquella corrección.

Había empezado a temblar de frío, y estaba disgustada y enfadada. Aunque él no tenía tiempo para sus falsas muestras de respetabilidad, después de las cosas que sabía de ella, se daba cuenta de que aquel no era el mejor momento para hablar del asunto.

De una zancada, Dexter se acercó a ella y volvió a tomarla en brazos. Ella se quedó absolutamente rígida cuando notó su contacto.

–¿Dónde se aloja? –le preguntó.

–Vivo en el Viejo Palacio –respondió ella–, pero no hay ninguna necesidad de que me lleve de esta manera. Déjeme inmediatamente en el suelo, señor Anstruther. ¡Insisto!

Confesiones de una duquesa

Él le hizo caso omiso y comenzó a caminar decididamente hacia la puerta del parque que conducía al Viejo Palacio.

A Laura estaba empezando a secársele el pelo, y tenía mechones de color castaño claro por la cara. Se lo había cortado desde que Dexter la había visto por primera vez, y los rizos que tenía en la nuca eran muy atractivos. Dexter se estremeció de pies a cabeza.

Ella olía a aire fresco y a rosas; el olor, que estaba en su pelo y también en su piel, le producía deseos de meter la cara en la curva de su cuello y saborearla. Se preguntó si su sabor sería todavía como él recordaba. Y se preguntó si besaría como él recordaba. Se imaginó que no.

En aquellos días se inclinaba a pensar que en medio de aquel enamoramiento juvenil la había imaginado mucho más perfecta de lo que era en realidad, y que la compatibilidad física asombrosa que él creía que existía entre ellos no fue más que producto de su inexperiencia. Un beso solo era un beso. Laura Cole no era nada especial, y no volvería a perder la cabeza por ella.

Sin embargo, daría mucho por comprobarlo...

Como si le hubiera leído el pensamiento, Laura intentó separarse de él, mantener distancia entre sus cuerpos.

—No se alarme —le dijo Dexter—. Está completamente a salvo. Lo único que voy a hacer es llevarla a casa, no asaltarla. Ni siquiera me cae bien.

Laura arqueó las cejas.

—¿De veras? Pues parece que hay partes de usted a las que sí les caigo muy bien, señor Anstruther.

—Cierto. Siempre fue así. Sin embargo, no disciernen tanto como mi cerebro.

Laura soltó una carcajada de desagrado.

—Entonces, ahórrese más inconvenientes y permítame que vuelva a casa caminando. No necesito su ayuda. De hecho, ni siquiera sabía que estaba usted en Fortune's Folly.

—Ni yo tampoco sabía que usted estaba aquí.

—Una lástima. De haberlo sabido, podríamos haber elegido un destino distinto y ahorrarnos el trago desagradable de volver a vernos.

Dexter volvió a ignorar sus comentarios y abrió de una patada la puerta del parque. Después comenzó a caminar campo a través hacia la casa. Lo menos que ella le debía era un poco de azoramiento social. De nuevo, sintió ira y desprecio. Laura lo había echado de su casa a la mañana siguiente de su apasionado encuentro. Él le había pedido que huyera con él, y ella le había dicho que no era más que un joven estúpido. Se había reído de su sugerencia, y había convertido su amor nuevo e ingenuo por ella en algo que parecía de mal gusto. Él tenía sus palabras grabadas en la memoria:

«¿Es que creías que para mí esto era algo más que una aventura breve y agradable? Todavía tienes que aprender mucho. No ha sido más que placer...».

Laura se movió entre sus brazos y suspiró. Dexter estuvo a punto de suspirar también. Su cuerpo seguía pidiendo a gritos una satisfacción, aunque su mente la despreciara tanto. Hacer que Laura se sintiera tan incómoda era una pequeña venganza, aunque tener contacto físico con ella no era una idea muy sensata, pero Dexter pensaba que se lo merecía.

Confesiones de una duquesa

—¿Sabe? No debería salir sola a remar si no sabe nadar —dijo él suavemente.

—Sé nadar —replicó ella con exasperación—. Por desgracia, no poseo un guardarropa muy grande, y preferiría no nadar con un vestido de muselina.

—Muy propio de una mujer —dijo Dexter—. Si se le presenta la disyuntiva de saltar al agua y estropearse el vestido o salvarse de un ahogamiento, prefiere no saltar.

—Se me había olvidado que se ha convertido usted en todo un experto en el tema femenino, señor Anstruther —dijo Laura—. Qué fortuito es que la experiencia que ha adquirido en las casas de citas y en los burdeles le haya proporcionado una visión tan clara de la mente femenina. Ha cambiado.

—Sí —dijo Dexter, con una punzada de rabia en el estómago—. No soy el mismo hombre que usted conoció.

—Es evidente. Cuatro años pueden cambiar mucho a un hombre.

—¿Han pasado cuatro años? —preguntó él, fingiendo indiferencia. No iba a admitir que conocía con toda precisión el tiempo que había pasado, en meses y días, y seguramente en horas, si tenía que ser sincero—. Se me había olvidado.

—Por supuesto. A los hombres siempre se les olvida todo.

Bueno, sin duda ella lo sabía por experiencia. Dexter intentó que no le afectara. Abrió la puerta del jardín de la casa y comenzó a recorrer el camino hacia la puerta.

Los jardines del Viejo Palacio estaban abandonados y llenos de maleza.

Parecía que la casa estaba cerrada y silenciosa. Dexter miró a su alrededor.

–¿Dónde están sus sirvientes?

–No tengo una servidumbre grande. Probablemente estarán trabajando por la casa, y mi hija todavía está en el pueblo con su niñera, así que no va a salir nadie a recibirnos.

Dexter nunca había conocido a una duquesa que no tuviera un regimiento de criados. Sin embargo, quizá Charles Cole hubiera dejado a Laura sin herencia, y sin medios para mantener a su hija. El nuevo duque era quien ostentaba el título ahora, y parecía que no había buena relación entre Henry Cole y la viuda de su primo, así que él tampoco iba a mantenerla. De cualquier modo, nadie abrió la puerta cuando Dexter llamó, por segunda vez, con más fuerza.

–¡Oh, déjeme bajar! –dijo Laura, que claramente, había perdido la paciencia, y saltó de los brazos de Dexter antes de que él pudiera impedirlo–. Yo puedo abrir la puerta y estoy helada y mojada. Y usted también está calado, señor Anstruther. ¿Necesita una muda de ropa? Creo que hay ropa de mi abuelo en algún lugar de la casa, si lo necesita.

–Gracias, Excelencia –dijo Dexter, con una ligera inclinación de la cabeza–, pero recogeré mis bártulos de pesca y volveré a la posada tal y como estoy.

Laura miró el charco de agua que se estaba formando a los pies de Dexter.

–Pero eso provocará conjeturas, si alguien lo ve.

–No tanto como el hecho de que me vean volver a la posada Morris Clown vestido con la ropa georgiana de su abuelo, me imagino –dijo Dexter.

Confesiones de una duquesa

–Mi abuelo era todo un dandi –dijo Laura–. Quizá instaurara usted un nuevo estilo. Aunque supongo que eso no le interesa, señor Anstruther. Es demasiado frívolo para alguien de naturaleza seria, ¿no es así? ¿O ha cambiado también en ese sentido?

Dexter tuvo la tentación de responderle a eso. Tuvo que admitir que le estaba resultando difícil resistirse a las provocaciones de Laura. Ella tenía una forma de metérsele bajo la piel que no tenía ninguna otra persona que Dexter hubiera conocido.

Estaba exquisita, pensó él, en aquel desaliño mojado. Otros hombres no se fijaban en Laura porque su belleza no era de la variedad obvia que admiraba la sociedad.

Para él, su atractivo estaba en la mirada directa y bella de sus ojos castaño claro, y en la blancura de su cutis, salpicada de pecas. Tenía el pelo castaño claro, y los labios carnosos, un poco curvados hacia arriba, como si siempre estuviera a punto de sonreír. El hecho de que ya no fuera una jovencita y tuviera unas pequeñas arrugas alrededor de los ojos aumentaba su belleza para él, porque le añadía carácter... Dexter se contuvo antes de dejarse llevar por completo. No tenía sentido dejarse cegar por la belleza física de Laura. La mujer que había bajo la fachada era una cualquiera manipuladora y fría.

–Pensándolo bien, aceptaré su oferta y me cambiaré de ropa, gracias –dijo él, y la siguió al interior del vestíbulo de piedra del Viejo Palacio–. Hoy sopla un viento muy fresco y no tiene sentido que me acatarre. Uno debe ser práctico.

–Por supuesto –respondió Laura–. Sé que usted se enorgullece de su pragmatismo, señor Anstruther.

NICOLA CORNICK

La casa estaba silenciosa. Los suelos estaban cubiertos con alfombras antiguas y las paredes estaban adornadas con tapices igualmente oscuros y viejos, que mostraban escenas de guerra sangrienta y de caza.

Había una gran armadura medieval en una esquina; en la pared, por encima de la chimenea, había una cabeza de ciervo, y en el alféizar de la ventana, un zorro disecado y comido por las polillas. En otra esquina había un caballito infantil y una muñeca de porcelana muy bonita, sentada en una sillita.

–Veo que su abuelo tenía aficiones marciales además de interesarse por la moda –dijo Dexter, al observar los escudos que colgaban, con precariedad, de las paredes.

–No, era mi abuela. Salía a montar a caballo con los perros todos los días, y sabía disparar un arco. Decía que uno de los dos tenía que pensar en algo más que no fuera el corte de la ropa –le explicó Laura. Después, señaló dos retratos y añadió–: Son aquellos.

El difunto lord Asthall era exactamente un dandi del siglo dieciocho, pensó Dexter. Tenía los ojos castaños y el pelo negro, una nariz pronunciada y el mentón fuerte. Su expresión era amoral, arrogante. En cuanto a lady Asthall, era una amazona imponente, ataviada con un vestido de caza, así que quizá hubieran formado una buena pareja.

–¿Fueron felices juntos? –le preguntó a Laura.

–No lo creo. Mi abuelo era un terrible mujeriego –dijo Laura, confirmando las sospechas de Dexter. Me sorprende que la abuela no le disparara una flecha con su arco.

Confesiones de una duquesa

–¿Y su hija ha heredado la misma capacidad deportiva de su abuela?

Hubo un silencio extraño. Al mirarla, Dexter se dio cuenta de que parecía que ella tenía mala cara y frío, como si él hubiera tocado un tema del que ella no quería hablar.

–Hattie todavía es muy pequeña –dijo ella con tirantez–. Puede montar en un poni pequeño si voy a su lado, y le encanta su caballo de juguete, así que quizá cuando sea mayor quiera montar.

Hubo otro silencio. Dexter oía el zumbido de un abejorro que se había quedado atrapado contra el cristal de la ventana, y el sonido del río a lo lejos. Se sintió un poco inquieto al pensar que Laura vivía en aquel lugar tan antiguo sola, con una hija pequeña, pero no parecía que hubiera muchas cosas de valor que robar.

Seguramente era cierto que Charles Cole había dejado a su esposa sin dinero. Laura estaba sin un chelín, sola y desprotegida. Y Dexter se molestó porque aquello le inquietara tanto.

La puerta del final del pasillo se abrió, y el mayordomo caminó despacio hacia ellos.

–¡Excelencia! No había oído la campana.

Dexter se quedó horrorizado al reconocer a Carrington, el mayordomo de Cole Court. Cuatro años antes, aquel hombre era vigoroso y saludable. Sin embargo, se había avejentado increíblemente, y parecía muy frágil. Estaba encorvado, le temblaban las manos y su voz no era más que un susurro. Dexter dudaba que pudiera sujetar una bandeja, y menos anunciar las visitas.

–No importa, Carrington –dijo Laura con amabi-

Nicola Cornick

lidad–. Por favor, ¿podría acompañar al señor Anstruther a la lavandería mientras yo voy a buscar ropa seca para él? Hemos tenido un pequeño accidente.

–¿Un accidente? Oh, señora...

–No se preocupe –lo interrumpió Laura–. No ha sido más que una caída en el río. Si es tan amable...

El mayordomo asintió y se irguió con un gesto que parecía un eco triste de su antigua autoridad.

–Por aquí, señor, si es tan amable.

Capítulo 3

Dexter siguió al tambaleante mayordomo por la vieja escalera de piedra. En más de una ocasión tuvo que alargar la mano para sujetar al hombre, cuando parecía que estaba a punto de tropezarse y caerse por las escaleras hacia abajo. Dexter no podía creer que Carrington hubiera cambiado tanto, y tuvo la tentación de preguntarle qué le había ocurrido, pero el mayordomo tenía cara de confusión, y no parecía que lo reconociera. Metió a Dexter en la habitación de secado de la lavandería, donde ardía un buen fuego en una estufa y las sábanas que se estaban secando perfumaban el aire con lavanda. Después, Carrington desapareció.

Dexter se quitó la camisa mojada con un gran alivio, porque estaba helado. También tenía las botas llenas de agua, y era una de las cosas más desagradables que hubiera experimentado en la vida. Esperaba que no se le hubiesen estropeado. Estaban casi nuevas, y no podía permitirse el lujo de comprar otro par. Había invertido en algunas prendas nuevas para transmitirle verosimilitud a su papel de cazafortunas, porque no creía que pudiera cortejar a una heredera con aspecto de mendigo. Lord Liverpool le había dado poco presupuesto para tales gastos, así que ahora su cartera estaba vacía.

Oyó que alguien llamaba a la puerta y se volvió. Laura estaba en el umbral con los brazos llenos de ropa. Estaba mirándole el torso desnudo, y tenía las mejillas muy sonrojadas. Lo miraba con pasmo. La ropa se le resbaló de las manos y se inclinó para recogerla sin poder apartar la vista de él.

–Le he traído... eh... ¿ha...

Dexter se sorprendió por el hecho de que ella actuara como una virgen asombrada, cuando en realidad era una mujer experimentada, una viuda con una niña. No había necesidad de que fingiera ante él después de todo lo que había ocurrido. Además, ella no tenía ni una pizca de pudor. En la cama, con él, cuatro años atrás, había sido abierta y generosa, cálida y atrevida. Su desinhibición dulce y seductora había sido una de las razones por las que se había enamorado tan desastrosamente de ella. Le había parecido muy honesta, sin reservas.

Sin embargo, después se había encargado de sacarlo de su error, rápidamente. No le interesaba nada él ni su devoción, eso era lo que le había dicho. Por la mañana lo había echado sin contemplaciones, con un desprecio frío y aristocrático, porque no quería que los sirvientes lo vieran allí...

Confesiones de una duquesa

Sin embargo, en aquel momento parecía que había olvidado toda su indiferencia, porque lo estaba mirando como si nunca hubiera visto a un hombre medio desnudo, como si estuviera aturullada e intrigada a la vez. Aquello despertó la sensualidad de Dexter, reavivó el fuego que acababa de conseguir apagar.

Aunque una vocecita interior le indicaba que hacer algo al respecto sería peligroso e irresponsable, él la ignoró. Necesitaba saber, necesitaba demostrarse a sí mismo que Laura no tenía nada en especial, que lo que había experimentado con ella no era más que una imaginación muy vívida. De ese modo se liberaría del pasado. Ya no era un joven inexperto, así que no corría el riesgo de enamorarse de ella otra vez.

Deliberadamente, se agachó y se sacó las botas. Cuando se incorporó, Laura todavía lo estaba mirando. Entonces, él comenzó a desabrocharse los pantalones.

—¿Quiere que me los quite también? —preguntó Dexter con la voz ronca.

—¡No! ¡Alto! —exclamó ella al despertar del trance. Dejó la ropa sobre una mesa y le lanzó una mirada asesina—. ¿Qué está haciendo?

—Me estoy quitando la ropa mojada —respondió Dexter, y le pasó la mirada por el cuerpo, de pies a cabeza—. Usted debería hacer lo mismo, Excelencia. Está... muy desaliñada.

Vio que ella tragaba saliva. Sus ojos castaños se oscurecieron, y el deseo inconsciente que se reflejó en ellos hizo que Dexter sintiera una nueva ráfaga de deseo. El calor de la habitación, la intimidad de aquel pequeño espacio, el olor a lavanda y su propia desnudez eran una combinación poderosa. Dexter dio un paso hacia ella, y después otro. Laura retrocedió, y así continuaron hasta que ella quedó atrapada entre la pared y Dexter, con una camisa en las manos, alzada como si fuera una armadura.

–Señor Anstruther –dijo Laura con un hilillo de voz–. Esto es muy indecoroso.

–Te diste mucha prisa en quitarme la ropa la última vez que nos vimos –replicó Dexter–, y los dos sabemos que tu respeto por el decoro es solo una función de cara al público.

Le quitó la camisa de las manos y la tiró a un lado, y avanzó todavía más hacia ella. Entonces vio dolor y calor en los ojos de Laura.

–No lo he invitado para...

–¿Para tomarlo donde lo dejamos? Quizá no. Pero ahora que entiendo lo que deseas...

–¿Lo que yo deseo?

–Sí. Una aventura. Sin complicaciones, sin compromiso. Hace cuatro años, me dijiste que el sexo solo era placer para ti. Así que eso es lo que te estoy ofreciendo ahora. Una aventura, nada más que placer.

Ella le puso una mano en el pecho y lo empujó.

–¡Yo no dije que lo que quería era una aventura!

Él sintió una rabia fría, y respondió con aspereza.

–Hace cuatro años te pedí que huyeras conmigo, y en vez de hacerlo, te reíste de mí y me echaste de tu casa. Quedó muy claro que no querías ningún enredo emocional.

–No, es cierto... pero no quería que lo interpretaras como el deseo de tener una aventura.

–¿No? –la ira de Dexter aumentó varios grados–.

Confesiones de una duquesa

Así que lo único que querías era una noche de pasión, y cuando saciaste tus apetitos ya no deseabas otra cosa que librarte de mí.

Dexter no le dio la ocasión de responder. Su creencia de que podría dominarse se derrumbó; inclinó la cabeza y la besó, decidido a demostrarse que no había nada único en su respuesta a ella, y que nunca lo había habido.

En cuanto se rozaron, supo que había perdido. Sus bocas encajaron con la misma perfección que él recordaba, como si estuvieran hecha la una para la otra. Sus cuerpos se unieron suavemente, sin dificultad, con la misma exquisitez de antes. Se reconocieron con un instinto más antiguo que el tiempo, y la sensación de que se pertenecían era fuerte y peligrosamente seductora. Los viejos sentimientos comenzaron a despertarse.

Él la persuadió para que separara los labios y profundizó en su beso, deslizó su lengua dentro para buscar y acariciar. Ella tenía el sabor dulce de la miel. Dexter sintió un titubeo en ella, bajo la respuesta cálida e impotente que ella no habría podido negar, y estuvo a punto de retroceder, pero un momento más tarde, la inseguridad de Laura había desaparecido y se apretó contra él. Correspondió a sus demandas con una necesidad ardiente, y deslizó las manos por su torso desnudo, provocándole sensaciones que formaron una tormenta de deseo físico. Aquella era la duquesa secreta que él recordaba, la mujer que le respondía sin miedo ni pudor, que se daba por completo. Le produjo la misma cascada de sensaciones y emociones, una explosión de sentimientos, un estallido de fuego en la sangre.

La fuerza de todo ello estuvo a punto de hacerle perder la cabeza.

Sin embargo, cuando quiso abrazarla con más fuerza, ella se retiró entre jadeos.

–¡No! No puede ser –exclamó, y dio unos pasos atrás, con la mano en la frente–. No quiero.

Algo de la fiebre candente que ella le había provocado se mitigó y, en esa ocasión, Dexter consiguió recuperar el control con un esfuerzo ímprobo. Así pues, lo que a él le parecía tan real, tan perfecto, no había sido nada más que una ilusión. De nuevo, para ella no había significado nada.

–Perdóneme –dijo con sarcasmo–, pero me dio la impresión de que correspondía a mi beso, Excelencia. ¿Solo tenía curiosidad por comprobar si mi paso por los prostíbulos me había hecho cambiar?

Ella se estremeció, y sus mejillas se tiñeron de rojo.

–Debo tener en cuenta mi reputación –dijo–. Fortune's Folly es un pueblo pequeño, y no puedo permitirme el lujo de perder el buen nombre...

Dexter se echó a reír.

–La última vez no tuvo tanto cuidado, y yo juraría que todavía me desea.

–Eso no tiene nada que ver. Ahora hay muchas más cosas en juego.

–Es una hipócrita. Siempre preocupada por las apariencias –dijo. Se agachó a tomar la camisa mojada del suelo y se puso las botas empapadas–. No la molestaré más, y no necesito la ropa –dijo–. Volveré tal y como estoy.

–¿Se va así? ¿De mi casa? –preguntó Laura, que se había quedado asombrada.

–Por supuesto. Si alguien chismorrea, puede decir que he estado arreglando sus tuberías medievales.
–Eres absurdo.
–Como ya he dicho, siempre estuvo muy preocupada por aparentar decoro en público, cuando en la intimidad es capaz de romper todas las reglas –dijo, y le hizo una brusca reverencia–. Buenos días, Excelencia.
–Señor Anstruther –dijo ella.
Su voz detuvo a Dexter en la puerta.
–Creo que sería mejor que nos evitáramos el uno al otro en el futuro.
–Por supuesto –respondió él–. Será un placer.
En aquella ocasión, salió sin que ella tuviera que invitarlo a marcharse

Capítulo 4

Había cambiado. El Dexter Anstruther que ella había conocido cuatro años antes nunca hubiera hablado ni actuado de aquel modo. Se había convertido en un hombre duro, experimentado y cínico. Y ella había contribuido a que fuera así.

Después de ponerse ropa limpia y seca, Laura se sentó ante el espejo para peinarse y deshacerse los enredos del pelo. Su cuerpo temblaba suavemente, de manera frustrante, con un pulso de deseo insatisfecho. Se había despertado después de cuatro años de celibato, y estaba haciendo exigencias. ¡Maldito Anstruther! Habría sido mejor que no lo hubiera conocido.

La primera vez que se habían visto, Dexter estaba a la caza y captura de la famosa salteadora de caminos Glory, para llevarla ante la justicia. Solo por ese motivo, Laura, que había salido a cabalgar más de una vez con las Chicas de Glory, se había mantenido apartada de él. Se rumoreaba que Dexter era un Guardián, los hombres que trabajaban de incógnito para el ministro del Interior, con la misión de proteger la seguridad del país dentro de sus fronteras. Debido a la guerra contra Napoleón, todo el mundo era muy consciente del peligro que podía acechar en el extranjero, pero también era muy importante la amenaza del descontento social.

Recordó que, cuando Dexter había llegado a su fiesta de Cole Court, a ella no le había llamado la atención como hombre al principio, salvo por el hecho de que era muy guapo. Tenía el pelo castaño, de un tono dorado, los ojos azul zafiro y un cuerpo impresionante. Al principio, Laura se había sentido precavida ante aquella belleza, porque sabía muy bien lo que significaba ser la chica del montón a la que no miraba nadie en los bailes. Nunca, ni en sus más ardientes fantasías, hubiera imaginado que llamaría la atención de un hombre tan atractivo, tan despampanante como Dexter Anstruther.

Lenta, y sutilmente, ella había empezado a conocerlo, casi sin darse cuenta, y a verlo de un modo distinto. Era considerado, amable, y sabía escuchar. Laura, que estaba acostumbrada a la total indiferencia de su marido, sintió que ser el punto central de atención de Dexter era algo muy seductor. Había comenzado a pasar tiempo con él, y se había enamorado. Al darse cuenta, ya era demasiado tarde como para salvar su corazón.

Había luchado contra sus sentimientos. Su relación con las Chicas de Glory era un secreto que debía guardar celosamente. Además, no solo era ocho años mayor que Dexter, sino que además estaba casada, era duquesa y, a ojos de todo el mundo, uno de los pilares de la comunidad. Había muchas razones por las que su estúpida pasión por Dexter estaba condenada al fracaso, y Laura había intentando ignorar sus sentimientos lo mejor que había podido.

Entonces, una tarde, Dexter la había encontrado sola y destrozada, después de que Charles la hubiera traicionado y abandonado, y ella hubiera perdido a una de sus mejores amigas. Dexter la había consolado, y ella se había apoyado en él. Laura no sabía en qué momento el consuelo se había convertido en deseo, y el deseo en pasión. La había sorprendido por completo, la había arrastrado a territorio desconocido.

Sin embargo, por la mañana, la fiebre había pasado, y Laura había visto sus actos como lo que eran en realidad. Le había ocultado a Dexter su culpabilidad y sus delitos. Y peor todavía, había sido infiel a su marido, había tomado la virginidad de un hombre ocho años menor que ella y lo había usado para calmar su dolor.

Para Laura, que no estaba familiarizada con el placer sensual, aquella noche había sido dichosa, pero de todos modos, sabía que estaba mal. Y cuando Dexter le había rogado que huyera con él, que se alejara de Charles y dejara atrás toda la infelicidad, aunque para ella fuera una gran tentación, supo que era lo peor que podría hacer.

Todavía veía la cara de Dexter cuando le había pedido que se fuera con él. Su expresión era de impaciencia, pero también de esperanza, y tenía aquel brillo de la felicidad recién encontrada que ella recordaba de cuando era joven. Al verlo, Laura sintió con todo su peso los ocho años de diferencia que había entre ellos. Sabía que si aceptaba lo que él le estaba sugiriendo, lo hundiría para siempre. Para un hombre de su edad, al comienzo de su carrera, sin dinero y sin contactos, sin otra cosa que un buen nombre e integridad, el hecho de huir con una duquesa casada mucho mayor que él sería un absoluto desastre. El escándalo lo destruiría, y nunca podría recuperarse.

Así que lo había echado de su casa.

Había sido cruel, porque pensaba que si le explicaba los motivos que tenía para alejarse de él, Dexter intentaría que cambiara de opinión, y ella sería muy fácil de convencer. Le había hecho daño, le había roto el corazón y, al mismo tiempo, había roto también el suyo. Había hecho que pensara que ella era una desvergonzada y una infiel. Y ahora, cuatro años más tarde, ella acababa de echarlo de nuevo, y él seguía pensando que era una hipócrita y una cualquiera.

Cuando se había alejado de Dexter hacía cuatro años, había pensado que todo terminaría así. No se había imaginado que el resultado de su apasionado encuentro sería su preciosa hija, Harriet.

Había tardado bastante en darse cuenta de que estaba embarazada. Al principio, ante la falta de periodo, creyó que la tristeza que sentía había afectado a sus ciclos. Llevaba casada con Charles diez años sin quedarse embarazada, y durante aquel tiempo, había llegado a pensar, gradualmente, que nunca tendría hijos. Aquello había sido un gran dolor para ella, y más todavía porque la causa era que su marido nunca acudía a su lecho.

Cuando se había quedado embarazada de Hattie, no había tenido mareos matinales, y había seguido montando a caballo hasta los seis meses. Al recordar aquel tiempo, se preguntó si no habría estado negándose la verdad, o si estaba tan asombrada por haberse quedado encinta después de tantos años, que temía que todo fuera una ilusión. Fuera cual fuera el caso, no dijo nada hasta que su amiga Mari Falconer le había preguntado con tacto por su embarazo, y ella había admitido ante su mejor amiga que el bebé no era de Charles.

Cuando su marido lo había sabido, le había jurado que le quitaría al bebé en cuanto naciera. Le había gritado y le había pegado, y la había tirado por las escaleras...

Laura cerró los ojos para apartarse el recuerdo de todo aquello. No tenía por qué volver a pensar en ello. Charles había muerto, y su odio ya no podía hacerles daño ni a ella ni a Hattie... Sin embargo, se sentía inquieta, y sabía que la razón era Dexter. No había imaginado que pudiera encontrárselo en Fortune's Folly. No había imaginado que volvería a verlo.

Dexter no podía saber la verdad sobre Hattie, porque si la verdad salía a la luz, la gente sabría que su hija era ilegítima, y su vida quedaría destrozada para siempre.

Laura se estremeció al pensarlo. Aunque no creía que Dexter hiciera daño deliberadamente a una niña inocente, si se enteraba de que era su hija, quizá quisiera tomar parte en su educación y conocerla abiertamente. La infidelidad y la ilegitimidad habían convertido a su familia en el hazmerreír de todo el mundo. Laura no imaginaba que Dexter quisiera lo mismo para su hija. Quizá sugiriera que Hattie fuera a vivir con su propia familia.

Era posible que intentara arrebatarle a su hija.

Laura estaba dispuesta a morir antes que entregar a Hattie. Y haría todo lo que estaba en su mano para evitar que ningún rumor ni escándalo manchara su futuro a causa de la desgracia de su madre.

Así pues, nunca le hablaría a Dexter de su hija. Hattie debía seguir siendo la hija del duque de Cole. Durante los tres años anteriores, el único propósito de la vida de Laura había sido proteger a su hija, y eso no iba a cambiar.

Recordó la sonrisa de Hattie, sus mejillas sonrosadas y redondas, su boquita y sus rizos negros. No se parecía a Dexter. Tenía los mismos ojos castaños que Laura, y el color de piel y de pelo de su abuelo, pero aparte de eso, Laura pensaba que no se parecía a nadie en particular. Por lo tanto, seguramente Dexter no reconocería a Hattie si la veía por el pueblo. No obstante, Laura no correría riesgos. No iba a esconder a Hattie, por supuesto, porque la gente lo notaría y hablaría, pero sería muy cuidadosa.

Estaba tan enfrascada en sus pensamientos que no oyó el sonido de la puerta principal ni los pasos por la escalera. Un momento después, la puerta de la habitación se abrió de golpe, y Hattie se lanzó a los brazos de Laura, con un dulce pegajoso en la mano. A juzgar por lo abultadas que estaban las mejillas de la niña, Laura sospechó que el resto del dulce ya estaba en su boca.

NICOLA CORNICK

—¡Mamá, mamá! ¡Caramelo!

—Ya lo veo —respondió Laura, sonriendo por encima de los rizos de su hija a la niñera, que había seguido a Hattie hasta la habitación y estaba en el umbral de la puerta—. ¿Te has divertido, cariño? Espero que te hayas portado bien.

—El señor Blount le dio a lady Harriet unos dulces, señora —dijo Rachel—. Espero que no le importe. Y la señora Morton le dio unos lazos de color lila para el pelo, y un poco de encaje para hacer el vestido de una muñeca. La gente es muy generosa.

—Sí, es cierto.

Laura le dio un beso en la mejilla a Hattie, y le acarició los rizos. Sabía que muchos de los tenderos de Fortune's Folly sentían lástima por ella, porque no tenía marido y estaba en una situación económica difícil. Sin embargo, como se sentían incómodos mostrándole caridad a una duquesa, siempre le hacían regalos a Hattie.

Casi toda la ropa de la niña estaba hecha con restos de telas de la tienda de la señora Morton, y Hattie iba a ser muy golosa toda su vida como resultado de la generosidad del dueño del almacén, porque no pasaba un día sin que le diera una bolsita de dulces, o un paquete de galletas, o un bizcocho cuya nueva receta estaba probando, aparentemente.

La señora Carrington, que era el ama de llaves y cocinera de Laura, gruñía diciendo que ella era muy capaz de hacer sus propios bizcochos, gracias, pero lo decía en voz baja porque sabía, como todos los demás, que sin la generosidad de los vecinos los habitantes de la casa se morirían de hambre.

—El señor Wilson me dio dos nabos —dijo Rachel,

con una risita–. Me dijo que lady Harriet podía hacer un farol con uno para Halloween, y con el otro, la señora Carrington podría hacer una sopa.

–Eso sería delicioso –dijo Laura–, aunque no entiendo cómo os las habéis arreglado para traerlo todo a casa –añadió, sonriendo a Hattie–. ¿Te va a gustar hacer un farol, cariño?

–Sí –dijo la niña, retorciéndose entre los brazos de su madre. Cuando Laura la dejó en el suelo, Hattie se volvió esperanzadamente hacia Rachel–. ¿Podemos hacerlo ahora?

–Ahora no, milady –dijo Rachel con firmeza–. Es hora de comer.

–No me digas –dijo Laura resignadamente–, que el señor Blount también os ha dado bollitos de la cruz.

–Sí, y galletas de avena, y mermelada de fresa –dijo Rachel–. Dijo que se le iba a echar a perder si no me la llevaba –después le tendió la mano a Hattie–. Vamos, señorita. Es hora de lavarse las manos.

–Puedo hacerlo yo sola –dijo Hattie con dignidad, y Laura contuvo la sonrisa.

–Es muy independiente –dijo Rachel–. Ya verá, señora. Pronto se irá caminando al pueblo ella sola si se lo permitimos. Es muy decidida, el tesoro.

Laura escuchó mientras Rachel se llevaba a Hattie a lavarse las manos. Su hija parloteaba todo el tiempo sobre el farol que iban a hacer, y consiguió que Rachel le prometiera que irían a jugar al prado más tarde. Laura escuchó a medias mientras ordenaba y doblaba la ropa de Hattie, con una mezcla de satisfacción y una melancolía que no podía entender.

Rachel había dicho que Hattie era muy decidida.

Nicola Cornick

La pequeña Hattie, independiente y feliz, con sus rizos de ébano y su naturaleza valiente... Laura se sintió embargada por el orgullo y el asombro, por haber podido hacer un milagro como su hija, por el hecho de que Dexter y ella hubieran creado algo tan exquisito y extraordinario. Nunca dejaría de tener aquella sensación reverencial.

También se sintió muy culpable. Le estaba negando a Dexter el placer de conocer a su hija y de verla crecer. Le estaba quitando aquel derecho, aunque ella no quisiera hacerlo, pero no podía hacer otra cosa. No podía arriesgar el futuro de Hattie, ni su felicidad, ni su seguridad.

El sonido de la campana de la puerta la sacó de su ensimismamiento.

–¿Hola? –preguntó una mujer desde abajo–. ¿Laura? ¿Estás en casa?

Laura, aliviada por la distracción, bajó al vestíbulo. Carrington no estaba por ninguna parte; no había oído la campana. Laura suspiró. No tenía sentido lamentar los defectos de su mayordomo ni de su ama de llaves porque ella los había contratado deliberadamente para salvarlos de un futuro incierto.

La salud del matrimonio se había resentido mucho durante los últimos años, debido a las exigencias constantes y excesivas de la nueva duquesa de Cole, y Laura, que se sentía culpable por haber dejado a los Carrington a merced de Faye Cole, les había ofrecido un nuevo hogar. Sin embargo, después de un año estaba pensando en que habría sido mejor contratar a sirvientes para que los cuidaran a ellos. Tanto el señor como la señora Carrington estaban muy castigados, ya no eran más que una sombra de lo que habían sido.

Confesiones de una duquesa

La señorita Alice Lister era vecina de Laura. Vivía en Spring House, una bonita villa contigua al Viejo Palacio. En aquel momento, estaba en el vestíbulo, mirando por la puerta del salón. Llevaba un sombrero de paja y un vestido de muselina muy bonito, de rayas amarillas y blancas, con un abrigo a juego.

A Laura le caía muy bien Alice. La señorita Lister había sufrido el rechazo de casi toda la alta sociedad del pueblo, sobre todo de aquellos que eran muy conscientes de su estatus y a quienes espantaba el hecho de que una antigua sirvienta tuviera dinero, se hubiera comprado una preciosa casa y hubiera ido a vivir entre ellos. Tales cosas contradecían el orden natural, y las damas de Fortune's Folly no estaban dispuestas a darle a Alice su aprobación.

Después había llegado Laura, el pez más gordo del pequeño estanque de Fortune's Folly, y Alice y ella se habían hecho amigas inmediatamente. A Laura le caía muy bien Alice porque no era servil ni halagadora, y decía las cosas como las veía, estuviera hablando con una duquesa o con un mozo de establo. Y, como ella había vivido rodeada de mentirosos detestables casi toda su vida, lo encontraba refrescante.

–He llamado –dijo Alice–. Pensé que a lo mejor habías ido a dar un paseo por el río esta tarde... –de repente, se quedó callada–. ¡Oh! Sí has estado en el río.

–¿Cómo lo sabes? –preguntó Laura.

–Tienes una hierba de río en el pelo. ¿Qué ha ocurrido?

Laura suspiró.

–No estoy muy segura. Estaba en el bote y perdí un remo, así que intenté remar con el otro, pero terminé dando vueltas.

–No intentes nunca remar con un solo remo. No sirve de nada.

–Ahora ya lo sé. Me agarré a una rama, pero se rompió, y la corriente arrastró la barca hasta la presa. Al chocar contra las piedras, me lanzó al estanque.

Laura hizo una pausa. ¿Acaso se había imaginado que alguien le había dado al bote un buen empujón? Ella no había visto nada, porque el sol la cegaba, pero le había parecido oír pisadas…

No. Aquello tenía que ser su imaginación. En aquel momento, la exclamación de temor de Alice la devolvió a la realidad.

–¡Laura, no! ¿Te has hecho daño?

–Afortunadamente, no. Debería haber saltado al agua y haber vuelto nadando a la orilla, pero me golpeé la cabeza, y estaba muy mareada –explicó. Después tomó aire profundamente y dijo–: Fue una suerte que el señor Anstruther estuviera por allí y me sacara del agua.

–¿El señor Dexter Anstruther? –preguntó Alice con los ojos abiertos como platos–. ¿El caballero misterioso que se aloja en la posada de Morris Clown?

–Sí. Estaba pescando cerca.

–Eso me pareció –dijo Alice–. Me crucé con él justo cuando llegaba. Estaba mojado, y llevaba varios peces. Eso responde a muchas de las preguntas que me estaba haciendo.

–¿Como por ejemplo?

—Por qué hay un charco de agua en la entrada de tu casa, y huellas mojadas en el vestíbulo, para empezar.

—Tienes talento para la investigación —dijo Laura.

—Sí —respondió Alice, y después frunció el ceño—. El señor Anstruther es un poco raro, ¿no crees?

Así no era como Laura describiría a Dexter. Increíblemente guapo, pecaminosamente tentador y muy peligroso, quizá, pero no raro...

—¿Laura?

—¿En qué sentido te parece raro? —preguntó con cautela.

—No estoy segura. Algunas veces me da la sensación de que se comporta como un hombre mayor de lo que es, porque no puede tener más de veintisiete años.

—En realidad, solo tiene veintiséis —dijo Laura, antes de poder contenerse—. ¿A qué te refieres con lo de que parece mayor?

—A que es muy serio y responsable.

—Puede que lo parezca, pero hace dos años se decía que era el libertino más imprudente de todo Londres —dijo Laura, y sintió otra punzada de culpabilidad. Tenía miedo de que el comportamiento de Dexter fuera responsabilidad suya—. Aunque antes era muy responsable.

—¿Antes de qué?

«Antes de que perdiera la virginidad conmigo y su carácter se echara a perder».

Laura tragó saliva.

—Antes de que... eh... antes de se convirtiera en un libertino imprudente.

—Entonces era responsable antes, y responsable

después, y ocurrió algo en medio que hizo que se comportara de un modo distinto –dijo Alice, con una expresión pensativa–. Me pregunto qué sería.

–Sí, yo también me lo pregunto.

Laura movió distraídamente algunos de los adornos que había sobre la consola, mientras Alice clavaba en ella su mirada inteligente.

–De todos modos, ¿cómo lo sabes?

–¿Qué?

–La edad del señor Anstruther. ¿Cómo sabes que solo tiene veintiséis años?

–Porque conozco a su madre –dijo Laura, y se dio cuenta de que tenía que cambiar de conversación si no quería delatar por completo sus sentimientos–. Somos de la misma generación.

–Oh, vamos, Laura, eso no puede ser. ¡Tú no puedes ser mucho mayor de treinta años!

–Tengo treinta y cuatro para ser exactos, niña.

Sin embargo, Alice todavía no había terminado con aquel tema. Bajó la voz y miró hacia atrás con un gesto conspirativo.

–Se rumorea que el señor Anstruther trabaja para el gobierno, ¿lo sabías?

–No tienes por qué susurrar –dijo Laura–. Hattie y Rachel están arriba, y no hay nadie en casa, salvo los señores Carrington, que están más sordos que una tapia.

–No parece que te interese mucho –dijo Alice con desilusión–. Lo que pasa contigo es que siempre mantienes perfectamente la compostura, Laura. No hay nada que altere tu calma. Me imagino que es consecuencia lógica de ser duquesa.

–Se me da bien ocultar lo que siento –admitió

Confesiones de una duquesa

Laura–. Esa es la consecuencia natural de ser duquesa.

–De todos modos, no he venido para hablar de eso. ¿Vas a ofrecerme un té?

–Por supuesto. Lo haré yo misma –dijo Laura, y se dirigió hacia la escalera de servicio.

–¿Es que la señora Carrington tiene otro día malo? –preguntó Alice, mientras bajaban hacia la cocina.

–Eso me temo –dijo Laura–. Esta mañana, antes del desayuno, tenía tantos dolores que apenas podía sujetar las sartenes, así que le dije que se fuera a la cama con un ladrillo caliente.

–Deberías contratar algún criado más –dijo Alice–. Algún criado competente. No puedes estar siempre haciendo tú el té.

–Tengo a Molly y a Rachel, que son perfectas. Y está Bart para cuidar del jardín.

–Bart es tan viejo que ni siquiera puede inclinarse. Sé que tú misma cuidas del jardín, Laura. No creas que no me he dado cuenta. Con la excepción de Rachel y Molly, tienes un asilo para sirvientes incapacitados aquí.

–Bueno, no tiene nada de malo que yo haga el té –dijo Laura–. No tiene nada de misterio hacer el té. Ni cocinar, ni vestirse uno mismo, ni cultivar un huerto.

–Pero tú eres duquesa –dijo Alice con horror–. No está bien.

Laura se echó a reír.

–Soy una duquesa pobre. Y eso es lo más maravilloso: como soy una duquesa viuda, puedo hacer lo que quiera. Mis parientes no pueden meterse en mi vida y decirme lo que tengo que hacer, aunque lo intentan, y no tengo obligaciones sociales porque Henry y la temible Faye se han convertido en los duques de Cole. Y, después de todo, la reina María Antonieta jugaba a ser una lechera, ¿no?

–Y mira cómo terminó –replicó Alice con melancolía.

–Yo no tengo intención de perder la cabeza, ni metafóricamente, ni en la práctica.

–¡Casi se me olvida! Tengo una noticia increíble –dijo Alice de repente–. Hay un terrible alboroto en la ciudad. Estamos en un buen lío, y es culpa mía. ¿Te acuerdas de que rechacé la oferta de matrimonio de sir Montague Fortune en julio?

–Por supuesto –dijo Laura, mientras sacaba la caja del té.

–Pues parece que, para vengarse, ha desenterrado alguna ley antigua que le da derecho a reclamar la mitad de la fortuna de todas las mujeres no casadas de Fortune's Folly. ¡Oh, Laura, todas tendrán que casarse o darle a sir Montague su dinero!

–¡No lo dirás en serio! ¡Eso no puede ser legal! ¡Es injusto!

–Parece que sí es legal –dijo Alice–. Aunque vendiéramos todas nuestras propiedades y nos marcháramos del pueblo, no nos libraríamos, porque la ley se aplica a las mujeres no casadas que vivan en el pueblo ahora. Así que ahora me preguntó si no debería casarme con él para salvar a todas las señoras de Fortune's Folly.

–Yo no te lo aconsejo –dijo Laura, conteniendo la risa mientras ponía la medida de té en la tetera–. Rechazaste a sir Montague por un motivo, ¿no?

—Sí. No me gusta.

—Claro. Y te gustaría menos si te casaras con él por un chantaje –afirmó Laura, mientras vertía agua hirviendo en la tetera–. Además, sospecho que ahora que sir Montague se ha dado cuenta de que puede quitarles la mitad de su fortuna a todas las mujeres del pueblo sin casarse, no se contentará con solo una mujer en la dicha matrimonial.

—No, supongo que no –dijo Alice–. ¿Qué podemos hacer?

Laura tomó la caja de galletas de una estantería y la puso en manos de su invitada.

—Prueba estas galletas de avena del señor Blount –dijo, y suspiró–. Bueno, sir Monty va a ganar muy poco dinero conmigo, porque no tengo nada salvo esta casa y una miseria para mantenerme. Pero eso no significa que quiera darle nada, y ciertamente, puedo ayudaros a las demás, si queréis que lo haga. Escribiré a mi abogado enseguida para pedirle consejo sobre las medidas que podemos tomar en contra de sir Montague. Seguramente, habrá muchas cosas que podemos hacer para frustrar sus planes. Quizá podamos celebrar una reunión en la biblioteca dentro de unos cuantos días...

Laura sintió una inesperada ráfaga de emoción. Organizar una revuelta contra el señor del castillo no era gran cosa, pero al menos, ella se sentía como si estuviera haciendo algo provechoso, activo. Hacía mucho tiempo que le hacía falta una causa.

Alice la estaba mirando con admiración.

—¡Qué generosa eres, Laura! ¡Qué práctica! Pronto conseguiremos que sir Montague se retire.

—¡Todo esto explica la presencia del señor Anstruther en Fortune's Folly! –exclamó Laura repentinamente–. Debe de haber venido a conseguir una esposa rica. ¡Ese villano! –añadió, cada vez más indignada–. Todo el mundo sabe que es más pobre que una rata. ¡Solo es un cazafortunas!

–No es el único –dijo Alice–. De camino hacia aquí, me he cruzado con muchos caballeros de Londres. Apenas he podido atravesar la plaza del mercado sin que uno u otro me abordara.

–Bien –dijo Laura, removiendo el contenido de la tetera con tanto ímpetu que una parte de la infusión se derramó por la mesa–, pues van a comprobar que las señoras de Fortune's Folly no son presa fácil. ¡Qué arrogancia! Pensar que pueden venir aquí con su refinamiento de ciudad y llevar a todas las solteras al altar...

Tomó las tazas de la repisa con una violencia que puso en peligro su antiquísima porcelana. Así que Dexter Anstruther había ido a Fortune's Folly a la caza de una heredera rica. Bueno, pues ella le enseñaría que había cometido un error. Ella misma se encargaría de que lamentara haber intentado encontrar una mujer con dinero.

Capítulo 5

Dexter tenía en la mano una carta de la duquesa viuda de Cole. Le recordaba a la Laura Cole que había conocido años antes: la perfecta duquesa, elegante y refinada.

Querido señor Anstruther, le agradezco mucho la ayuda que me prestó ayer cuando me rescató del río…

Dexter suspiró. Como siempre, Laura mostraba un exquisito respeto por las convenciones. Sin embargo, ¿qué esperaba que dijera?

Querido señor Anstruther, muchas gracias por su oferta de convertirse en mi amante, atendiendo a la mutua conveniencia y al placer. Después de

NICOLA CORNICK

haber reflexionado sobre este asunto, me temo que debo rehusar. Pese a lo ocurrido en el pasado, ya no tengo ningún interés romántico en usted...

Pensándolo con tranquilidad, con madurez, detenidamente, Dexter se dio cuenta de que intentar seducir a Laura no había sido lo más inteligente que había podido hacer. Debía tener presente que había ido a Fortune's Folly, lo primero, para trabajar, y después, para encontrar una esposa rica. Laura Cole era una viuda pobre y poco idónea. El hecho de que él la deseara tanto como siempre era irracional, un motivo de distracción en sus asuntos principales, y debía ignorarlo, sobre todo después de que ella hubiera dejado claro que lo desdeñaba.

De todos modos, la necesidad de verla otra vez, de hablar con ella, de estar a su lado, lo obsesionaba. Se encogió en el asiento, con exasperación.

—Vamos a ir al salón de actos, ¿sí o no? —preguntó Miles Vickery, que estaba a su lado—. ¿O te vas a quedar ahí releyendo esa carta toda la noche?

Miles había llegado una hora antes, con nuevas instrucciones de lord Liverpool, y con la intención de encontrar una heredera para sí mismo lo antes posible. Con un suspiro, Dexter plegó la nota de Laura y se la guardó en el bolsillo.

—Discúlpame. No sabía que tuvieras tanta prisa.

—Tengo que ponerme a buscar una mujer rica —dijo Miles—. Pensaba que tú también.

—Como las damas acaban de enterarse de que van a perder la mitad de su fortuna si no se casan antes de un año, dudo que nos reciban con alegría —dijo Dexter irónicamente.

—Las convenceremos —replicó Miles—. Las cautivaremos para que compartan nuestro punto de vista. Comprometer a una dama es un modo muy efectivo de asegurarse su fortuna.

—Y muy deshonroso —dijo Dexter.

Sin embargo, sabía que no podía permitirse el lujo de tener escrúpulos ni principios. Miles había llevado también una carta de la hermana de Dexter, Annabelle, en la que la muchacha le recordaba todas las razones por las que debía casarse con una mujer rica, tales como los gastos extravagantes de su madre y las pérdidas de juego de sus hermanos.

También había una carta de la pupila de su padre, Caroline Wakefield. Todo el mundo sabía que era otro miembro de la Colección Anstruther, hecho disimulado bajo la falsa respetabilidad de una tutela. En su misiva, Caro le decía con enfado que no prestara atención a las tonterías de Belle, y que si todos los miembros de la familia decidían economizar y encontrar un empleo, él no debería casarse por dinero.

Dexter sonrió con resignación y guardó las cartas en su maletín. Caro había crecido con pocas ilusiones sobre su lugar en el mundo, y una visión mucho más práctica que la de sus hermanos hacia los asuntos financieros. Dexter intentó imaginarse a la cabeza hueca de Belle yendo a trabajar para ganarse la vida, y fracasó lamentablemente.

—Debería quedarme aquí trabajando —dijo, señalando la carta de lord Liverpool—, y tú también. El ministro menciona que hay alguien que puede ayudarnos con el asunto de Warren Sampson, y que tú me presentarás a esa persona...

—Más tarde —dijo Miles. Lo tomó del brazo y lo

NICOLA CORNICK

sacó del gabinete–. De todos modos, esto es trabajo, Dexter. Tienes que escuchar los chismorreos y conocer a los sospechosos. ¿Y qué mejor modo de hacerlo que codearte con todos los cazafortunas y las herederas que habrá en el salón de actos?

Salieron a la plaza del pueblo. Era una noche borrascosa. Soplaba un viento fuerte y la luna aparecía de vez en cuando tras las nubes rasgadas. La posada de Morris Clown, que databa de tiempos medievales, estaba en la parte sur de la plaza, enfrente del salón de actos del pueblo, que era un edificio pequeño pero bonito. Fortune's Folly era una aldea hasta que, cincuenta años antes, el abuelo de sir Monty había aprovechado el hecho de que se pensaba que las fuentes naturales que rodeaban al pueblo eran medicinales.

Había creado un balneario en un pequeño parque, había erigido el edificio de la casa del pueblo y había propiciado que Fortune's Folly se convirtiera en un lugar exclusivo. Había casas nuevas y tiendas, y en verano, el pueblo se llenaba de visitantes de Harrogate y York. Además, en aquel momento se había convertido en la feria matrimonial de Inglaterra, y había atraído también a la chusma.

–Oh, Dios Santo –dijo el señor Argyle, el maestro de ceremonias, con consternación, al verlos–. Dos hombres más no. ¡Qué desastre!

Abrió las puertas del salón de actos y Dexter se dio cuenta inmediatamente de cuál era el problema. Estaba literalmente lleno de caballeros con traje de noche y apenas había una dama.

–Todos los visitantes respetables se han marchado del pueblo –dijo el señor Argyle–. Dicen que Fortune's Folly se ha llenado de sinvergüenzas que rebajan el nivel del pueblo.

–Tienen razón –dijo Miles. Después tomó del brazo a Dexter–. Mira, allí está ese libertino de Jasper Deech. Lleva años buscando una esposa rica.

–Y tú también –comentó Dexter–. Y yo también.

–Eso es diferente –dijo Miles, con expresión ofendida–. Deech es muy desagradable –afirmó, e hizo una pausa–. No es del todo imposible que sea él quien esté involucrado en actividades delictivas. Me he preguntado muchas veces de dónde saca el dinero. Y aquel de allí es Warren Sampson –dijo, y señaló a un hombre de mediana edad, rubicundo, que se balanceaba hacia atrás sobre los talones mientras observaba a la concurrencia–. No creo que esté aquí para buscar mujer. Él no necesita más fortuna.

–Los hombres así siempre quieren incrementar su capital –ironizó Dexter–. Creía que ya estaba casado.

–Enterró a su segunda esposa el año pasado, así que quizá esté buscando sustituta. Y, hablando de individuos desagradables, ¿no es aquel Stephen Armitage? El que está adulando a Laura Cole. ¡No es el matrimonio lo que él está buscando ahí! Mostró su interés por ella en Londres, incluso antes de que ella terminara el luto. Qué modales tan nefastos.

Dexter se dio la vuelta tan rápidamente que estuvo a punto de derribar tres vasos de limonada de la bandeja que portaba uno de los sirvientes. Se disculpó e intentó sujetar las bebidas antes de que se cayeran en sus zapatos y en los de Miles.

–Laura está preciosa esta noche –comentó Miles, mirando a la duquesa viuda con admiración–. Siempre he pensado que es mucho más guapa de lo que pensaba la gente, y ahora que se ha librado de ese despreciable marido ha florecido, claramente...

Se interrumpió y comenzó a tartamudear cuando Dexter lo agarró del pañuelo del cuello y comenzó a tirar con fuerza.

—Muestras demasiada familiaridad mencionando el nombre de pila de su Excelencia con tanta relajación —le dijo entre dientes. La idea insoportable de que Miles hubiera podido ser otro de los amantes de Laura se le formó en la cabeza, y no pudo descartarla, por mucho que lo intentara. Miles era un mujeriego de primer orden, y sus conquistas eran legendarias.

—Tranquilo, amigo —protestó Miles, moviendo los brazos e intentando respirar—. ¡Laura es prima mía! La conozco desde que éramos niños. ¿Por qué no iba a llamarla por su nombre de pila?

—¿Es tu prima?

—Sí, eso he dicho. ¿No te acuerdas de que te dije en Londres que tenía una prima que vive aquí? Y de todos modos, ¿qué mosca te ha picado, Dexter?

Dexter lo soltó.

—No lo sé —dijo—. Pensaba que tu prima era la duquesa de Devonshire.

—Y lo es —respondió Miles, ofendido—. ¿Qué te pasa? Tampoco tienes por qué conocer todas las ramificaciones de mi familia. Tengo primos por todas partes, aunque no es asunto tuyo.

—Buenas noches, Miles. Señor Anstruther...

Dexter y Miles se sobresaltaron al unísono. Laura estaba frente a ellos, con un maravilloso vestido de seda azul oscuro, bordado con diminutos brillantes.

Estaba exquisita. Dexter se sintió excitado solo con verla.

Laura llevaba el pelo recogido con un pasador a juego con el vestido, de diamantes. Su cabello brillaba y tenía reflejos caoba y dorados, y parecía que estaba pidiendo que le quitaran las horquillas y lo acariciaran.

Dexter se quedó inmóvil, como si acabara de recibir un golpe que lo hubiera dejado anonadado. Su fría racionalidad nunca había estado tan lejos. No podía moverse. No podía hablar.

–¿Hay algún problema? –preguntó Laura, observando significativamente las manos de Dexter, que todavía estaban sobre los hombros de Miles.

–En absoluto –respondió Dexter, que reaccionó, le alisó la chaqueta a su amigo y bajó los brazos rápidamente–. Solo que lord Vickery tiene algún defecto en su guardarropa.

–La próxima vez, mejor será que llames a mi sastre antes de intentar arreglarlo tú mismo –dijo Miles, lanzándole una mirada asesina. Se colocó la chaqueta y le hizo una reverencia a Laura. Le tomó la mano y se la besó.

–¿Cómo estás, Laura? –dijo, y a Dexter le pareció que ponía un acento especial en su nombre de pila–. Me alegro de verte de nuevo. Estás divina. Tu traje debe de ser una de las creaciones de madame Hortense, creo.

–Pensaba –dijo Dexter con aspereza, sin poder contenerse–, que su Excelencia era pariente tuya, Miles?

–No muy cercana –dijo Miles, sonriendo a Laura.

–Gracias por el cumplido, Miles –dijo Laura, con

una sonrisa de picardía–, pero no te molestes en perder el tiempo conmigo mientras hay otras damas más ricas y mejor dispuestas en el salón –se puso de puntillas y le dio un beso en la mejilla–. De todos modos, es un verdadero placer verte.

–Siempre tan elegante –dijo Miles, sonriéndole.

–Y tan impermeable a tus halagos –respondió Laura con otra sonrisa–. Por favor, recuerda que soy una duquesa viuda, Miles, no una chica ingenua a la que vas engatusar con tus cumplidos.

–Tú eres la viuda más seductora que he conocido en mi vida –dijo Miles–. Y he conocido a muchas, de todos los modos imaginables.

–Ya está bien, Miles –dijo Laura–. No quiero saber nada de tus conquistas, y tampoco tengo intención de convertirme en una de ellas.

–Oh, de acuerdo –dijo Miles con un suspiro–. Espero que Hattie esté muy bien –dijo, adoptando un tono más familiar–. Mi madre me ha dado algunos regalos para ella. Si puedo visitarte mañana...

Dexter sonrió. La imagen de un libertino absoluto como Miles viajando desde Londres con juguetes infantiles en el baúl era irresistible. Miles lo miró con cara de pocos amigos.

–Por supuesto –dijo Laura–. Hattie se pondrá muy contenta de verte.

–Estupendo.

Laura se volvió hacia Dexter con una sonrisa mucho más fría.

–Me preguntaba qué le ha traído por Fortune's Folly, señor Anstruther –le preguntó–. Supongo que tanto usted como Miles han venido a causa del vergonzoso edicto de sir Montague. Es el único motivo que se me ocurre que pueda atraer tan al norte a dos caballeros tan poco idóneos para que una dama les conceda su mano.

—Un hombre debe cumplir con su deber —dijo Miles con una expresión sombría—, por muy repugnante que pueda parecer.

—Qué visión más idealista del matrimonio, Miles —dijo Laura, riéndose—. ¿Y usted, señor Anstruther? ¿Tiene los mismos sentimientos? Su madre ha expresado claramente su deseo de que encuentre usted una esposa rica y dócil.

—Dexter tiene que trabajar el doble para encontrar una chica que se adapte a él —dijo Miles, sonriendo maliciosamente hacia Dexter—. Es demasiado... quisquilloso.

—Seguramente, no encontrará una prometida adecuada porque la mayoría de las muchachas de hoy día tienen la inteligencia suficiente como para no ser dóciles —dijo Laura—. ¿Es eso lo que quiere usted, señor Anstruther? ¿Una cabeza hueca?

—¿Y qué hay de sus expectativas de matrimonio, Excelencia? —preguntó él suavemente—. Después de todo, es una mujer soltera y en este momento reside en Fortune's Folly. También le afecta el impuesto que quiere aplicar sir Montague. ¿Está resignada a entregarle la mitad de su fortuna?

Laura se echó a reír.

—¡Claro que no, señor Anstruther! Sin embargo, mi fortuna es tan pequeña que imagino que no soy una parte importante del plan de sir Montague.

—Dudo que haya alguna cantidad de dinero que no le parezca importante a sir Montague, Excelencia.

—Bueno, pues al mío no le va a poner las manos encima –dijo secamente Laura.

—Entonces, ¿va a casarse para evitar el impuesto? –dijo Dexter, disfrutando de la visión de la chispa de ira que había provocado en los ojos de Laura.

—Eso es menos probable que el hecho de que entregue voluntariamente mi minúscula fortuna, señor Anstruther –dijo ella–. Ya he tenido un marido, y no tengo ganas de tener el segundo.

—Estoy fascinado por conocer vuestro plan para solucionar este dilema –dijo él–. Solo puede casarse, o pagar, ¿no es así? –añadió, y arqueó las cejas–. ¿No cree que está atrapada, Excelencia? El edicto de sir Montague tiene el peso de la ley, aunque sea de muy mal gusto. Usted no querrá violar la ley, ¿verdad? Una duquesa, pilar de la comunidad...

—Uno puede recurrir las leyes en los tribunales –dijo Laura.

—Ah, entiendo. Quiere gastar un dineral que no posee en abogados, para no cumplir con la voluntad de sir Montague.

—Lo que cuenta son los principios.

—Y usted tiene unos principios tan altos... –comentó Dexter, con una punzada de irritación ante una frase tan hipócrita.

—Como usted, señor Anstruther –dijo Laura–. Un modo excelente de pasar el rato: ¡combinar la búsqueda de esposa con la búsqueda de amante en el mismo lugar!

La intensidad de su conversación había aumentado tanto que, sin darse cuenta, se habían acercado demasiado el uno al otro y casi se estaban tocando. Al darse cuenta, Dexter deseó acariciarle la mejilla y besarla de nuevo. Ambos se habían olvidado totalmente de Miles, que estaba observándolos con las cejas arqueadas.

–Disculpadme –murmuró–, ya veo que no me necesitáis. Creo que me voy a la sala de juego.

Dexter percibió el pasmo de los ojos de Laura y se dio cuenta de que habían dejado que la conversación llegara muy lejos. Ella apartó la mirada y se llevó una mano a la garganta, y Dexter notó que se echaba a temblar ligeramente. Él sintió también la misma inquietud. Había perdido el control, se había olvidado de todo en medio de la potencia de aquel momento con ella.

Hubo un revuelo al otro lado de la habitación, y los dos se volvieron, con alivio, y vieron que sir Montague Fortune había entrado en el salón con su hermano, Tom, y que inmediatamente había recibido un vaso de limonada en la cara.

Quien había perpetrado aquel ataque había sido una joven increíblemente bella. Tom Fortune, un joven con un sentido del humor bastante cáustico, del cual su hermano carecía, se estaba riendo mientras se sacudía algunas gotas que a él le habían caído en el abrigo.

–¡Monty! –gritó la debutante–. ¿Cómo te atreves a hacer un plan para robarme mi dinero, grandísimo bruto? ¡Me encargaré de que lo pagues!

–¿Conoce a lady Elizabeth Scarlet, la hermanastra de sir Montague? –preguntó Laura–. Su madre se casó primero con el padre de sir Montague y después, a su muerte, con el conde de Scarlet. Lizzie es la pupila de sir Montague ahora que sus dos progenitores han muerto. Naturalmente, le ha causado un gran disgusto con su plan de recaudación. Tienen una relación un poco volátil.

–Nunca lo habría imaginado –dijo Dexter, y sacudió la cabeza con desaprobación–. Me parece que sir Montague se merece la mitad de la fortuna de su hermana solo por tener que soportar a semejante verdulera.

Laura arqueó una ceja.

–Qué estirado suena para su edad, señor Anstruther. Claramente, lady Elizabeth es una de las mujeres a las que debe eliminar de su lista de candidatas. Ya entiendo lo que quiere decir Miles con que usted es muy quisquilloso.

Dexter la miró desconfiadamente.

–¿Y por qué piensa que tengo una lista, Su Excelencia? –le preguntó.

–Es el tipo de cosa que haría usted. Investigación, preparación, organización… Esa es su manera de actuar, ¿no, señor Anstruther? Claro que tendrá una lista. Es el tipo de hombre que piensa que lo tiene todo bajo control y de repente ve formarse una espiral que no puede dominar.

–No me diga que aprueba el comportamiento de lady Elizabeth –dijo Dexter con irritación–. No concuerda en absoluto con la idea del decoro público que usted respeta con tanta convicción.

–Por supuesto. Tiene razón. No apruebo que le haya arrojado limonada a la cara. El suelo de madera se puede manchar –dijo ella, mirando a Dexter con frialdad. Después observó cómo se retiraba sir Montague de la sala, secándose la cara con una gran servilleta blanca, y suspiró–. Se retira en medio del caos. Ojalá fuera tan fácil ganar la guerra como esta primera batalla.

Confesiones de una duquesa

De repente, Laura se volvió hacia él.

—Si piensa encontrar a su novia rica e ingenua en Fortune's Folly, debe pensarlo mejor, señor Anstruther —le dijo—. Sería un error.

—Me fascina descubrir que tiene tanto interés por mis planes de matrimonio, Excelencia —respondió Dexter.

—No tengo ningún interés en usted ni en sus planes —dijo ella—. Solo es una advertencia. No queremos cazafortunas por aquí.

—¿Y está segura —preguntó él en tono cada vez más íntimo— de que no tiene ningún interés personal en mi caso?

Laura soltó una carcajada seca.

—Tiene una opinión demasiado buena de usted mismo, señor Anstruther. ¿Por qué iba a importarme? Yo no lo he buscado esta noche. No deseo la compañía de un hombre tan hipócrita como para censurar mi comportamiento y después adherirse al doble rasero. Es usted como el resto de los hombres. Y, como ya he dicho antes, busca una esposa dócil y una amante sumisa al mismo tiempo.

Dexter se echó a reír.

—Nadie podría decir que usted es sumisa, Excelencia.

—¡Y tampoco podrá decir nadie que soy su amante! —dijo Laura bruscamente, entrecerrando los ojos con desdén—. En cuanto a lo de la esposa dócil, le sugiero que la olvide también y se marche de Yorkshire. Estoy segura de que usted está mucho mejor adaptado a la vida en Londres. Además, va a tener muchos problemas para encontrar a una dama que acepte su oferta de matrimonio si antepone la pesca a su prometida, como parece que prefiere hacer. Tiene que saber usted que los hombres de verdad no pescan.

—Hasta el momento no he tenido quejas, señora —dijo él—. Usted fue la que rechazó a un hombre de verdad porque no podía estar a su altura.

—¿Cómo se atreve...?

Alzó la mano, pero él la agarró con firmeza por la muñeca.

—No irá a abofetearme en público, ¿verdad? Eso sería un comportamiento demasiado escandaloso por parte de la perfecta duquesa viuda de Cole —dijo él—. ¿Está dispuesta a acabar con esa fachada pública, Excelencia, o quiere que lo haga yo por usted?

Durante un momento, se miraron a los ojos y él vio la furia en las profundidades de los de ella, y también la sombra del miedo por que él pudiera cumplir su amenaza y besarla allí mismo, ante todo el mundo.

Laura tiró de la mano para liberarse la muñeca y dio un paso atrás. Estaba muy ruborizada y tenía los ojos muy brillantes.

—Compórtese, señor Anstruther —le dijo—. ¿Es que no puede controlarse? Yo solo me había acercado hasta aquí para hablar con Miles. La próxima vez que le vea junto a usted, proseguiré mi camino.

—Eso es lo que usted dice, pero hace un buen rato que su primo se alejó, y usted todavía sigue aquí, pese a que me sugirió que nos evitáramos en lo sucesivo.

Laura se mordió el labio.

—Algo que tiene fácil remedio. Buenas noches, señor Anstruther. Espero que vuelva pronto a su casa. Su sitio está en Londres, donde sus hábitos irresponsables de libertino serán más apreciados.

Después, se dio la vuelta y se alejó de Dexter. Él tomó aire profundamente y se relajó un poco. Sin embargo, sus últimas palabras lo habían dejado helado.

«Sus hábitos irresponsables de libertino».

Era más parecido a su padre de lo que hubiera querido. Apenas se reconocía a sí mismo cuando estaba con Laura. Perdía el control, y parecía que su necesidad de ella lo distorsionaba todo.

Vio cómo varios célebres mujeriegos abordaban a Laura mientras ella se dirigía a la salida, y sintió que le hervía la sangre al pensar en que aquellos hombres, seguramente, veían a Laura como una viuda que podría proporcionarles entretenimiento amoroso que mitigara el tedio de cortejar a una heredera virginal. Quizá pensaran que podían cortejar a una debutante durante el día y seducir a una viuda de noche. Y quizá ella aceptara sus proposiciones. Dexter no conseguía sentir indiferencia por ella.

Sin embargo, desear a Laura con todas sus fuerzas, besarla, arder de ganas de hacerle el amor y perder la cabeza por celos de otros hombres eran algo de su vida previa. No eran el comportamiento de un hombre responsable, con principios, que no quería otra cosa que una existencia ordenada y una novia dócil.

Vio cómo lord Armitage se inclinaba para echar una mirada al escote de Laura con la excusa de besarle la mano. Sintió una oleada de furia primitiva y se preguntó si iba a terminar enfrentándose en duelo a todos los libertinos que pululaban por Fortune's Folly. Porque si le ponían un dedo encima a Laura, eso era lo que iba a hacer, y no sería la actitud de un hombre racional.

Se metió un dedo por el cuello de la camisa para aflojársela un poco. No sabía por qué estaba pensando así. Era algo ajeno a su carácter. Demonios, ya había perdido el control. Y, para un hombre que se enorgullecía de su sólido sentido común, era inexplicable. No tenía idea de dónde podía terminar.

Laura se apretó las manos mientras se dirigía a la salida del salón de actos. Tenía las palmas muy calientes bajo los guantes del vestido de noche. Tenía un cosquilleo en el cuerpo y un nudo de excitación, y también de ira, en el estómago. El impulso de darse la vuelta para mirar a Dexter Anstruther era casi demasiado fuerte como para resistirlo.

¿Qué demonios le estaba ocurriendo? Era la duquesa de Cole, y había recibido a príncipes y dignatarios. No había disfrutado con ello, pero había cumplido sus obligaciones con encanto y aplomo. Nunca había permitido que un hombre hiciera temblar su compostura.

Dexter era capaz de hacerlo con una sola palabra, con el más ligero de los roces. Su presencia era como un escozor en la sangre, exasperante, provocativa, imposible de pasar por alto. Ella no podía soportarlo. La atormentaba. Se había jurado que se mantendría lejos de él, y sin embargo él tenía razón: había buscado su compañía deliberadamente y no tenía sentido fingir lo contrario. Era una tontería, era peligroso y era irresistible.

Confesiones de una duquesa

Sin embargo, sabía que no debía olvidar lo más importante. Tenía que recordar que era esencial proteger a Hattie. No podía arriesgarse a exponerla, y por ese motivo, era una absoluta necesidad mantener a Dexter fuera de su vida. Ella misma debería estar buscándole buenas candidatas a esposa para liberarse de su problemática presencia. Sin embargo, pensar en Dexter cómodamente casado con otra era como una puñalada en el corazón. Se ponía de muy mal humor al imaginárselo.

Y al ver acercarse al nuevo duque de Cole con su esposa, Faye, y su hija Lydia, su estado de ánimo no mejoró. Faye Cole tenía el aspecto de un granjero que presentaba a su mejor ternera en el mercado. Sonreía con coquetería a todos los caballeros que veía, y empujaba suavemente a Laura hacia delante, para que los conociera. Lydia tenía veintidós años, y ya se la consideraba una solterona; Laura se dio cuenta de que Faye debía de estar intentando aprovechar la situación creada por El Tributo de las Damas para encontrarle por fin un marido a su hija. Los nuevos duques no vivían en Fortune's Folly, pero Cole Court estaba lo suficientemente cerca de allí como para que pudieran aprovechar la avalancha de pretendientes que había invadido el pueblo.

Y Lydia, vestida con un traje de satén rosa que no le favorecía, tenía cara de estar horrorizada ante la situación.

–¡Prima Laura! –dijo Henry, y le besó la mano con una melosa galantería. Faye fue mucho menos afectuosa y asintió con tirantez.

–Espero que nos veamos mucho, prima, durante nuestra estancia en Fortune's Folly –dijo Henry.

–Gracias, primo Henry, pero no salgo demasiado.
–Como debe ser –dijo Faye.
–¿Las viudas no deben dejarse ver? –preguntó Laura, y vio que la señorita Lydia Cole contenía una sonrisa.

Entonces, Lydia vio a Dexter Anstruther, y su rostro se iluminó, convirtiéndola en una joven mucho más animada y bonita. Laura sintió una punzada de celos. Dexter y Laura se habían conocido cuatro años antes, en Cole Court, y parecía que habían disfrutado mutuamente de su compañía. Laura sabía que si Dexter quería encontrar esposa de verdad, Lydia Cole era una buena candidata. Y Henry y Faye estaban tan desesperados por casar a su hija que seguramente aceptarían a un hombre de apellido antiguo y linaje noble aunque no tuviera fortuna. Laura sabía que sería un buen matrimonio para ambos. Así pues, tendría que reprimir la envidia que sentía al pensarlo. Sus sentimientos ingobernables eran problema solo suyo.

De repente, sintió pánico al darse cuenta de que si Dexter y Lydia se casaban, eso convertiría a Dexter en parte de la familia Cole, y por lo tanto, lo acercaría a su hija. Aunque ella apenas veía a Henry y a Faye, y ellos nunca habían mostrado el más mínimo interés por Hattie, en el pequeño mundo de la alta sociedad no podría esconder a Hattie de la familia de Charles para siempre. Suspiró al pensar en que la red de engaños se tensaba un poco más a su alrededor, y alrededor de su vida vacía.

–Os dejaré para que podáis saludar al señor Anstruther –dijo con cansancio, al ver cómo Faye miraba con interés a aquel candidato–. Estoy segura de que se pondrá muy contento al veros.

Confesiones de una duquesa

—Es muy guapo, pero no tiene dinero, ¿verdad? –dijo Faye pensativamente, evaluando a Dexter como si lo hiciera un vendedor de caballos–. Sin embargo, eso mismo haría que se sintiera agradecido por conseguir la mano de la hija de un duque.

—¡Mamá! —exclamó Lydia, mientras se ruborizaba profundamente ante aquella grosería de su madre.

—¿Qué? —le preguntó Faye con impaciencia—. No tienes por qué ponerte tan digna, Lyddy. Todos sabemos por qué estamos aquí, así que será mejor que animes un poco al caballero.

Laura miró a Lydia con solidaridad, porque parecía que la pobre chica estaba a punto de salir corriendo del salón de actos.

—Sí, mamá —dijo Lydia con un hilillo de voz.

Mientras Laura salía, Faye ya estaba arrastrando a Lydia hacia el otro extremo del salón, para abordar a Dexter, mientras Henry las observaba con la expresión calculadora de un hombre que estaba pensando en cuánto iba a costarle la boda. Laura vio cómo Dexter tomaba la mano de Lydia y se inclinaba sobre ella, y sintió los celos atenazándole el estómago.

Cuando llegó a la puerta, no pudo evitar volverse de nuevo.

Dexter iba con Lydia hacia el centro del salón, donde la gente se estaba colocando en formación para una danza folclórica. Él no la miró a ella. Parecía que ya la había olvidado.

Lydia Cole era una muchacha observadora. Ya se había dado cuenta de que Dexter Anstruther, aunque fingía que Laura le resultaba indiferente, la había mirado de reojo mientras la duquesa viuda dejaba el salón. También se había dado cuenta de que, aunque bailaba y charlaba con ella de manera muy agradable, tenía la mente en otra parte, o en otra persona. Lydia sabía que no era el objeto de su atención. En realidad, apenas tenía su atención.

Y se sentía muy aliviada. Dexter Anstruther, con su pelo castaño dorado y sus ojos azules, su físico imponente y su presencia autoritaria, la asustaba. Era demasiado guapo, demasiado listo y demasiado abrumador para ella.

Lydia sabía que su madre estaba decidida a casarla, y también sabía que Dexter estaba buscando una esposa rica. Habría sido una combinación perfecta. Pero no lo era, porque los sentimientos de Dexter le pertenecían a otra persona... y porque ella... bueno, ella sentía algo por un hombre completamente inapropiado. Estaba casi segura de que se había enamorado a primera vista.

Al mirar a su madre, que estaba a punto de saltar sobre Dexter y obligarle a anunciar ante todo el mundo el compromiso con su hija, Lydia suspiró. Todo podía complicarse mucho. Debía asegurarse de que no la obligaran a casarse con Dexter, y tenía que intentar curarse de su pasión por el otro caballero. Ojalá tuviera voluntad suficiente para conseguirlo. No estaba segura.

Después de una breve sonrisa, la atención de Dexter volvió a fijarse en otra parte. A Lydia no le importaba ni lo más mínimo, porque tampoco estaba pensando en él. Al otro lado del salón, sus ojos se encontraron con los del caballero de sus afectos. Él le mantuvo la mirada y sonrió significativamente, y ella olvidó todo lo demás en aquel instante. Parecía que él también estaba interesado en ella. Eso hizo que se le acelerara el corazón.

El amor a primera vista era maravilloso.

Capítulo 6

—Bien —le dijo Laura a su primo—, ¿cuándo vas a decirme lo que pasa, Miles? Llevas toda la tarde muy inquieto.

Estaban sentados en la galería, mirando cómo Hattie jugaba con una peonza que Miles le había comprado en Hamley's, la tienda de juguetes de Londres. Rachel le estaba enseñando a la niña cómo hacer girar la peonza para que los colores brillantes de la parte superior del juguete se convirtieran en un arco iris giratorio, y Hattie emitía gritos de emoción. El sol, que entraba por las ventanas con parteluces, iluminaba su carita entusiasmada y destacaba los matices rojizos de su pelo negro.

En un determinado momento, la niña miró a Laura con la cara ladeada del mismo modo, exactamente, en que lo hacía Dexter. A Laura se le aceleró el corazón y miró rápidamente a Miles, pero parecía que él estaba estudiando con toda atención uno de los retratos del siglo diecisiete de algún antepasado Asthall con una intensa concentración.

Sobre la alfombra desgastada había otros regalos de Miles, un libro de poemas infantiles, un grupo de pequeños animales de madera y una muñeca con un vestido y un sombrero a juego.

También había un vestido de brocado rojo, pero Laura había decidido reservarlo para la Navidad, para que Hattie no se convirtiera en una niña mimada.

Miles había llevado algunos regalos para Laura, almendras garrapiñadas de Gunters y un libro que ella deseaba leer. Laura se sintió conmovida, porque sabía que la situación financiera de Miles era casi tan desesperada como la suya.

Hattie había monopolizado la atención de Miles durante la primera hora de visita, y a Laura le pareció que él se había defendido muy bien. Sin embargo, estaba claro que una parte de su mente estaba en otro lugar, así que mientras Hattie jugaba con la peonza, Laura se llevó a su primo aparte.

–¿Miles? –insistió, y su primo irguió los hombros y suspiró.

–Tengo que hablar contigo de una cosa, Lal –le dijo. Tenía la mirada fija en Hattie y hablaba en voz baja–. Necesitamos tu ayuda.

Laura lo miró con agudeza. Conocía aquel tono, medio firme, medio de disculpa. Significaba que a ella no iba a gustarle lo que iba a oír, pero que tendría que hacerlo de todos modos.

–¿Lord Liverpool? –preguntó ella–. Siempre supe

que, aunque me dijo que todo había terminado, eso no sería el final del asunto.

Dos años antes, ella había ayudado al ministro del Interior a cambio del perdón por su participación en las aventuras de las Chicas de Glory. Todo se había mantenido en secreto para evitar el escándalo, y Liverpool le había prometido que nunca más volvería a mencionarlo, pero Laura no era tan ingenua como para creerlo. Y allí estaba Miles, dos años después, pidiéndole ayuda. Laura debía prestársela porque con lo que sabía Liverpool tenía la sartén por el mango.

–Es solo información –le dijo Miles con un gesto conciliatorio–. Tenemos que averiguar todo lo que podamos sobre Warren Sampson. O, más bien, Dexter necesita saberlo, porque este es un caso suyo...

–¿Tengo que hablar con Dexter? Miles, no tengo inconveniente en contarte todo lo que sé sobre Sampson, pero, ¿por qué tengo que decírselo al señor Anstruther?

–¿Y por qué no? Es un caso de Dexter, Laura. Yo he venido a Fortune's Folly por otro asunto.

–¡Ya lo sé! ¡A atrapar una muchacha rica! Anoche te vi poniendo en práctica tus encantos con la señorita Lister –le dijo ella. Después bajó la voz y prosiguió–: Y esta mañana he oído a los sirvientes chismorreando. Decían que has pasado la noche con una de las camareras de la posada Morris Clown. No me parece bien, Miles, y si alguien se entera de que eres tan libertino, nunca conseguirás una esposa.

Miles se echó a reír.

–Estamos hablando de las consecuencias de tus malos actos, Lal, no de los míos. Vamos, Dexter está investigando este caso para lord Liverpool y yo solo he venido a ayudarlo, así que es con él con quien tienes que hablar.

–Pero... ¡no puedo hablar con el señor Anstruther! Él era el encargado de arrestar a Glory, hace cuatro años. Nunca se enteró de que era yo... ¡Oh, ya sabes a qué me refiero! ¿Cómo va a sentirse cuando descubra... –se interrumpió con desesperación. Cuando Dexter supiera la verdad, vería su rechazo como otro acto de manipulación bien calculado por su parte–. No lo sabe todavía, ¿verdad?

–No, creo que no –respondió Miles alegremente–. ¿Y qué importa? Tú ya tienes el perdón, Lal. Lo único que estás haciendo es ayudarnos, darnos un poco de información. Estoy seguro que Dexter verá los beneficios de todo ello, y no va a sentirse indignado porque evitaras tu captura hace cuatro años.

–¡Pues yo no estoy tan segura! –dijo Laura con nerviosismo. La idea de verse ante Dexter y tener que revelarle que había sido Glory, la asaltadora de caminos, le resultaba intolerable. Abrió las manos con un gesto de desesperación–. Ya sabes lo obstinado que puede llegar a ser el señor Anstruther. ¡Lo más probable es que me eche un sermón sobre lo malvado de mis actos y adopte una actitud virtuosa y llena de principios! ¡Oh, no lo soportaría!

Miles se estaba riendo.

–Admito que Dexter, a veces, es demasiado honrado, pero acuérdate de que tú actuaste como Glory para vengar a los pobres y los débiles. Tú también tienes fuertes principios, Lal.

–Dudo que el señor Anstruther lo vea así –dijo Laura con amargura.

—¿Y qué importancia tiene eso, al fin y al cabo? —preguntó Miles—. A no ser que... —él la miró con astucia—. A no ser que su buena opinión sea muy importante para ti.

—Pues no —mintió Laura—. Lo que ocurre es que él ya me tiene por una persona desagradable. Con esto me despreciará por completo.

—Habrías podido engañarme si no os hubiera visto juntos en el salón de actos, Lal. Nunca me había sentido tan fuera de lugar. Lo que siente Dexter por ti no es desagrado, precisamente.

Laura notó un intenso calor en las mejillas.

—Bueno, pues después de esto sí va a sentirlo.

—¿Pero lo harás? —insistió Miles.

—Pues claro —dijo Laura con sarcasmo—. Tú me lo has propuesto como si yo tuviera elección, Miles, pero en realidad no la tengo. Dile al señor Anstruther que me veré con él esta noche en la posada de la Media Luna. No puedo permitir que me visite aquí. Todo el pueblo se daría cuenta, y ya soy lo suficientemente escandalosa. Y, por favor, envíale aviso a Josie para que nos reserve un gabinete privado.

—¿Quieres que te acompañe?

—¡Por supuesto que no! Fui salteadora de caminos. Tengo pistola, y sé cuidarme —dijo. Después se interrumpió—. Disculpa —añadió, al ver la expresión confusa de Miles—, pero estoy muy nerviosa. Gracias por tu ofrecimiento, pero no es necesario. Y me gustaría pedirte, por favor, que no le digas al señor Anstruther quién soy, Miles. Si tiene que explicárselo alguien, soy yo.

—Como quieras —dijo Miles—. Le enviaré el aviso a Dexter. Gracias, Lal.

—No me des las gracias. Solo lo hago porque me habéis obligado, Miles. Le diré al señor Anstruther todo lo que pueda para ayudar en su investigación, y después se habrá terminado.

Desde luego, habría terminado para Dexter y para ella, pensó amargamente. En el fondo, ella siempre había sabido que no tenían futuro, pero aquel era un asunto distinto. Después de que él conociera la verdad aquella noche, nunca querría volver a verla ni hablar con ella.

Dexter había conocido muchas tabernas de mala muerte, y la posada de la Media Luna tenía más categoría que ninguna de ellas. Sin embargo, la parroquia seguía siendo ruda. Cuando entró, varias cabezas se giraron para mirarlo, pero rápidamente, los hombres volvieron a fijar su atención en las pintas de cerveza. Dexter preguntó por Josie Simmons, la dueña. Un momento después, Josie salió por la puerta y se quedó mirándolo de pies a cabeza, en jarras.

Era una mujer grande, tan alta como Dexter pero el doble de ancha, y tan sólida que él entendió muy bien por qué ninguno de los borrachos se puso desagradable cuando ella les pidió que se fueran.

—Señor Anstruther —dijo—. Tengo entendido que Glory quiere verlo.

En los valles de Yorkshire todavía se hablaba de Glory como si fuera una leyenda.

—No —dijo Dexter—. Yo soy el que quiero ver a Glory.

Josie casi sonrió.

# NICOLA CORNICK

–Bueno, pues Glory todavía no ha llegado, pero si quiere pasar...

Prácticamente, ella lo arrastró dentro de una sala pequeña con varias sillas junto a una chimenea.

–Le traeré algo de beber –dijo Josie, indicándole que se sentara en una de ellas–. ¿Le apetece brandy, señor Anstruther?

–No, gracias –dijo él con tirantez. No quería beber nada.

–Va a necesitarlo –dijo Josie, y salió por la puerta trasera.

Una vez solo, Dexter comenzó a pasearse por la sala, y se detuvo para abrir las cortinas descoloridas y mirar fuera, hacia la oscuridad. Nunca se había sentido tan nervioso por una misión. No podía estarse quieto, y no quería beber nada. Cuando Miles le había dicho que su informadora era Glory y que estaba dispuesta a reunirse con él para hablar sobre Warren Sampson y sus socios, Dexter se había quedado boquiabierto.

Sin embargo, Miles se había negado a contestar a ninguna de sus preguntas. Solo le había dicho que lord Liverpool le había concedido a Glory el perdón varios años antes, y que en aquella ocasión los estaba ayudando solo por buena voluntad. A Dexter no le había quedado más remedio que esperar y preocuparse por su cita con una mujer que, cuatro años antes, había sido su bestia negra y su heroína secreta.

La puerta se abrió y Dexter se volvió. En el umbral había una mujer que llevaba una capa azul oscuro y una máscara del mismo color. Era muy alta y estaba muy erguida. Él también se enderezó cuando ella entró en la sala y cerró la puerta. Después, la mujer comenzó a desatarse los lazos de la máscara.

Dexter la reconoció un segundo antes de que se quitara la capucha.

Era Laura Cole. Al darse cuenta, se le encogió el corazón. Tuvo la sensación de que siempre había sabido la verdad, y sin embargo, hubiera sido demasiado lento o demasiado ciego como para verlo.

–Soy Glory, señor Anstruther –dijo–. Creo que necesita mi ayuda.

Laura Cole era la célebre salteadora de caminos, Glory.

La duquesa viuda de Cole era una bandolera.

Aunque ya había aceptado que debía de ser cierto, Dexter sintió otra oleada de estupefacción al mirar a Laura. Carraspeó y dijo:

–Si usted es Glory –dijo–, entonces sí quería verla.

Laura apartó la mirada.

–He sido Glory en algunas ocasiones.

–¿Qué quiere decir?

–Yo era Glory algunas veces, y otras veces era mi prima Hester la que interpretaba el papel.

–Y es evidente que Miles lo sabía –dijo Dexter, con amargura, al percatarse de que su amigo lo había sabido durante todo el tiempo y se lo había ocultado.

–Miles solo lo sabe porque fue él quien consiguió de lord Liverpool la amnistía para mí, hace dos años –dijo Laura.

Se acercó lentamente a la chimenea, se sentó en una de las sillas y se quedó mirando el fuego. Él caminó lentamente por la salita, sin poder dejar de pensar y de preguntarse cómo había podido ser tan tonto y no haberse dado cuenta de todo desde el principio. Cuando Nick Falconer y él habían ido a Peacock's Oak cuatro años antes con el propósito de atrapar a Glory, lady Hester Berry, la prima política de Laura, era la mayor sospechosa. Sin embargo, aquella última salida de las Chicas de Glory, en la que habían cabalgado para salvar al marido de Hester, John Teague, otra persona ocupaba el lugar de Glory, y esa persona debía de haber sido Laura. Era Laura la que había ayudado a detener el carruaje que llevaba a Teague a juicio, quien había encañonado a Dexter, y quien, en el papel de Glory, lo había besado antes de seducirlo con su propia identidad, más tarde, aquel mismo día...

El corazón le dio un vuelco, y sintió una terrible amargura. Por fin, su noche apasionada con Laura y el rechazo posterior tenían sentido. Ella no era solo una aristócrata aburrida que tomaba y dejaba amantes a capricho.

Era peor que eso.

Había hecho el amor con él para distraerlo de su deber. Lo había cautivado, lo había hechizado y lo había apartado de su misión para que él se olvidara de que debía atrapar a Glory.

Y su estratagema había funcionado.

Había funcionado tan bien que él se había enamorado de ella.

El dolor que sentía en el pecho era tan agudo que tuvo que respirar profundamente. Debía controlar su furia. No podía permitir que su ira personal interfiriera en la investigación. Tenía que conseguir toda la información posible sobre el caso.

—Y pensar que nunca me lo imaginé –dijo él–. Yo sabía que usted dispara perfectamente.

—Por supuesto –dijo Laura–. Nací y me crie en el campo.

—Y monta a caballo como un cosaco –añadió Dexter–. La veleta de Cole Court tenía forma de bandolero –dijo al acordarse–. ¿Fue una broma suya?

—Mi particular sentido del humor –dijo Laura con un hilillo de voz–. Creo que la mayoría de la gente no lo entiende.

Dexter se pasó la mano por el pelo. De repente, con violencia, estalló en cólera.

—¡Maldita sea, Laura! ¿En qué estabas pensando? ¿La duquesa de Cole cabalgando por ahí como si fuera una bandolera?

Ella lo miró con desdén.

—¿Esa es su única objeción, señor Anstruther? ¿Que soy duquesa, y que por lo tanto ese comportamiento no era propio de mí?

—Sabes muy bien que si hubiera conseguido arrestarte, te habrían colgado.

—Afortunadamente, no fue así. Pero no he venido para hablar del pasado, señor Anstruther. Solo he venido para ayudarlo en su investigación actual sobre Warren Sampson. No tenemos por qué hablar de ninguna otra cosa.

—¿De veras? –inquirió Dexter, hirviendo de rabia.

La puerta se abrió y apareció Josie.

—Va mal, ¿verdad? –dijo, al ver el rostro tenso de Laura y la cara furiosa de Dexter–. Eso pensaba yo.

—¿Es que podía ir de otro modo? –preguntó Dexter.

—Ya le dije que necesitaría el brandy –respondió Josie. Dejó una bandeja con dos copas y una botella de licor en la mesa–. Invita la casa. Debe de haber sido una sorpresa desagradable para usted, señor Anstruther.

—Puede decirse que sí. Sé que las Chicas de Glory guardaban aquí sus caballos. Sin duda, lo próximo que descubriré será que la señora Carrington también cabalgaba con ellas.

Josie miró a Laura con los ojos muy abiertos.

—¡No se le escapa una, Excelencia! ¡Bill Carrington era un jinete magnífico, incluso sin silla, cuando era joven! Su madre siempre decía que le daba miedo que se escapara con el circo. Podría haberse unido a nosotros y haberle hecho compañía a Lenny. Ah, bueno... –dijo con un suspiro–. Ya es demasiado tarde. Los dejo tranquilos –añadió, y salió.

—Pensaba que las Chicas de Glory eran solo mujeres.

Laura sonrió.

—Los requisitos de pertenencia al grupo eran... flexibles –dijo.

—Como sus principios –dijo Dexter, y el momento de relajación se desvaneció, como la sonrisa de Laura.

—¿Podemos hablar de Warren Sampson, señor Anstruther? Estoy impaciente por marcharme de aquí.

—Muy bien. Dígame todo lo que sepa de él.

—Fue vecino nuestro en Peacock Oak durante varios años. Era... y probablemente sigue siendo un jefe cruel y un terrateniente avaricioso. Yo lo detestaba.

—Pero no se relacionaba socialmente con él.

Confesiones de una duquesa

—No. Él era un hombre que había alcanzado su posición por sus propios medios, y yo era una duquesa. No nos mezclábamos con él salvo por casualidad, como ayer en el salón de actos.

—¿Y qué sabe de este individuo?

—Es duro y brutal.

—¿Debilidades?

—La vanidad. Y el amor desmedido por el dinero.

—¿No quería conseguir la aceptación social de la aristocracia?

—Nunca intentó conseguirla de mí —dijo Laura—. En realidad, no creo que a Warren Sampson le importe mucho el estatus social, solo en cuanto a los beneficios económicos que podría reportarle. En eso es bastante poco común. Muchos hombres a los que he conocido han querido su riqueza para ascender puestos en la sociedad, pero Sampson no.

Aquello era interesante, pensó Dexter, y podría darles pistas sobre el comportamiento de Sampson. Si no le importaba nada la aceptación, sino solo el dinero, y tenía varios negocios ilegales y lucrativos funcionando, seguramente habría optado por acabar de raíz con las amenazas del magistrado sir William Crosby de exponerlo como el criminal que era.

—Cuando era Glory, en una ocasión, usted quemó sus vallados. Causó un perjuicio delictivo y cometió además el delito de incendio provocado. ¿Por qué lo hizo?

—Porque Sampson había vallado las tierras comunales y se negaba a permitir que los ganaderos llevaran a pastar allí a sus animales. Es un hombre odioso. Había subido los alquileres y había llevado a algunas familias a la ruina y al hambre, señor Anstruther, y se había reído de ellos cuando fueron a pedirle ayuda.

–En otra ocasión, robó a su banquero y repartió el dinero entre sus trabajadores. ¿Por qué?

–Porque ese dinero era de ellos, en justicia. Les había prometido que cobrarían su salario y después se lo había retenido. Nosotras, las Chicas de Glory, nos limitamos a restablecer el equilibrio.

–Violó la ley.

–Sí. Muchas veces. Para reparar una injusticia.

–Usted no tiene derecho a hacer esas valoraciones. Esa es responsabilidad de los representantes de la ley.

Laura se encogió de hombros.

–Entiendo su desaprobación, señor Anstruther. ¿Cómo vamos a estar de acuerdo en esto cuando usted ha jurado que defendería la ley, y yo me vi obligada a violarla, aunque lo hiciera por buenas razones? De todos modos, estamos aquí para hablar de Warren Sampson, no de mis delitos.

Dexter suspiró.

–Muy bien. ¿Cómo podemos atraparlo?

Laura hizo una pausa y reflexionó.

–A través de su vanidad y de su amor por el dinero, creo. Tendiéndole una trampa, poniéndole un cebo financiero tan apetitoso que no pueda resistirse a morderlo. Es demasiado listo como para que lo atrapen de otro modo. Trabaja tras una cortina de humo de matones y criminales a sueldo.

–Sí. Pensamos que sir William Crosby fue asesinado por uno de ellos.

–Miles me dijo que la muerte de Crosby fue por accidente. Si es cierto que Crosby quería desenmascarar a Sampson, es muy probable que lo pagara con la vida.

—Y si también es cierto que Sampson tiene a algunos de los nobles locales en el bolsillo, ¿quiénes pueden ser?

Laura se quedó silenciosa durante un momento.

—No lo sé. Algún hijo segundón aburrido, que no tiene suficiente dinero para saldar sus deudas de juego, quizá. Hay muchos por Yorkshire.

—Dime sus nombres.

—El hijo de sir James Wheeler, por ejemplo. Se dice que su padre le pasa una asignación muy pequeña. Siempre están enfadados. Tom Fortune es un joven a quien le gusta armar jaleo, pero nunca he pensado que fuera malo, aunque puede que esté confundida. Y también está Stephen Beynon. Va siempre con Tom —dijo Laura, y sacudió la cabeza—. No lo sé. Es difícil, porque puede tratarse de gente a la que Sampson ha comprado, o a la que está chantajeando. Lo vi hablando con Henry Cole anoche, y me pareció raro, porque Faye nunca se rebajaría a tratar con un burgués a menos que tuviera una muy buena razón. Es demasiado consciente de su posición de duquesa de Cole.

—¿Cree que Sampson recurriría al chantaje?

—Estoy segura de que sí, si es beneficioso para él.

—¿Sabe dónde se reúnen los secuaces de Sampson?

—En la posada del León Rojo, en Stainmoor —dijo Laura, y de repente, su tono de voz cambió—. No vaya, señor Anstruther. Es demasiado peligroso. Ni siquiera yo habría ido al León Rojo, y eso que le caía bien a la clientela.

Dexter arqueó una ceja.

–Entonces, ¿ahora se preocupa por mi bienestar?

Laura apartó la mirada.

–No me gustaría que resultara herido.

Se hizo un silencio tenso. Dexter no podía mantenerse quieto. La furia y la frustración que sentía eran demasiado violentas como para eso. Aunque sabía que no estaban allí para hablar del pasado, él no podía evitar recordarlo una y otra vez. Necesitaba una explicación por parte de Laura. Su orgullo se la exigía.

Después de caminar de un lado a otro durante unos segundos, se acercó a la chimenea.

–Explíqueme una cosa –dijo con aspereza–. ¿El asunto de las Chicas de Glory era para usted solo una cuestión de principios?

–No –respondió Laura–. En parte sí, pero no completamente –dijo con una expresión sombría–. La verdad es que la primera vez que cabalgué con las Chicas de Glory lo hice por Charles. Charles sentía tanta indiferencia por mí que yo quería impresionarlo. Lo había querido mucho, con desesperación, durante muchos años, y estaba ansiosa por que se fijara en mí.

–¿Quería que su marido supiera que era una bandolera?

–Sí. Quería que Charles lo supiera. Estoy siendo muy sincera con usted, señor Anstruther. Espero que lo entienda. Quise a Charles durante mucho tiempo, de una manera tan profunda, que se convirtió en un hábito para mí. Estaba dispuesta a hacer cualquier cosa con tal de ganarme su atención. Quería que me viera de verdad, no que pasara su mirada por encima de mí. Quería que se diera cuenta de que yo existía –dijo Laura, y tuvo que respirar profundamente–. Mi amor por él me llevó a un punto cercano a la locura, a un punto en el que hice cosas temerarias para llamar su atención.

Ella miró hacia arriba. Tenía los ojos llenos de dolor y tristeza, tanto, que Dexter alargó el brazo hacia ella por instinto, antes de que su mano cayera de nuevo a su lado.

–Lo más irónico es que Charles sabía que yo era Glory y no le importaba –prosiguió ella, suavemente–. Al final, no había nada que yo pudiera hacer para ganarme su interés, y menos su afecto. Me veía como un ornamento para su ducado, y no quería nada de mí, aparte de que fuera una anfitriona elegante. Y, al final, mi amor por él murió.

–¿Charles Cole sabía que usted era Glory y no hizo nada? –preguntó él con estupor. No podía creer que el duque de Cole estuviera al corriente de que su mujer era salteadora de caminos y eso no hubiera provocado una respuesta en él. ¿Qué le ocurriría a aquel hombre?

–Sí –dijo Laura con una sonrisa burlona–. ¿Está pensando en que él era juez de paz y de todos modos no hizo nada para detenerme? No todo el mundo tiene una moral tan alta como la suya, señor Anstruther. A él no le importaba.

–Entonces, ni siquiera actuaba por principios. Me asombra.

–¿De veras? Pero usted no quiere aceptar ninguna justificación, ¿verdad, señor Anstruther? Cuando le dije que había actuado por principios, de todos modos despreció mis actos. La ironía de todo esto es que, en realidad, no somos tan diferentes. Como usted, yo valoro la integridad y el honor, y me rijo por esos principios. Sin embargo, yo los mantengo unidos a la humanidad, señor Anstruther, porque sin compasión, esas cualidades no tienen valor. Pero usted... no transige nunca, ¿verdad? No puede ceder.

–Yo he jurado defender la ley –dijo Dexter–. Las Chicas de Glory no la respetaban. Es así de sencillo.

–Debería serlo, pero no lo es. Piense en los hombres, mujeres y niños que se habrían muerto de hambre si las Chicas de Glory no hubieran distribuido los sueldos de Sampson. Y sin embargo, Warren Sampson no habría tenido que comparecer ante la justicia por su codicia y su crueldad. La ley no lo hubiera tocado. Piense en la gente cuya forma de vida queda destruida por la mezquindad de los terratenientes, que vedan su paso a las tierras comunales. Piense en las mujeres a las que se obliga a contraer matrimonio contra su voluntad, y a los trabajadores de las fábricas, que cumplen jornadas interminables a cambio de una miseria, y en la gente que es aplastada por la brutalidad y la avaricia de sus amos. Esas son las injusticias que la ley nunca remediará, señor Anstruther. Sin embargo, las Chicas de Glory podían repararlas. Quizá no sea estrictamente legal, pero tenía una cierta moralidad, y desde luego, era algo humanitario.

Dexter se había quedado helado. Lo que decía Laura tenía poder de seducción, lo impulsaba a evaluar los principios en los que había creído siempre. Ella hablaba con tal convicción que él quería creerla. Su deseo por ella y la admiración secreta que siempre había sentido hacia Glory eran como una debilidad que minaba su determinación. Si cedía una vez, quizá se quebrara y cayera. El miedo acabó con todo lo demás.

—Bonitas palabras —le dijo con aspereza—, pero la verdad es que no es usted más que una delincuente. Me engañó una y otra vez. Me recibió en su cama una noche, y a la mañana siguiente me echó de su lado sin contemplaciones. Y ahora lo entiendo todo.

Laura alzó la barbilla.

—¿Qué quiere decir?

—Todo fue una mentira, ¿no? Un engaño. Hizo el amor conmigo para distraerme de mi deber, para que yo, pobre idiota, me embobara pensando en usted y no tuviera sitio en la cabeza para ninguna otra cosa. Debió de darse cuenta de lo que sentía por usted. Yo era joven y no creo que fuera muy hábil disimulando mis sentimientos cuando estuvimos juntos. Así que vio la oportunidad perfecta para distraerme y que nunca imaginara que era Glory, para que no sospechara lo que había hecho. No es más que una cualquiera sin corazón.

Laura lo miró fijamente, y él sintió un gran dolor en el alma al ver la expresión de su rostro. Por un instante devastador, Dexter vio cómo su fachada se desmoronaba y dejaba al descubierto todo el dolor. Y después, la visión desapareció.

—Puede creer lo que quiera —dijo Laura.

De nuevo, sus miradas quedaron atrapadas. Dexter estudió su semblante.

Tenía que estar mintiendo. Tenía que ser falsa. Ella lo había estado engañando desde el primer momento. Sin embargo, sus ojos eran claros y honestos.

NICOLA CORNICK

Él sentía que su ira se apagaba, que era sustituida por la duda, la esperanza, el anhelo. Sin poder evitarlo, le acarició el brazo, desde el codo a la muñeca. Laura se estremeció. Sus ojos se oscurecieron, y pestañeó sin darse cuenta mientras el calor de la excitación le sonrojaba la piel. Separó los labios, y Dexter se inclinó hacia ella.

La puerta se abrió de repente, y Josie entró en la habitación. Ellos se separaron, mientras el fuego crepitaba y silbaba a causa de la corriente de aire. Laura le lanzó una última mirada de preocupación y después tomó su capa y se la puso.

–El coche está listo –dijo Josie, mirándolos a los dos con desaprobación–. Y justo a tiempo. Me parece que el señor Anstruther ha tenido toda la ayuda que se merecía esta noche.

Dexter miró a Laura, que tenía la cabeza agachada. Él no podía verle la cara, salvo el perfil, iluminado con la luz dorada del fuego. Cuando ella lo miró, su expresión estaba vacía de emociones, como si aquella ráfaga de dolor intenso y la intensa atracción que había entre los dos no hubieran existido nunca.

–Gracias, Josie –dijo Laura, y se volvió hacia Dexter–. Le deseo suerte en su investigación. Buenas noches, señor Anstruther.

Josie se hizo a un lado para que ella pudiera salir de la habitación, pero se interpuso en el camino de Dexter cuando intentó seguirla.

–Déjala en paz –le dijo Josie amenazadoramente.

Dexter se quedó mirándola. Le asombraba lo protectora que era aquella mujer con Laura. Se preguntó cuánto sabría. Cuando él había estado en Cole

Court, cuatro años antes, se había dado cuenta de que Laura tenía la lealtad de los vecinos de Peacock Oak y los pueblos circundantes. Había sido una señora buena y generosa para ellos, y una benefactora querida. Si los vecinos sabían que además era Glory, probablemente la tendrían en mayor estima.

—Le agradezco su lealtad hacia la duquesa, señora Simmons —le dijo suavemente—, pero estoy seguro de que sabe cuidarse sola.

Josie soltó un resoplido.

—Eso usted no lo sabe, señor Anstruther. Y estoy segura de que tampoco le importa. Ya ha hecho suficiente daño. ¡Culpar a Su Excelencia por lo que ha hecho, cuando no había nadie más que nos defendiera! Debería prestar más atención a su alrededor, y pensar un poco. ¡Hombres!

Después, salió de la habitación, farfullando entre dientes.

Dexter volvió a pensar en Laura. En aquel momento en que la había mirado a los ojos, había dejado de creer en su culpabilidad, pero el cinismo le había susurrado que ella siempre negaría haberlo utilizado.

Era una mujer mayor, experimentada, que seguramente tomaba amantes con frecuencia para mitigar el aburrimiento de su matrimonio. Él solo había sido uno más. Lo que hubiera entre ellos había terminado cuatro años atrás. En realidad, había estado basado en secretos y mentiras, y nunca había empezado de verdad. Y ahora, él tenía que llevar a cabo una investigación y encontrar a una heredera a la que poder cortejar. Su vida era tan sencilla como eso, e iba a seguir así.

Nicola Cornick

Sin embargo, aunque se dijera una y otra vez que el asunto estaba terminado para siempre, tenía la sensación de que no podría deshacerse de Laura Cole tan fácilmente por mucho que lo intentara, ni tampoco de sus sentimientos por ella.

Capítulo 7

—Gracias a todas por venir —dijo Laura.

Recorrió con la vista a todas las presentes en la biblioteca. Parecía que habían acudido todas las mujeres de Fortune's Folly, y no solo las afectadas por El Tributo de las Damas de sir Montague. Todas estaban allí, desde la anciana señora Broad, que vivía en la última casita de High Street y cuyas posesiones eran dos gallinas y una oveja, hasta la hermanastra de sir Montague, la heredera lady Elizabeth Scarlet. Lady Elizabeth estaba sentada junto a Lydia Cole, con la cabeza inclinada hacia delante y las manos posadas con decoro en el regazo, en contraste con su comportamiento de la noche anterior.

Laura pensó que era extraordinario. Seda mezclada con estambre, comercio con antiguas fortunas. Charlaban y se reían juntas, unidas por una causa.

Nicola Cornick

Laura nunca había visto tal grado de aceptación social. La única excepción era su prima política, Faye, la duquesa de Cole, que estaba horrorizada por haber tenido que relacionarse con gente plebeya. Ya que Henry y Faye no vivían en Fortune's Folly, Laura tuvo la tentación de sugerirle a Faye que se ahorrara el disgusto de tener que mezclarse con las masas y que volviera a Cole Court.

Alzó las manos y pidió atención. Entonces, todas quedaron en silencio, obedientemente.

–No esperaba que acudieran tantas de ustedes a esta reunión.

–Todas hemos venido a apoyar –dijo la señora Lovell, una rubia pizpireta que llevaba casada menos de un año con un abogado del pueblo–. Después de todo, si mi querido Archie tuviera un accidente y muriera, yo estaría en la misma situación que ustedes. ¡Lo que está haciendo sir Montague es indignante!

–Gracias –dijo Laura.

–Mi marido está intentando aprovechar esta oportunidad para casar a mi pobre Mary –dijo lady Wheeler, la esposa de un baronet, mirando con una sonrisa de afecto a su hija, una joven feúcha que estaba a su lado, muy ruborizada–. Está recibiendo a todo tipo de granujas en la casa porque dice que es el único modo de conseguirle un marido. ¡Es una barbaridad!

Por toda la sala se oyó un murmullo de solidaridad, aunque Laura no sabía si era por el hecho de que el despiadado padre de Mary Wheeler quisiera casarla de tal modo, o por el hecho de que la chica tuviera una madre tan poco sensible.

Lydia Cole se ruborizó y miró de reojo a su madre.

Confesiones de una duquesa

La pobre Mary Wheeler no era la única en aquella situación.

—Lo siento, señora —dijo Laura.

—Sir Montague es un animal —opinó la señora Broad—. Esta mañana ha enviado a su administrador a mi casa, para que me advirtiera de que iba a perder una de las gallinas y la mitad de la oveja —dijo, y se cruzó de brazos con un gesto beligerante—. Le pregunté qué mitad quería, si la delantera o la trasera. Prefiero dejarme cortar la lengua antes que volver a casarme, y se lo dije —miró a su alrededor, y cuando vio a lady Elizabeth Scarlet, su expresión se suavizó—. Que Dios te bendiga, hija, siento hablar mal de tu hermano, ¡pero lo que está haciendo es un escándalo!

—Oh, no se preocupe por mí —dijo lady Elizabeth alegremente, con una chispa de buen humor en los ojos—. Monty es un absoluto canalla, pero cuando yo haya terminado con él, lo lamentará.

—Pues sí —dijo Laura al acordarse del incidente de la limonada—. Sin embargo creo, lady Elizabeth, que aunque una acción directa puede estar muy bien en algunos casos, necesitamos tener cuidado sobre cómo nos enfrentamos a este problema.

—Por supuesto, Excelencia —dijo Elizabeth con un recato que no engañó lo más mínimo a Laura.

—He estado buscando en los libros antiguos de mi abuela —continuó Laura—. Y he encontrado algunas cosas que pueden ser útiles. Al desenterrar El Tributo de las Damas, también ha revivido otras leyes medievales del pueblo, ¿entienden?

Las damas entendían. Hubo otro alboroto de debate y especulaciones, y todas hablaron sobre cuáles de aquellas costumbres eran más adecuadas para sus propósitos.

—Está el derecho de llevar a los cerdos al bosque del señor a cambio del montazgo —dijo la señora Broad de repente—. Recuerdo eso de tiempos de mi padre. Él llevaba a los cerdos al bosque a comer bellotas y a pastar.

—Pues no veo por qué solo pueden ser los cerdos —dijo Elizabeth—. Tenemos muchos caballos en el establo. Les encantaría pastar en los macizos de flores de Monty. La plantación de otoño es su mayor alegría, y estoy segura de que esas flores tienen un sabor tan dulce como su olor —explicó, y miró a su alrededor—. ¿Alguien tiene ganado para llevarlo a pastar al jardín?

—Yo le prestaré encantada a mi oveja, lady Elizabeth —dijo la señora Broad con una sonrisa resplandeciente.

—Creo que también existe el Derecho de Pasto y Redil, por el cual, las ovejas abonan las tierras del señor a cambio de la provisión de redil —dijo Laura.

—A mi oveja se le da muy bien abonar —dijo la señora Broad con orgullo—. Supongo que dejará una buena cantidad de estiércol en el césped del señor Montague.

Laura se echó a reír. Sin embargo, la expresión de Faye Cole era de disgusto.

—Esto es muy infantil —dijo—. ¿Es que no debería todo el mundo cumplir la voluntad del señor? —preguntó, y miró a Lydia—. Yo he venido aquí hoy a decir que esta es una oportunidad excelente para una madre que quiere lo mejor para su hija. De hecho —añadió, lanzándole una mirada venenosa a

Confesiones de una duquesa

Alice Lister–, ciertas señoritas de origen humilde no deberían haber sido tan rápidas a la hora de rechazar la generosa oferta de sir Montague.

Hubo un silencio embarazoso. Alice respiró profundamente, y parecía que estaba a punto de estallar, cuando Elizabeth intervino en su lugar.

–Por mi parte –dijo–, siempre he considerado a la señorita Alice como a una hermana. No necesita sacrificarse en un matrimonio con Monty para convertirlo en un acuerdo formal.

Hubo algunas carcajadas, y Faye soltó un bufido. No iba a permitir que la vieran contradiciendo a la hija de un conde en público, pero la expresión de su rostro dejaba clara la opinión que tenía sobre las niñas francas que necesitaban mano firme.

–Gracias –dijo Laura–. Siempre es útil escuchar puntos de vista contrarios. Bueno, ¿hacemos una votación? Que levanten la mano todas aquellas que estén de acuerdo con llevar el ganado al jardín del señor.

Todo el mundo levantó la mano, con excepción de Faye y de Lydia, a quien su madre no se lo permitió.

–Bien, el resultado está claro –dijo Laura con energía–. Lady Elizabeth, ¿podemos encargarle que hable con todas las damas que posean ganado para llevar los animales a los jardines de sir Montague?

–Por supuesto –dijo Elizabeth con los ojos muy brillantes–. Será un placer.

–Muy bien. Celebraremos otra reunión en pocos días –dijo Laura–, para hablar sobre nuevas medidas. Todas las ideas serán bienvenidas, señoras. Lo dejo en sus manos.

–¡Es una vergüenza que hayas presidido una reunión como esta! –le siseó Faye al oído, mientras las damas de Fortune's Folly salían de la biblioteca al sol de otoño de la plaza del mercado–. De veras, Laura, ¡me asombras! Eres la duquesa viuda de Cole. Hace pocos años ya te mezclabas con la plebe en la sociedad de horticultura de Harrogate. Eso estaba mal, ¡pero este grupo de renegadas y malhechoras! ¡No doy crédito!

–No me extraña que sir Montague y tú estéis de acuerdo, Faye –comentó Laura, intentando no exasperarse–. Sois almas gemelas.

Recogió la carpeta en la que había recopilado el resultado de su investigación y se la metió bajo el brazo.

–Tu actitud es antediluviana –continuó–. Las damas de Fortune's Folly no son malhechoras. Es sir Montague quien merece ese nombre.

–¡Tonterías! –exclamó Faye mientras salían a la plaza, seguidas de mala gana por Lydia–. Si la señorita Lister hubiera agradecido la condescendencia que demostró sir Montague al ofrecerle matrimonio, nada de esto habría sucedido. No puedo creer que se haya atrevido a venir a la reunión de hoy.

–¿Y por qué no iba a venir? A ella le afecta El Tributo de las Damas tanto como a las demás.

–Sí –dijo Faye–, pero ella no es una dama, ¿no?

Laura tuvo que apretar los dientes para no responderla.

–De todos modos –continuó Faye, sin percatarse de la ira de Laura–, supongo que ya que ha sucedido todo esto, es la oportunidad perfecta para que las muchachas como mi querida Lydia encuentren marido. El señor Anstruther apenas podía separarse de ella en el salón de actos, y ayer paseó con nosotras por el parque. Le hizo un cumplido a Lyddy sobre su aspecto encantador. ¡Estaba encandilado!

–¿De veras? –preguntó Laura, intentando que no le temblara la voz. De repente, aquel día otoñal le parecía menos soleado, y el viento más mordiente.

Pensó que aquello no debería extrañarle. Después de todo, había visto a Dexter con Lydia en el salón de actos. Sin embargo, tenía un nudo en la garganta.

–Ha prestado mucha atención a Lydia desde el principio –prosiguió Faye–. Mencionó lo ingeniosa que era su conversación y lo contento que estaría de volver a visitar Cole Court de nuevo, ahora que tú ya no estás allí, Laura...

–Me parece que no dijo nada de eso, mamá –intervino Lydia, con una expresión de desafío–. Solo bailamos una vez en el salón de actos, y ayer me preguntó por mi salud muy amablemente, pero nada más.

–Bueno –dijo Faye, atravesando con saña una hoja seca del suelo con la punta del paraguas–. Estoy segura de que te habría dedicado más cumplidos si hubieras sido un poco más agradable con él, Lyddy. A los caballeros les gusta que los animen un poco. Por otra parte, el señor Anstruther debería estar agradecido de poder casarse con una Cole de Cole Court –continuó–. Está en la ruina. Solo tiene su buena apariencia, un apellido antiguo y un trabajo estúpido de secretario para ese viejo tonto de Liverpool. Su padre era un individuo inestable y parece que el mismo señor Anstruther va por ese camino desde hace unos años, con sus

…cortesanas, sus actrices y sus aventuras con mujeres casadas...

—¡Mamá! —exclamó Lydia, ruborizándose hasta las orejas—. No puedo creer que quieras que me case con un hombre por el que solo sientes desprecio.

—Tonterías, Lyddy. Una mujer es tonta si piensa que su marido no va a tener sus caprichos, y tienes que recordar que él se casa contigo por tu dinero y tú con él por... —Faye se interrumpió, como si estuviera intentando dar con un buen motivo.

—Para escapar de tu madre —murmuró Laura entre dientes.

—¡Porque es el único que te acepta! —terminó Faye de manera triunfal—. ¡Allí está, precisamente! —exclamó, y caminó apresuradamente hacia la entrada del balneario—. ¡Holaaa! ¡Señor Anstruther!

A Laura se le encogió el corazón. Tenía la esperanza de que pasaran unos cuantos días más hasta que volviera a ver a Dexter, para poder recuperar la compostura. El hecho de haber estado con él en la posada de la Media Luna, de haber hablado con él del pasado, había despertado recuerdos que ella apenas había conseguido enterrar.

—Si me disculpan —dijo, pero Faye la agarró por el brazo y tiró de ella hacia delante.

—¿Es que tienes que ser siempre tan egoísta? —le susurró con furia—. ¡Demuestra algo de sentido familiar y ayúdanos a cazar al señor Anstruther para Lyddy!

Como la alternativa era enzarzarse en un forcejeo indigno en mitad de la calle, Laura se rindió y permitió que Faye la arrastrara hacia los escalones del balneario. Dexter y su amigo, Nat Waterhouse, se detuvieron cuando Faye se abalanzó sobre ellos como un galeón a toda vela. Ambos iban impecablemente vestidos y Laura intentó no mirar a Dexter, pero fue imposible. Tuvo que cerrar los ojos durante un segundo para defenderse de la atracción que sentía por él.

Cuando los abrió de nuevo, se dio cuenta de que Dexter lo había notado todo, y peor todavía, de que le había leído la mente con precisión. Él arqueó las cejas, en un gesto que no era especialmente amistoso, sino más bien desafiante, y Laura se puso nerviosa. Se humedeció los labios y vio que él le miraba la boca, y a ella se le encogió el estómago.

–Oh, señor Anstruther –dijo Faye–. Lydia estaba deseando verlo. ¿Verdad que ayer lo pasamos muy bien en el parque?

–Muy bien –dijo Dexter. Apartó la vista de Laura e hizo una ligera reverencia–. Han llegado justo a tiempo, señoras. Le había prometido a lord Waterhouse que lo iniciaría en los placeres de las aguas sulfurosas del balneario, pero parece que no tiene buena disposición para probarlas. Sin embargo, ahora que han llegado ustedes, sin duda cederá, ante una persuasión más agradable que la mía.

–Espero que me disculpen, pero yo no los acompañaré –dijo Laura–. Tengo que trabajar, y no pienso obligar a nadie a que tome las aguas –dijo, y señaló a Faye–. Sin embargo, estoy segura de que Su Excelencia y la señorita Cole estarán encantadas de acompañarlos.

En la cara de Faye se reflejó la desaprobación por el tajante descrédito de los beneficios de las aguas sulfurosas y la gratificación al saber que Lydia y ella tendrían a los dos caballeros para ellas solas.

Sin embargo, la sonrisa se le borró de los labios cuando Nat le hizo un gesto para que subiera con él las escaleras, pero Dexter se quedó atrás y tomó a Laura del brazo.

–Espero que volviera sin problemas a casa después de nuestra reunión en la posada –murmuró.

–Como puede ver –respondió ella con frialdad–. ¿Y usted, señor Anstruther? ¿Tuvo ocasión de visitar la posada del León Rojo?

–Sí –respondió Dexter–. Pensé que la posada de la Media Luna era peligrosa, pero el León Rojo era peor. Tuve suerte de salir de allí con vida. Y eso fue antes de que supieran para qué había ido.

–Se lo advertí –dijo Laura–. ¿Mereció la pena?

–Sí me lo advirtió, y me temo que no, no mereció la pena. No conseguí información útil. Me recordó a cuando estaba persiguiendo a Glory. Nadie quería hablar conmigo.

–Nadie hablaba de Glory por lealtad. Sin embargo, nadie habla de Sampson por miedo, señor Anstruther. Hay una diferencia –dijo ella, y tiró suavemente del brazo para que él la soltara–. Discúlpeme. No quiero distraerle de su persecución del dinero de la señorita Cole... perdón. De su galanteo a la señorita Cole.

Dexter sonrió.

–¿Y qué es tan urgente como para que usted salga corriendo con esos papeles? –preguntó.

–Nada en particular –dijo Laura–. Es usted muy receloso, señor Anstruther, lo cual supongo que no es sorprendente, teniendo en cuenta su profesión, pero le aseguro que aquí no hay nada más interesante que un asunto legal –con una sonrisa burlona, añadió–: Espero que no le resulte muy descortés que prefiera mucho más mis documentos a su compañía y la de lord Waterhouse.

Una ráfaga de viento agitó la carpeta y Laura se sobresaltó. Los papeles se le cayeron al suelo y comenzaron a dispersarse por la plaza, empujados por la brisa, en todas direcciones. Mientras ella corría para recuperarlos, Dexter se agachó y recogió algunos, y leyó por encima los textos con sus agudos ojos azules.

–Leyes y tributos medievales... derecho de redil... aprovechamiento del bosque...

–¡Devuélvemelos! –dijo Laura, que abandonando la actitud de suprema dignidad, intentó arrebatárselos. Dexter los apartó y sonrió paternalmente. Laura tuvo ganas de dar una patada en el suelo, sobre todo encima de los pies de Dexter.

–Así que estás pensando en darle a sir Montague un poco de su propia medicina –dijo él lentamente–. Muy inteligente por tu parte.

–Soy inteligente –respondió Laura, ruborizada. Lo último que quería era darle información al enemigo. Se imaginaba a Dexter acudiendo a Fortune Hall a contarle a Monty Fortune todo lo que habían planeado, y echando por tierra su venganza.

–Sí –dijo Dexter–. Desde luego, lo eres. Sería un tonto el adversario que te subestimara, como hice yo –añadió, y le entregó los papeles con un gesto muy cortés–. Sin embargo, habrás pensado que si les declaras la guerra a los caballeros del pueblo, ellos responderán.

–Estoy impaciente –dijo Laura con sinceridad–. Las damas de Fortune's Folly están preparadas para la batalla.

Dexter sonrió.

–Será toda una guerra –le prometió–. Vas a lamentar haberte enfrentado a nosotros –dijo, y bajó la voz–. En cuanto a mí mismo, puedo ser muy obstinado cuando quiero algo. Y tengo la necesidad de dejar la situación en tablas contigo...

–¿De verdad? Era de esperar que un hombre no aceptara que lo han vencido. ¿Te importaría que te animara a unirte a la señorita Cole y a su madre? Yo tengo que irme.

–¿Para poner en marcha tu plan?

–Exactamente.

–Pero si le digo a sir Montague lo que te propones, te lo estropearé todo.

–Díselo y vete al cuerno.

Dexter se echó a reír.

–Qué delicada eres.

Laura se encogió de hombros.

–Tú puedes aguantarlo. Estoy segura de que no necesitas palabras dulces de mí.

–Lo que necesito de ti... –murmuró Dexter. Su mirada dejaba bien claro lo que quería de ella. El fuego que ardía en sus ojos la abrasó–. En este momento –dijo Dexter pensativamente–, lo que necesito es besarte hasta dejarte sin respiración.

La puerta de la entrada del balneario se abrió y salieron un par de damas que los miraron con curiosidad. Laura se sobresaltó y se dio la vuelta para evitar sus miradas inquisitivas. Su semblante estaba demasiado desnudo.

Ante la interrupción, Dexter también recuperó el sentido común.

–¿Está segura de que no quiere acompañarnos a

tomar las aguas del manantial? –preguntó, señalándole hacia la puerta–. Podemos hacer un brindis por las inminentes hostilidades entre los cazafortunas y las damas de Fortune's Folly.

–No, gracias –respondió Laura–. El agua sulfurosa es repugnante y puede matar a cualquiera con un temperamento débil.

A Dexter se le escapó otra carcajada.

–Entonces, me sorprende que no me recomiende que me tome un litro –dijo con una reverencia–. Buenos días entonces, Excelencia.

Se dio la vuelta y subió unos escalones, pero nuevamente se giró hacia Laura antes de entrar.

–¿Has pensado en el pontazgo? –le preguntó–. Es el derecho a cobrar un impuesto por atravesar el puente del río Tune. Si lo investigas, averiguarás que el puente pertenece al pueblo, y no al señor, porque se pagó por suscripción pública. Y Monty tiene que cruzar el río cada vez que viene a Fortune's Folly de su casa. Podrías sacarle mucho dinero y molestarle intensamente...

Laura entornó los ojos con desconfianza.

–¿Y por qué me da esta ventaja, señor Anstruther?

Dexter se encogió de hombros.

–Pensaba que podría igualar más el conflicto.

Laura se sintió indignada.

–¿Porque las señoras no tenemos la misma malicia y capacidad para el engaño que los hombres? –le preguntó dulcemente.

–En absoluto –dijo Dexter, que se metió las manos a los bolsillos–. He observado que la mente femenina puede ser inigualable en la seducción y el engaño.

Aquello, pensó Laura, estaba dirigido a ella. Haría bien en no olvidar nunca que él tenía una opinión muy baja de ella.

–Sin embargo, creo que los hombres se organizan mucho mejor para llevar a cabo un plan. Tenemos la cabeza fría, la fuerza y la determinación necesarias para llegar al éxito.

–Y el engreimiento –saltó Laura, hirviendo–. Me acaba de proporcionar el mejor motivo para derrotar a los hombres de Fortune's Folly. Haremos mella en esa arrogancia insufrible que padecen. Ya veremos quién gana, señor Anstruther.

Dexter tomó otro trago de café y pensó en que Laura tenía razón en una cosa: era mucho más agradable que el agua sulfurosa que había tomado en el balneario. Aquel día había pasado una hora cortejando a la señorita Cole, y ahogándose con los tópicos que le decía además de con el agua sulfurosa que estaba tomando. Se había convencido de que las famosas aguas de Fortune eran nocivas para la salud y de que seguramente portaban muchas enfermedades. Si los visitantes del balneario comenzaban a caer como moscas, ya sabía por dónde tenía que empezar la investigación.

Entre tanto, había descubierto que Lydia tenía tan pocas ganas de aceptar sus cumplidos como él de hacérselos, así que los dos habían tenido que esforzarse por mantener una conversación poco natural bajo la mirada sardónica de Nat y la mirada indulgente de Faye Cole.

Después de volver a ver a Laura, Dexter se había

dado cuenta de que su cortejo a Lydia no era más que una parodia vacía. Sentía por Laura un hambre que no quería reconocer, que no entendía, y que no podía reprimir. Y el hecho de que ella hubiera sido Glory, la infame bandolera, no hacía más que inflamarlo.

El sentir aquel deseo por una mujer que no le gustaba y a la que no podía tener hacía trizas su preciado sentido común y su capacidad de dominio. Sus sentimientos hacia ella eran primitivos, intensos y furiosos, y demasiado extraños como para que él pudiera sentirse cómodo. Había intentado reprimir aquella faceta salvaje de su carácter durante mucho tiempo. No iba a permitir que lo dominara en aquel momento.

Los demás, sir Montague Fortune, su hermano Tom, Nathaniel Waterhouse y Miles Vickery, estaban tomando vino o brandy aquella tarde, pero era demasiado pronto para Dexter, que bebía con mucha moderación. Su padre jugaba, fumaba y bebía, entre otras cosas, y Dexter siempre se había mantenido alejado de aquellos vicios como si fueran la peste. Ni siquiera en sus días de peores excesos se había sentido atraído por el brandy. Le parecía que Laura Cole era lo único que le atraía con intemperancia y exceso. No podía quitársela de la cabeza.

—Bueno, ¿y cómo va tu plan, Monty? —le preguntó Miles a su anfitrión—. ¿Ya has desplumado a alguna dama rica? ¿O alguien ha anunciado planes de boda?

—El plan va muy bien —dijo Monty, frotándose las manos—. Mi administrador está visitando las propiedades del pueblo que están afectadas por el impuesto para establecer cuál es el valor que me corresponde. Las señoras tendrán un año para casarse o para darme su dinero, y como en un par de meses llegan las fiestas de Navidad, habrá muchas oportunidades para que los caballeros pidan la mano de... –de repente se interrumpió mientras miraba por la ventana con estupor–. ¿Es una oveja eso que está pastando en mi césped?

–Es todo un rebaño –dijo Tom muy cooperativamente–. Mira, están entrando ahora por la puerta del prado...

Sir Montague ya se había puesto en pie de un salto y estaba llamando a gritos a su administrador mientras corría hacia la salida.

Los demás se miraron y lo siguieron más despacio. Cuando llegaron a la terraza, se encontraron con lady Elizabeth Scarlet, Laura Cole y Alice Lister, que estaban guiando a la última de las ovejas por la puerta, hacia los jardines.

En cuanto vio a Laura, Dexter sintió la misma ráfaga de deseo de siempre. Era su tentación más secreta y prohibida. Llevaba un sencillo vestido verde, tenía los ojos brillantes y la cara sonrosada por la brisa fresca. Él no pudo evitar que su visión le afectara profundamente. Sus sentimientos estaban muy enredados, la lujuria, la cautela, la lógica y el deseo luchaban dentro de él.

–¡Esto es allanamiento de morada! –gritó sir Montague, con la cara congestionada de indignación, mientras bajaba los escalones hacia el jardín–. ¡Deténganse ahora mismo!

–No seas idiota, Monty –respondió lady Elizabeth–. ¿Cómo voy a estar allanando mi propio jardín? –preguntó. Después asintió para saludar a los demás y sonrió a Nat Waterhouse–. Buenas tardes, caballeros. ¡Así que tú también has venido, Nat! Claramente, Fortune's Folly está lleno de indigentes estos días. ¿Tú también estás buscando a una cabeza de chorlito con la que casarte?

—Mejor una cabeza de chorlito que una fierecilla —respondió Nat—. ¿Cómo estás, Lizzie?

—Todavía demasiado salvaje para tu gusto —respondió lady Elizabeth—. Pero soy rica, Nat, ¡muy rica! Frustrante, ¿verdad?

—Nada tentador —dijo Nat, sonriendo.

—¡Puede que lo tuyo no sea allanamiento, Lizzie, pero lo de las ovejas sí! —intervino sir Montague—. ¡Sácalas de aquí ahora mismo!

—Es una pena, pero no podemos hacerlo, sir Montague —dijo Laura, con cara de lamentarlo mucho—. Tenemos que cumplir la ley. Es el Derecho de Pasto y Redil. Encontrará todos los detalles en la misma página de los archivos de la parroquia donde figura El Tributo de las Damas.

Dexter sonrió disimuladamente al oírla.

—Las ovejas pueden pastar en sus tierras a cambio de que dejen en ellas su abono —prosiguió Laura, señalando a la oveja más cercana, que estaba ilustrando en la práctica su explicación.

—¡Pero si yo no quiero su abono! —respondió sir Montague—. ¡Deténgalas!

—No creo que se pueda impedir a una oveja hacer lo que le dicta la naturaleza —dijo Tom, sonriendo. Dexter vio que miraba a Laura con apreciación, y tuvo ganas de agarrarlo por el cuello y sacarlo a patadas del jardín.

—Están destrozando las margaritas de Navidad —dijo sir Montague quejumbrosamente, mientras las ovejas mascaban con entusiasmo las flores violetas del macizo más cercano–. ¡Y las rosas tardías! ¡Esto es horrible!

–Igual de horrible que El Tributo de las Damas –convino Laura–. Muy horrible.

–¡Y el césped! –prosiguió sir Montague, mientras se pasaba una mano temblorosa por la frente–. ¡Mis jardineros lo habían preparado para el invierno con todo el esmero!

–Es mucho más rico que la hierba de los prados –dijo Laura–. A las ovejas les va a encantar –añadió, sonriendo con calidez a sir Montague–. Y ahora que empieza a hacer frío por las noches, también podrán beneficiarse de un redil como es debido.

–En los establos –dijo lady Elizabeth con gran sentido práctico.

–¡Pero si yo tengo allí mis caballos de caza! –exclamó sir Montague con horror–. ¡No pueden meter a las ovejas con mis caballos!

–Seguro que se llevarán estupendamente bien –dijo Laura. Después sonrió a todo el grupo, y miró la copa de brandy que Nat tenía en la mano–. No les distraeremos más de sus pasatiempos, caballeros. ¿Qué es esta tarde? ¿Van a idear nuevos impuestos con los que expoliar a las damas de Fortune's Folly?

–*Touché* –murmuró Dexter, mientras sir Montague tartamudeaba inútilmente.

Dexter miró a Laura y ella esbozó una pequeña sonrisa de triunfo. Su boca bella y generosa se curvó hacia arriba de una manera irresistible. Dexter sintió el impacto de aquella sonrisa como un golpe en el estómago. Se preguntó cómo sería besarla, y dio un paso hacia ella antes de reprimirse y controlarse. Sin embargo, Miles lo notó y miró a su amigo curiosamente. Dexter se movió con incomodidad. Debía terminar con aquella pasión que sentía por Laura antes de que lo desviara de su camino racional una vez más. No necesitaba entender por qué estaba sucediendo. Lo único que necesitaba era terminar con ello. La dificultad radicaba en que no sabía cómo.

–No creo que deba sentirse segura de la victoria todavía, Excelencia –dijo lentamente–. El juego acaba de empezar.

–Bien –dijo ella en tono cortante–. Entonces, los dejamos con su brandy para que retomen su consejo de guerra. Buena suerte, caballeros.

Dexter observó su esbelta figura mientras se alejaba y salía por la puerta, seguida de Elizabeth y Alice.

–Allá van tres mujeres decididas a causar estragos –murmuró Miles Vickery.

–En el más amplio sentido de la palabra –convino Dexter.

Se dio cuenta, divertido, de que Miles no podía dejar de mirar a Alice Lister, que se había dado la vuelta para echar el cerrojo de la cancela y le había lanzado a Miles una mirada extremadamente severa al sorprenderlo observándola.

–Creo que estás perdiendo el tiempo, amigo –le dijo Dexter–. Parece que la señorita Lister es inmune a tu famoso encanto.

–Ya lo veremos –dijo Miles, y sonrió–. Ya sabes cómo me gustan los desafíos, Dexter. Cuanto más grande es la dificultad, más placer hay en el juego y... –su sonrisa se hizo muy amplia–, la señorita Lister me resulta casi irresistible.

Nicola Cornick

—Treinta guineas a que no lo consigues —dijo Tom Fortune alegremente.

—¿Seducirla, o casarme con ella? —preguntó Miles.

—Las dos cosas —dijo Tom—. O cualquiera de las dos—. ¿Monty, me prestarás las treinta guineas?

—Hecho —dijo Miles—. Lo mejor sería que me dieras el dinero ya, Fortune.

—Un poco de respeto —dijo Dexter con aspereza.

—¿Por qué? ¿Piensas que la apuesta debería ser más alta? —preguntó Miles, y miró a Tom—. Puede que tenga razón, Fortune. Treinta guineas es una cantidad muy mezquina por la virtud de una dama.

Dexter emitió un sonido de disgusto.

—Eres un canalla, Miles. Nat... —dijo, volviéndose hacia Nat Waterhouse—. Conoces a Miles desde hace mucho tiempo. Por favor, que entre en razón...

Nat sacudió la cabeza.

—Estoy esperando a verlo caer, Dexter, y me da la sensación de que...

—¡Olvidaos de las mujeres! —los interrumpió sir Montague, agarrándose del brazo de Dexter—. ¡Mi jardín es mucho más importante! ¿Qué puedo hacer, Dexter? ¡Esto es un desastre!

—Manda a buscar un pastor para que se lleve a las ovejas otra vez a la pradera —le dijo Dexter—. Es fácil, Monty.

—Para mí no —dijo quejumbrosamente sir Montague—. Elizabeth no me lo permitirá.

—Vamos, Monty —dijo Nat Waterhouse—. Anímate. Lo que tenemos que hacer es planear una buena respuesta. Primero, toma un poco más de brandy. Parece que lo necesitas.

Una vez que sir Montague hubo revivido con otra

copa y estaban instalados de nuevo frente al fuego, Monty Fortune recuperó las fuerzas.

—Todo esto es culpa de la duquesa viuda de Cole —refunfuñó—. Todos habéis visto que era la líder. Miles, Su Excelencia es tu prima. ¿No puedes convencerla para que desista?

—No creo, Monty. Como tú mismo has dicho, Laura es una duquesa viuda. Nadie les dice a las viudas lo que tienen que hacer.

—¡Tonterías! Ella tendría que hacer lo que se le ordene. La desobediencia es de lo menos atractivo en una dama, sea cual sea su jerarquía.

—Si quieres contarle a la duquesa cuál es tu opinión al respecto, Monty —dijo Dexter secamente—, estoy seguro de que ella te daría audiencia.

Sir Montague se rindió, gruñendo.

—Quizá pudiera eximirla de El Tributo de las Damas, y con eso, entraría en razón.

—No lo creo —dijo Miles, y suspiró—. Laura no tiene dinero propio. Lo está haciendo por los demás, Monty, no por sí misma. Siempre le gustó defender las causas justas. Recuerdo que cuando era pequeña hizo una campaña que duró días, para conseguir días libres para los sirvientes y mejoras en los salarios de los peones de las granjas. Era una niña salvaje. Montaba cualquier caballo de los establos, y volvía locos a mis tíos. Lo único que querían ellos era que su hija se convirtiera en una dama.

Y no había duda, pensó Dexter, de que al menos en la superficie, los condes de Burlington habían conseguido que su hija fuera una dama perfecta y muy correcta. Solo bajo aquella superficie, Laura se convertía en alguien muy poco correcto, como él sabía. Sin embargo, la explicación de Miles sobre el carácter de Laura era interesante. Ponía de relieve el hecho de que ella se apasionaba por ciertas causas, y que se esforzaba por ayudar a los demás. Era la justificación que ella le había dado para su trabajo como Glory, la necesidad de corregir los males que la sociedad no remediaba. De nuevo, Dexter sintió admiración por ella, y tuvo que reprimirla sin piedad.

Sir Monty tenía el ceño fruncido de asombro.

–¡Y eso es lo que debería ser! –dijo Monty piadosamente–. ¿Días libres para los sirvientes? ¡Ideas peligrosas, sediciosas! Muy indecoroso.

Dexter se movió con incomodidad en su silla. Se dio cuenta de que el desprecio que manifestaba sir Montague por la filantropía de Laura le causaba un gran enfado, y despertaba en él un profundo sentimiento protector. Él mismo había visto lo que Laura había hecho por los granjeros y los trabajadores más pobres de Cole. Su generosidad era bien conocida, y no tenía intereses personales.

Dexter hizo caso omiso de sir Montague y se giró hacia Miles.

–Parece que admiras a tu prima –dijo.

–La admiro –dijo Miles–. No hay muchos miembros de nuestra familia que tengan principios.

–A mí no me parece que destrozar mi jardín sea tener principios –dijo sir Montague, y apeló a los demás–: ¡Decidme lo que tengo que hacer! ¡Mis flores! ¡Mi precioso césped! ¡Todo está hecho trizas!

–Bueno –dijo Dexter, que había perdido la paciencia–, seguramente habrá gente que piense que tampoco tú tienes principios por haber resucitado El

Confesiones de una duquesa

Tributo de las Damas, Monty, y que ahora te estás llevando tu merecido.

Vio que Miles, Nat e incluso Tom disimulaban la sonrisa ante la verdad de su afirmación. Sir Monty no contaba con muchas simpatías, ni siquiera con la de su hermano.

–¡Pero yo tengo derecho a aplicar ese impuesto! –exclamó con indignación sir Montague–. Es la ley.

–Y también el Derecho de Pasto y Redil –dijo Nat, con la mirada fija en la esbelta figura de lady Elizabeth, que entraba por la puerta del jardín con un cubo de pienso para las ovejas.

–Tal y como yo lo veo –dijo Dexter–, tienes dos opciones, Monty. O cedes y revocas El Tributo de las Damas...

–¡Nunca! Perdería mucho dinero.

–O combates el fuego con el fuego.

–Pero, ¿cómo? ¡Esas malditas mujeres!

Nat se estaba desternillando.

–¿Por qué no invocas alguno más de tus poderes de señor del castillo, Monty?

–Siempre está el derecho de pernada –dijo sir Montague con avidez.

Miles se atragantó con el brandy.

–Eh, Monty, ¡eso no puedes hacerlo! Te arrestarían si raptaras a todas las recién casadas en su noche de bodas. Parece como algo que haría yo mismo –añadió pensativamente–. Una idea muy tentadora.

A Dexter también se lo pareció. La idea de secuestrar a Laura Cole y llevársela al huerto le parecía toda una tentación.

–Olvídate del derecho de pernada –le dijo a sir Montague con irritación, intentando concentrarse–.

Monty, tienes que explotar los demás diezmos que puedas aplicar.

–Lo que realmente necesito es que mueran algunos de los arrendatarios –dijo entonces sir Montague–. Así podría quedarme con su segundo mejor inmueble en lugar de cobrarles un diezmo.

–¿Y sería su mujer o su caballo? –preguntó Tom en un murmullo.

–Eso depende del arrendatario –dijo Miles con una sonrisa de picardía–. Y de su esposa.

–Y del caballo –añadió Tom, riéndose.

Dexter dejó su taza de café en una mesilla con algo de brusquedad. Ya había tenido suficiente con los problemas que el mismo sir Montague había provocado y con el interminable debate que suscitaban. No tenía ganas de ayudar a aquel hombre a robarle a la mitad de la población de Fortune's Folly su herencia.

–Nos veremos más tarde, señores –dijo mientras se levantaba–. He pedido la cena en la posada, y después voy a asistir al recital de arpa que se va a celebrar en el salón de actos.

–Sin duda, en compañía de la encantadora señorita Cole –dijo Tom–. Qué inocencia virginal, Dexter, y aliada con el dinero, además. Muy seductor.

–Gracias, Tom –dijo Dexter con frialdad.

–Y con su menos seductora mamá –añadió Nat–. Te admiro mucho, Dex.

–Atarte de por vida, conscientemente, a Faye Cole además de a su hija requiere un gran coraje –convino Miles.

Las burlas de sus amigos no sirvieron para mitigar la irritación de Dexter. Mientras volvía caminando al pueblo, pensó en que Nat y Miles estaban muy dispuestos a felicitarlo por sus progresos en la captura de una heredera, e igualmente contentos de que no fueran ellos los que recorrieran el camino hacia el altar con Lydia Cole.

Al pensar el Lydia, inevitablemente, terminó pensando en Laura. Estaba obsesionado, enfurecido. Ella había conseguido hacerle eso en una semana. En quince días, su cuerpo y su mente estarían convertidos en añicos. Aquella no era manera de conducirse para un hombre con sentido común.

Se preguntó si sería lo suficientemente bellaco como para casarse con Lydia cuando lo que quería en realidad era hacer el amor con Laura. Quizá para otros hombres no fuera un problema, pero él tenía la sensación de que cuando se viera en la cama con Lydia, durante su noche de bodas, sería incapaz de consumar el matrimonio, porque la señorita Cole sería la mujer equivocada, en el lugar equivocado, en el momento equivocado.

Y, sin embargo, ¿qué alternativa tenía? Toda su familia dependía de que él hiciera un buen matrimonio. Y lord Liverpool le había dado un ultimátum para que encontrara una mujer rica, o para que buscara otro trabajo. No podía fracasar.

Murmuró un juramento y cruzó la calle hacia la plaza del mercado. Hacía frío aquella noche; soplaba el viento del norte. Sin embargo, el pueblo estaba lleno de actividad, aunque estuviera anocheciendo. Había un olor delicioso a carne asada flotando en el ambiente, que provenía de la posada, y que le recordó que su cena estaría lista muy pronto.

Estaba atravesando la plaza empedrada cuando

Nicola Cornick

vio a Laura desaparecer por el camino que conducía hacia las ruinas del priorato y del Viejo Palacio. Se estaba sujetando la capota con ambas manos para evitar que el viento se la arrebatara. Dexter titubeó, y después continuó caminando hacia la posada, pero de repente vio que alguien echaba a caminar detrás de ella y que tomaba su mismo camino. Parecía una presencia furtiva, y se mantenía en las sombras.

A Dexter se le erizó el vello del cuerpo, y su instinto profesional se despertó. Sin pensarlo dos veces, él también se ocultó en las sombras y siguió a las figuras hacia la oscuridad.

Capítulo 8

Laura dejó el farol, con cuidado, sobre el suelo de piedra, y se incorporó para tomar una botella de la estantería. Guardaba todo su vino allí, en el sótano del priorato, porque las escaleras que bajaban a la bodega del Viejo Palacio eran muy empinadas, y Carrington había estado a punto de caerse en más de una ocasión. Allí, Laura guardaba sus propias recetas, que fermentaban y burbujeaban suavemente en un rincón, y también lo que quedaba de la colección de extraordinarios vinos de su abuelo.

Como en aquellos días Laura apenas recibía visitas o daba fiestas, normalmente terminaba bebiendo sola, lo cual, sin duda, era el último recurso de una duquesa viuda anciana y triste: dar sorbitos a su jerez en la butaca de la chimenea, como una vieja borrachina.

Nicola Cornick

Aquella noche había un concierto de arpa en el salón de actos, pero ella no tenía ganas de asistir para ver a Dexter Anstruther y a su primo Miles y a sus amigos revoloteando alrededor de las herederas de Fortune's Folly. En vez de eso, se quedaría en casa, tomando una copa de vino y leyendo un buen libro, e ideando nuevas formas de venganza hacia sir Montague Fortune. El plan de las ovejas había salido muy bien, y era hora de hacer algo diferente.

Laura eligió una botella de champán de flores de saúco y la miró con ojo crítico. A la luz parpadeante del farol, tenía un brillo tan dorado como la paja al sol. Claramente, estaba listo para ser consumido. Junto a su sitio, en la repisa, había un espacio vacío del que parecía que hubieran retirado algo recientemente, por el dibujo que hacía el polvo en la madera. Laura frunció el ceño. También guardaba allí su confitura de endrinas y las mermeladas de cítricos, porque las frutas se conservaban mejor en aquella habitación fresca. Estaba segura de que últimamente ella no se había llevado ningún frasco, pero no podía imaginar qué otra persona podía haber bajado a las ruinas del priorato en busca de confituras.

De repente, oyó un sonido en el largo y oscuro pasillo que había tras ella, y se dio la vuelta con la botella agarrada por el cuello, en actitud defensiva. Sería una pena malgastar aquel buen champán rompiéndole la botella a un intruso en la cabeza, pero lo haría si era absolutamente necesario. Las sombras se movieron, y Dexter Anstruther entró en el círculo de luz que dibujaba el farol en la bodega. Laura se quedó tan sorprendida que estuvo a punto de dejar caer la botella.

–¡Señor Anstruther! ¿Qué está haciendo aquí?

Dexter la miró a la cara, miró la botella y volvió a mirar a Laura a la cara.

–¿Podría, por favor, bajar la botella? –le dijo–. Me pone nervioso.

Ella hizo lo que él le había pedido y bajó la botella. Se hizo un extraño silencio entre ellos, y él la observó de pies a cabeza, pero no con apreciación masculina, como otras veces, sino evaluándola minuciosamente.

–¿Está sola? –le preguntó.

Laura se sonrojó ante lo que implicaba su pregunta.

–¡Por supuesto! ¿Es que piensa que recibo aquí a mis amigos por la noche?

–No lo sé –dijo Dexter–. ¿Lo hace?

–No. Es usted muy ofensivo, señor Anstruther. Y eso, de todos modos, no es asunto suyo. No tiene por qué interrogarme en mi propia casa –le espetó Laura–. Y todavía no ha respondido a mi pregunta. ¿Qué está haciendo aquí?

–La estaba siguiendo –dijo Dexter–. Es peligroso andar por las ruinas del priorato de noche, Excelencia.

–¿Me estaba siguiendo? –preguntó Laura con asombro–. No lo he visto.

Dexter sonrió de repente, y su sonrisa hizo que a Laura le temblaran las piernas.

–No sería muy bueno en mi trabajo si me hubiera visto –comentó. Su sonrisa desapareció–. Y no era el único que la seguía, Excelencia. La razón por la que he venido a buscarla es que vi a alguien detrás de usted por el camino. Me parecieron sospechosos.

Laura arqueó las cejas.

–Qué raro que se haya nombrado a sí mismo mi protector, señor Anstruther. Estoy segura de que debe de estar confundido. No hay nadie más por aquí, y yo solo he venido por una botella de champán.

Dexter tomó la botella, la miró con atención y comenzó a sacar el tapón.

–No –le dijo Laura rápidamente–. Tienes que girar el tapón, no tirar de él...

Era demasiado tarde. El corcho se liberó con un sonido que retumbó por los muros de piedra, y el champán salió como un chorro, derramándose sobre Dexter y mojándole los pantalones contra las piernas musculosas. Laura intentó no quedarse mirándolo. Tomó uno de los trapos que utilizaba para envolver las botellas de vino y se lo tendió para que se secara. Ella no iba a intentarlo. Secarle los pantalones a Dexter Anstruther sería pedirle demasiado a su capacidad de contención.

–Oh, vaya –dijo–. Se lo advertí. Es champán, y es muy volátil.

–Ya me he dado cuenta –dijo Dexter. Se secó la cara con el trapo y después se lo pasó por el pelo mojado–. La próxima vez que necesite un arma, solo tiene que sacar el corcho, en vez de golpear a alguien con la botella.

–Lo tendré en cuenta.

Laura observó las gotitas de champán que él tenía por el pelo. Quería tocarlas. Más bien, quería lamerlas. Notó un calor repentino en el vientre, y respiró profundamente para controlarse.

–Bueno, quizá sea mejor que nos marchemos –

añadió, y de repente, tuvo una horrible duda–. No habrá cerrado la puerta del final del pasillo, ¿verdad, señor Anstruther? Se mantenía abierta con una piedra.

–Por supuesto que no –dijo Dexter.

–Bien. La puerta solo se puede abrir desde fuera. Si se cierra... –Laura se detuvo cuando una ráfaga de viento entró por el corredor y estuvo a punto de apagar la llama del farol–. Si se cierra, nos quedaríamos aquí atrapados.

Sonó un fuerte ruido al final del pasillo, cuando la puerta se cerró de un golpe debido al viento. Pareció que los muros del priorato temblaban debido al impacto.

–Así –dijo Dexter.

–Sí –dijo Laura, escuchando el eco del choque de la puerta con la piedra–. Así.

Dexter tardó dos minutos en confirmar que se habían quedado encerrados en la bodega del priorato, y que no había modo alguno de abrir la puerta. Apoyó una mano contra la piedra inflexible y repasó mentalmente el momento en el que había bajado las escaleras. Había comprobado minuciosamente que la salida estuviera despejada antes de entrar en la bodega. Aquella era una precaución elemental.

La puerta se sujetaba, abierta de par en par, con una enorme piedra que no habría podido moverse por accidente. Así pues, la conclusión era que alguien, quizá las personas misteriosas que seguían a Laura, los había encerrado allí.

Dexter soltó una maldición entre dientes y recorrió el pasillo hasta la bodega. Aquello le estaba bien empleado, por sucumbir al impulso de seguir a Laura. Sabía que no debía haberse metido en aquel lío. Después de todo, una mujer que había representado el papel de salteadora de caminos no solo era capaz de cuidar de sí misma, sino que se merecía todos los problemas que ella misma causaba.

Laura estaba sentada en el suelo, envuelta en su capa para protegerse del frío de aquella noche de otoño, con la botella de champán de saúco medio vacía a su lado. Guardaba la compostura y tenía una expresión serena, como si se estuviera preparando para un picnic inesperado y largo. Dexter se preguntó si sentía tanta calma como aparentaba.

–Parece que tiene razón –dijo él–. La puerta no se abre.

Laura alzó la vista. La luz de la linterna hacía que sus ojos se vieran muy oscuros, y su expresión era inescrutable.

–Qué tedioso –dijo cordialmente–. ¿Cómo puede haber ocurrido?

–Creo que alguien nos ha encerrado. Quizá lo haya hecho la persona que la estaba siguiendo antes.

–Seguro que está imaginando las cosas –dijo Laura–. ¿Por qué iban a querer hacer semejante cosa?

–A lo mejor es porque antes era Glory, la salteadora de caminos, y en el curso de su carrera temeraria y variopinta seguramente trabó algunas enemistades. Me parece tan buen motivo como cualquiera.

–Percibo su desaprobación, señor Anstruther –dijo Laura–, pero no estoy de acuerdo con usted. Nadie sabía que yo era Glory, y por lo tanto, nadie puede querer vengarse. Aparte de usted, quiero decir –añadió con un suspiro–. ¡Y ahora está aprisionado por haberse molestado en rescatarme! Tal vez hubiera debido pensarlo mejor, antes de intentar ayudarme. Generalmente, me las arreglo muy bien por mí misma.

Dexter suspiró con irritación. Era exactamente lo que él había estado pensando un minuto antes. Sin embargo, Laura le provocaba algo más que un sencillo sentimiento de protección. Le provocaba un sentimiento de posesión primitivo. Le resultaba desesperante, después de que ella lo hubiera tratado tan mal, y la despreciaba por ello.

–Por favor, no me dé las gracias –dijo él, iracundo por sus propias debilidades, y miró a Laura a los ojos–. Más tarde o más temprano recordaré que no debo ofrecerle mi ayuda cuando no la necesita. Generalmente, no tardo tanto en aprender.

–Eso sería lo mejor. Estoy segura de que esto no es más que una broma de niños. A menos que sea la idea infantil de venganza que tiene sir Montague, claro.

–Eso ya lo había pensado –admitió Dexter–, pero me parece un poco cruel por su parte hacerme sufrir a mí también encerrándome con usted.

Laura sonrió.

–A lo mejor –dijo con dulzura– pensó que sería un castigo perfecto para mí, el hecho de dejarme aquí atrapada con usted, señor Anstruther.

De nuevo, Dexter sintió la frustración y el deseo encendiéndole la sangre en igual medida. Castigo era una palabra para describir lo que él sentía. Tormento era otra.

–Verdaderamente, es una situación difícil para los dos, Excelencia, después de que hayamos llegado a la conclusión de que debíamos evitarnos –dijo Dexter–, pero estoy seguro de que podemos confiar en su capacidad de control.

–Oh, claro –dijo Laura–. La capacidad de control es algo infalible, ¿verdad? Y después de haber dejado claro que ninguno de los dos quiere estar atrapado con el otro, quizá deba concentrarse en lo que vamos a hacer al respecto.

Dexter suspiró y se metió las manos en los bolsillos. Laura no le había convencido de que aquello no era más que una broma de niños, pero estaba de acuerdo en que lo mejor que podían hacer era salir de allí lo antes posible, por muchos motivos.

–Supongo que no hay más salidas del edificio –dijo.

Laura lo miró con irritación.

–¿Cree que estaría aquí sentada si las hubiera? No, señor Anstruther, no hay más puertas, ni ventanas, aunque hay un escusado al final del corredor, que da al foso. Sin embargo, no me apetece intentar escapar por ese conducto.

–Iré a echar un vistazo –dijo Dexter–. ¿Puedo llevarme el farol?

–Por supuesto –respondió Laura–. Sin él no vería nada.

–¿No le da miedo quedarse sola a oscuras?

–No, claro que no –Laura lo miró con la cabeza ladeada y una ligera sonrisa–. ¿Y a usted, señor Anstruther? A mucha gente le da miedo. No es para avergonzarse. No creo que aquí haya nada peor que unas cuantas arañas y ratones, pero puedo protegerlo, si está nervioso.

–Por supuesto que no estoy nervioso –dijo él con

enfado–. Solo quería asegurarme de que usted se sentía a salvo.

–Qué amable por su parte. Claro que me siento a salvo con usted, señor Anstruther. Me reconforta el hecho de que usted sea uno de los Guardianes, y que, por lo tanto, tiene que protegerme, aunque no le caiga bien.

Dexter suspiró. Miró la botella de champán, y volvió a mirar a Laura.

–¿Está borracha? –le preguntó.

–Todavía no –respondió Laura–. Solo un poco achispada –le dijo, con aquella sonrisa cautivadora que le aceleraba el pulso–. No tenga miedo, señor Anstruther. No voy a abalanzarme sobre usted. Ni siquiera me gusta demasiado.

Dexter apretó los dientes y tomó el farol del suelo.

–Volveré dentro de poco –dijo.

Y cuando volvió, se encontró con que Laura había abierto una segunda botella de champán y tenía los ojos encantadoramente brillantes.

–¿Cómo le ha ido? –preguntó.

–Quizá un niño pequeño cupiera por el agujero –dijo Dexter–, pero tiene razón, ninguno de nosotros dos entraríamos por él.

–No estoy de acuerdo con el hecho de enviar a niños por las chimeneas, ni a otros espacios pequeños –dijo Laura con solemnidad–. Es una práctica bárbara.

–Claro que lo es. Yo tampoco –dijo Dexter con brusquedad–. Solo quería decir que usted y yo somos demasiado grandes para caber por la abertura. No estaba defendiendo el trabajo infantil.

Se sentó junto a ella. La suave fragancia floral de

su perfume lo envolvió, invadió sus sentidos. Dexter sabía que era demasiado imaginativo pensar que también podía sentir su calor, pero ahora que había comprobado que no tenían escapatoria, estaba empezando a sentir el frío y la humedad de la bodega, y Laura y la linterna eran las únicas cosas brillantes que había allí. A la pálida luz de la lámpara, ella parecía suave, cálida y tentadora.

También parecía algo más que achispada ahora, con sus rizos revueltos y la piel sonrosada, y los ojos resplandecientes. Era una combinación fascinante, y Dexter sintió un deseo repentino y abrumador de aprovecharse de ella. Por supuesto, no era algo que él hubiera pensado normalmente. La idea de seducir a una mujer en una bodega era deshonrosa e inmoral, era el tipo de cosa que haría Miles Vickery.

«Los dos podemos confiar en su capacidad de control».

Apretó la mandíbula con fuerza. Aquella iba a ser una noche muy, muy larga.

–Creo –dijo de repente– que ha bebido demasiado champán.

Laura le lanzó una mirada burlona.

–Supongo que no le parece bien que las mujeres beban solas. ¿O quizá no aprueba que beban en absoluto, señor Anstruther? Me he dado cuenta de que usted no bebe una gota de alcohol.

–Beber solo no es aconsejable ni para los hombres ni para las mujeres –dijo Dexter con algo de tirantez–. Y el alcohol se debe beber con moderación. Las mujeres tienen mucha menos capacidad para beber que los hombres, así que quizá sí fuera una buena idea que ellas no bebieran.

—Claro —dijo Laura—. Parece que ha estudiado el fenómeno profundamente, señor Anstruther.

—Solo en mi trabajo.

—Claro —repitió Laura—. Me imagino que usted es demasiado disciplinado como para emborracharse, señor Anstruther —dijo, y le tendió la botella de champán—. Yo, sin embargo, pienso que será mejor que tome un poco de esto para salvarme de beber sola.

Dexter la miró con asombro.

—¿Está bebiendo directamente de la botella?

—¿Y qué voy a hacer? No hay copas —dijo Laura riéndose—. Supongo que le parecerá poco digno de una duquesa viuda.

Dexter no pensaba que fuera poco digno, sino muy atractivo. Observó cómo ella se llevaba la botella a los labios, cerraba los ojos y bebía. Se le derramó una diminuta gota de líquido dorado por la comisura de los labios, y Laura la recogió con la lengua. Fue algo asombrosamente excitante para Dexter. Mientras ella mantenía la cabeza inclinada hacia atrás, su pelo castaño extendido por la capa hacía un suave sonido al rozarse con el terciopelo, un sonido que para él era muy sensual. Todos los rizos reflejaban el brillo de la luz de la linterna. Dexter tenía ganas de acariciárselos. Quería enredarse las manos en su pelo, y hacer que inclinara la cabeza, y besar aquella boca amplia y bella, hasta que ella estuviera suspirando contra sus labios y su cuerpo estuviera suave y dócil bajo sus manos...

Laura le tendió la botella.

—Su turno.

Dexter tomó el champán y puso los labios donde

habían estado los de ella, y sintió una ráfaga de lujuria por todo el cuerpo con solo pensarlo. Demonios, parecía que no importaba lo que hiciera aquella mujer. Todo servía para despertar sus sentimientos más y más.

–Es muy reconfortante –dijo él, sorprendido, mientras el líquido descendía por su garganta–. ¿Es una receta suya?

–Algo más que heredé de mi abuela –dijo Laura–. Quizá se pregunte por qué guardo mis vinos aquí en vez de en el Viejo Palacio, señor Anstruther. De hecho, me asombra que no lo haya preguntado, porque este es un lugar bastante irracional para usarlo como bodega.

–Sí me lo he preguntado –admitió él.

–Hay varios motivos. El primero es que el sótano de la casa se inunda fácilmente, y además, las escaleras son muy empinadas y peligrosas. Sin embargo, la razón más importante es que mi abuela trasladó la bodega aquí, y yo no me he molestado en volver a cambiarla. Ella quería alejar el vino de mi abuelo. Al final de sus días, era un terrible bebedor.

–Lo siento –dijo Dexter–. Mencionó usted que era un libertino. No sabía que además era un borracho.

–Oh, me temo que era prodigioso en ambos sentidos –dijo Laura–. Sin embargo, mi abuela se dio cuenta de que si le ponía difícil llegar al vino, él no se lo bebería. A mí me parece un plan muy astuto. Era un hombre muy perezoso, y no se molestaría en venir aquí cada vez que deseara un trago.

Dexter asintió. Tomó otro poco de champán, y notó que le pasaba burbujeando por la lengua y la garganta hasta la sangre.

—Es delicioso —le dijo a Laura mientras le devolvía la botella.

—Sí, gracias. La receta es muy buena —respondió ella, y lo miró pensativamente—. Así pues, señor Anstruther, como ya sabemos que nos hemos quedado aquí atrapados, ¿piensa que alguien lo echará de menos y vendrá a buscarlo?

—Me temo que no es probable —dijo él—. Los huéspedes de la posada de Morris Clown van y vienen a voluntad. Aunque no es que yo tenga costumbre de pasar la noche fuera, a menos que sea por cuestiones de trabajo.

—Claro, claro. Pese a su reputación pasada, dudo que usted sea tan desmedido ahora, señor Anstruther. Pasar la noche fuera con otras mujeres no es el mejor modo de ganarse a su heredera inocente, ¿verdad?

Al ver cómo Laura se llevaba la botella de champán a los labios otra vez, delicadamente, Dexter sintió el impulso irresistible de ser desmedido con ella, allí mismo, en el suelo de la bodega. Las herederas podían irse al infierno. Carraspeó y reprimió sin piedad su lujuria.

—¿Y usted, Excelencia? ¿Es posible que los sirvientes noten su ausencia?

—Quizá —dijo Laura—. Rachel se sorprenderá de que no haya llegado a tiempo para acostar a Hattie, aunque supongo que pensará que me he retrasado, nada más. Y los señores Carrington seguramente ya estarán acostados. Se retiran muy pronto. Hasta mañana por la mañana, no se preocuparán por mí.

—Qué frustrante —dijo Dexter—. ¿Y no ha pensado en contratar a sirvientes un poco más activos, que se den cuenta de las cosas un poco antes? Viviendo sola, como vive usted, sería mejor tener a alguien en quien poder confiar y apoyarse.

Laura enrojeció de indignación.

–No necesito a nadie más. Sé que todo el mundo piensa que los Carrington son incompetentes...

–Y lo son –la interrumpió Dexter.

–¡Porque Faye Cole los volvió locos con sus incesantes exigencias cuando se convirtió en duquesa! –protestó Laura–. Era espantoso trabajar para ella. El pobre Carrington se desmoronó bajo la presión, y la señora Carrington nunca ha tenido una salud muy robusta. Fue culpa mía. Dejé a los sirvientes a merced de Faye... –Laura se detuvo, miró la botella de champán y respiró profundamente–. Le pido disculpas. No es apropiado que yo critique a la duquesa de Cole delante de usted.

Dexter sabía que se refería a que era inapropiado porque Faye Cole podía convertirse en su suegra en un futuro cercano, pero en realidad él estaba más interesado en aquel estallido vehemente que había tenido Laura a causa del champán. De nuevo, parecía que era la protectora de los débiles, de un modo bondadoso, generoso y poco práctico. Dexter sintió por ella una ternura que no pudo evitar.

–De todos modos –prosiguió Laura, en tono defensivo–, a mí me gusta hacer las cosas. Nunca había podido hacerlas.

–¿Por qué? Yo creía que la posición de duquesa tenía unos privilegios enormes.

–En algunos sentidos sí, señor Anstruther, pero en otros, yo diría que ser duquesa es muy frustrante. Cuando yo era niña, se daba por sentado que sería duquesa, así que mi madre me educó para ello desde muy pronto. Nunca iba a ninguna parte sin la compañía de un par de sirvientes, por si acaso necesitaba algo. Era muy inconveniente tener siempre a alguien a mi lado.

Dexter se había quedado boquiabierto.

—¿La educaron para ser duquesa?

—Claro. Charles y yo estábamos prometidos desde la cuna —dijo Laura—. Así que yo sería duquesa y tenía que comportarme como tal.

—Su madre debió de sentirse muy complacida cuando, al final, todo salió según sus planes —dijo Dexter—. Imagínese lo decepcionada que se habría quedado si el acuerdo se hubiera roto.

—Creo que se sintió muy complacida —dijo ella con un tono de amargura—. Sin embargo, a mí nadie me preguntó qué era lo que quería para mi futuro. Así que entenderá por qué vivo ahora una vida un poco menos convencional de lo que debería, como duquesa viuda de Cole.

—Hacerse salteadora de caminos es verdaderamente menos que convencional para una par del reino —comentó Dexter.

—No me refería a eso —dijo Laura—. ¿Le importaría dejar de recordármelo, señor Anstruther? Por favor, intente dejarlo atrás. Si lord Liverpool pudo perdonarme, me parece que usted también debería ser capaz.

—Muy bien —dijo Dexter con un suspiro—. En lo que debemos concentrarnos es en que a ninguno de los dos van a echarnos de menos esta noche. ¿Qué sugiere que hagamos?

—Que esperemos hasta mañana —respondió Laura—, y que entonces, pidamos ayuda gritando. Alguien pasará cerca cuando amanezca, y aunque los muros son muy gruesos, quizá nos oigan.

–Me da la sensación de que está muy calmada, pese a las circunstancias, Excelencia –dijo Dexter.

–¿Es que esperaba que me desmayara? No entiendo qué iba a conseguir con eso.

–Quizá nada –concedió Dexter.

–Pero encajaría más con su visión de cómo debe comportarse una mujer, ¿verdad, señor Anstruther? Ser tan independiente no es propio del sexo femenino. Lo sé.

–Y yo sé que piensa que tengo unas opiniones demasiado conservadoras –dijo Dexter con tirantez–, pero tendrá que admitir que usted no se adapta a mi concepto de idoneidad femenina en absoluto.

–Oh, vaya por Dios –dijo Laura, sonriendo burlonamente–. Me siento consternada al oír eso, señor Anstruther. Y me veo obligada a preguntarle, ¿idoneidad para qué?

–Para el matrimonio, por supuesto –dijo Dexter.

Luchó por aclararse la cabeza. Tenía la mente un poco embarullada. La verdad, pensó vagamente, era que Laura lo deslumbraba. Lo tenía hechizado, pero era inadecuada en todos los demás sentidos. De todos modos, él no estaba sopesando la posibilidad de casarse con ella. Aunque hubiera sido rica, había muchas razones por las que aquello sería un error. Ella apelaba a su lado salvaje, aquella faceta de sí mismo en la que se parecía tanto a su padre y que intentaba reprimir para ser responsable, sensato y fiable.

Dexter miró la botella de champán. Su mente resbalaba y se deslizaba mientras intentaba analizar lo que Laura tenía de especial. Era como una estrella brillante y díscola. Era la tentación de desviarse del camino que él pensaba que debía seguir. Aquello era casi poético. Raro, porque él no era un hombre poético en absoluto.

Miró de nuevo la botella de champán. Estaba casi vacía. Nada de poético...

Estaba borracho.

Pestañeó ante la botella vacía, la prueba. No estaba seguro de cómo había sucedido, porque él siempre se regía por la moderación. Lo único que sabía era que estaba aturdido y un poco inestable, y que se sentía un poco perdido. Era una sensación curiosamente atractiva.

Laura se movió y sus brazos se rozaron. Estaban sentados con la espalda apoyada en la piedra fría. Los lazos que abrochaban su capa se habían aflojado, y la capa se había caído hacia atrás y dejaba entrever las líneas esbeltas de su cuello y de las curvas de sus pechos por encima del escote del vestido verde. Al ver la textura suave y el color delicado de su piel a la luz del farol, Dexter quiso acariciarla. En cuanto permitió que aquello se le pasara por la cabeza, no pudo pensar en otra cosa. Estaba encerrado en una bodega con Laura Cole. No debía tocarla. No debía pensar en besarla.

No debía pensar en hacer el amor con ella.

Notó la garganta tan seca como si hubiera intentado tragar arena.

–Creo que está borrachín, señor Anstruther –dijo Laura.

–Creo que sí –dijo él.

–Y también creo que usted imagina que quiere

tener una esposa dócil que le haga la vida confortable –continuó Laura en un tono suave–, pero que si la tuviera, se daría cuenta de que no era lo que quería en absoluto. Créame, yo fui la esposa perfecta durante años, al menos en apariencia, y ni mi marido ni yo fuimos felices.

–Yo no soy como su marido –dijo Dexter, con una necesidad instintiva de protestar ante aquella comparación con Charles Cole. Al ver la sonrisa y el pequeño hoyuelo de Laura, Dexter estuvo a punto de perder el control.

–No –dijo Laura–. Es cierto.

Dexter tuvo la sensación de que, a cada palabra que pronunciaban, aquella conversación se dirigía a un terreno peligroso.

–Para empezar, yo nunca la hubiera ignorado –dijo con dignidad–. Nunca le habría permitido irse a galopar por el condado deshaciendo entuertos y prendiéndole fuego a las cosas.

–Me alegra saber que no me habría ignorado.

¿Ignorarla? Habría tenido muchas dificultades para quitarle las manos de encima. Dexter se movió con incomodidad. Estaba tenso, y muy excitado.

A Laura se le borró la sonrisa de los labios.

–Fui tan infeliz con Charles –dijo suavemente–. Algunas veces me volvía loca. Y algunas veces, cometí locuras, o hice cosas que no estaban bien.

Entonces lo miró fijamente, y a Dexter se le encogió el corazón al ver la honestidad reflejada en sus ojos.

–La noche que pasé con usted... –susurró, y bajó la mirada–. Estuvo mal en muchos sentidos, pero lo deseaba...

Confesiones de una duquesa

Dexter se quedó sin aliento. Alzó una mano para aflojarse el pañuelo del cuello, pero sin saber cómo, terminó acariciándole la mejilla a Laura, con delicadeza. Se le encogió el estómago de deseo y anhelo. Laura tenía la mirada oscura y desenfocada de alguien que había bebido un poco de más; sus párpados se cerraron temblorosamente y sus labios se separaron. Dexter se vio al borde del abismo.

Estaba borracho.

Estaba aprovechándose.

No era un caballero, pero tampoco ella era una dama...

La necesidad, el apetito y la frustración que lo habían atormentado cada vez que veía a Laura se fundieron en un arrebato de deseo. Se acercó a ella y la besó, al principio suavemente, y después con pasión, salvajemente, intentando encontrar la respuesta que necesitaba desesperadamente de ella. En aquel momento supo lo que quería. No quería ser respetable. No quería ser conformista. No quería, ni siquiera, tener el control de la situación.

Deseaba a Laura Cole con todas sus fuerzas. Era como una fiebre de su sangre de la que, por mucho que quisiera, nunca podría curarse.

Capítulo 9

Laura sabía lo que habría dicho su madre: que ninguna dama, y menos una duquesa viuda, debería beber champán y luego encontrar un placer impúdico, pero profundamente satisfactorio, en brazos de un hombre. Ella había tardado años en comprender que había muchas cosas en las que su madre estaba equivocada, y aquella era una de ellas. Solo una vez se había abandonado a aquellas delicias embriagadoras, y se había jurado que nunca volvería a hacerlo, pero en aquel momento, al sentir el cuerpo fuerte de Dexter contra el suyo, con las manos enterradas en su pelo dorado y sintiendo cómo él le exigía respuesta a sus besos, Laura no tenía dudas.

Recordó vagamente por qué era tan mala idea hacer aquello. Sabía que tenía que guardar secretos. Si dejaba que Dexter se acercara a ella, se arriesgaba a desvelar la paternidad de Hattie. Sin embargo, lo necesitaba mucho... él alejaba su soledad. Y ella se sentía completamente en paz entre sus brazos.

Se acurrucó contra el calor de su cuerpo.

Él volvió a besarla. El impacto de aquel beso sobre sus sentidos fue devastador. La boca de Dexter era firme contra la de ella, y Laura percibió el sabor del champán en su lengua. Era algo absolutamente delicioso. Sus manos masculinas eran igualmente cálidas, y se deslizaron por debajo de la capa de Laura para aferrarla por la cintura. Ella notaba el calor que él desprendía abrasándola a través de la seda del vestido. Él giró la lengua, íntimamente, y cubrió su boca de caricias perezosas. No había titubeos en sus acciones, ni inexperiencia.

Fue Laura la que se sintió como una inocente, la que tembló con nerviosismo y desesperación mientras los sentimientos y las emociones la embargaban. Estaba paralizada por la fuerza y la autoridad del cuerpo de Dexter, y cuando él la apretó contra sí con una exigencia implacable, ella notó que se le endurecían los pezones contra la muralla musculosa de su pecho. Sentía cosquilleos de placer en el vientre y gimió contra sus labios, apoyándose contra la pared de la bodega para poder mantener el equilibrio.

Dexter la siguió y la atrapó contra la piedra, haciendo el beso más profundo frente a la suavidad de los labios de Laura, acariciándole la lengua hasta que sintió que se le iba a derretir el cuerpo por culpa de aquel deseo candente.

Ella pensó que nunca había sentido un placer tan

intenso. Después de cuatro años en el desierto, aquello era dulce y vivificador. Pensó que iba a morir de gozo, y entonces, Dexter deslizó la mano hacia arriba para liberar uno de sus pechos de su prisión en el corpiño del vestido. Le rozó la piel desnuda con los dedos, con una caricia ligera pero sabia, y el cuerpo de Laura se curvó como un arco al sentir aquel contacto.

Él volvió a besarla, lenta y profundamente, y consiguió atrapar todos sus sentidos en una espiral cegadora, hundirla en el éxtasis puro. La palma de su mano era cálida contra la curva del pecho y entonces, de repente, pellizcó su pezón erecto, una y otra vez, y Laura se arqueó de nuevo mientras las sensaciones dulces y ardientes embargaban todo su cuerpo. El muro de piedra la sostuvo mientras Dexter se deshizo de su capa y liberó su otro pecho. El vestido cayó hasta la cintura de Laura con un suave silbido de seda.

Dexter inclinó la cabeza y atrapó uno de los pezones hinchados con la boca, y lo lamió con delicadeza. Laura se retorció contra la pared, impresionada y fascinada por su propio instinto, que la empujaba a presionar el pecho contra los labios y los dientes de él. Sentía una necesidad abrumadora de exigirle la satisfacción absoluta que deseaba, y al mismo tiempo, temía que su cuerpo se fracturara a causa del placer extremo de aquella sensación.

–Dexter, por favor –dijo, luchando por respirar–. No puedo... necesito... No puedo soportarlo. Tienes que parar.

Él se rio.

–No creo que vaya a parar.

—No puedo pensar... —musitó ella, pero él se rio de nuevo, separando la boca de ella durante una fracción de segundo, durante la cual Laura sintió su aliento contra la humedad de la piel.

—Por suerte, no tenemos necesidad de pensar en absoluto —dijo él, y volvió a acariciarle el pecho con la lengua, a juguetear con el pezón sensibilizado hasta que a ella le temblaron las piernas incontrolablemente y tuvo miedo de caer al suelo. Solo se mantuvo en pie porque él la estaba sujetando por la cintura.

—Esto no es propio de ti —jadeó—. Dexter...

Sus palabras se interrumpieron cuando él le mordisqueó perversamente el pecho, y la hizo gruñir.

—Soy yo —susurró él con la voz ronca—. No me reconozco cuando estoy contigo, Laura. Solo sé que esto es lo que quiero.

Laura se rindió.

—Entonces no pares —jadeó—. Hagas lo que hagas, no pares.

Él volvió a reírse y atrapó el pezón de Laura entre los dientes, y rozó su punta con la lengua. Laura estuvo a punto de gritar.

—¡Ah! No pares. Por favor. Más fuerte... solo un poco más fuerte...

¿Era de verdad ella misma, rogándole a Dexter con la voz quebrada que cautivara sus sentidos con aquel placer cegador? Sintió que él la agarraba con fuerza por la cintura y la inclinaba un poco hacia la pared. Tenía los pechos completamente expuestos ante su boca, y aunque el aire helado de la bodega le envolvía la piel, el calor de su sangre le recorría las venas con fuerza, y fue aquel contraste lo que hizo que se estremeciera. Dexter estaba mordisqueándole ambos pechos en aquel momento, succionando sus pezones, dándole placer de una manera tan habilidosa con los labios y los dedos que la tensión había empezado a atenazarle el vientre a Laura. Temblaba intensamente y no podía seguir en pie.

–Por favor. De veras, no puedo soportarlo más...

Él se echó a reír y le cubrió los pechos de diminutos besos, de diminutos mordiscos que la hicieron sollozar. Estaba indefensa entre sus brazos, a merced de su fuerza. Se estremecía tanto que pensó que iba a desmoronarse. Su cuerpo esperaba en la agonía del deseo.

Un nudo de placer oscuro y abrasador se formó en lo más profundo de su ser y se desató con violencia, convirtiéndose en un éxtasis, y Laura notó que su cuerpo se convulsionaba de una manera insoportable.

Gimió, aferrándose a los hombros de Dexter, y él la besó de nuevo, mientras continuaba pellizcándole suavemente el pezón, mientras ella se sentía atravesada por una mezcla de placer y dolor. Todo el mundo se iluminó mientras ella llegaba al clímax desesperadamente en sus brazos.

–¡Dexter!

Fue una liberación tan exquisita que ella se perdió en el momento, y cuando finalmente sus sentidos revivieron, se dio cuenta de que Dexter la había envuelto en la capa de terciopelo. La sujetaba entre sus brazos mientras los pequeños temblores que recorrían su cuerpo se calmaban por fin. Ella tenía la cabeza apoyada en su hombro y percibía el olor de su piel, y sintió una gran dicha al apoyar la mejilla contra la curva de su hombro. Pensó vagamente que quizá debieran hablar, pero tenía la mente aturdida por el alcohol y el placer. Más tarde, pensó. Más tarde hablarían. Se sentía completamente satisfecha y feliz. Y se quedó dormida.

La casa que había alquilado el duque de Cole para la estancia de su familia en Fortune's Folly era, por necesidad, la más grande de todo el pueblo. Ninguna otra habría estado a la altura de Su Excelencia. Fortune Hall y el Viejo Palacio ya estaban ocupados, claro, lo cual era una pena, pero de todos modos, el duque había conseguido que le alquilaran Chevrons, una bonita casa propiedad de un abogado rico, cuya gota lo había llevado al sur, a un clima más cálido.

La señorita Lydia Cole, que volvía de un concierto de arpa celebrado en el salón de actos, pasó de puntillas por delante de la puerta de la habitación de su madre, y rezó para que la duquesa no se despertara. Su madre, que tenía la constitución de un buey, había sucumbido inesperadamente a un resfriado aquella tarde y se había quedado en cama, y Lydia había tenido como carabina a otra de las damas. Lady Bexley era mucho más relajada que la duquesa, y Lydia había podido escaparse y aceptar que la acompañara a casa cierto caballero. Habían hablado a solas de vuelta desde el salón de actos. Y después, él la había besado al darle las buenas noches. Lydia se había quedado asombrada, sabía que era horrible que un caballero se portara tan mal, pero también se había quedado muy sorprendida al descubrir que había disfrutado del beso. Todavía en aquel momento sentía un cosquilleo por todo el cuerpo, hasta los dedos de los pies.

–¿Lydia? ¡Ven aquí!

El grito estentóreo de la duquesa no indicaba que tuviera dolor de garganta, y con un suspiro, Lydia dio la vuelta y entró en la habitación de su madre. Olía a los caramelos de violeta que tanto le gustaban a la duquesa, y a otra cosa... un olor que Lydia no conocía bien, pero que se parecía bastante al del alcohol. Sí, olía como si la duquesa hubiera estado bebiendo. Sin embargo, Lydia sabía que era imposible. Debía de ser alguna tisana que le había preparado su doncella, y cuyo olor se parecía mucho al vino.

–¿Qué tal ha sido el concierto, mi amor? –le preguntó la duquesa, dando unos golpecitos en la colcha para que su hija se sentara a su lado–. ¿Ha sido atento contigo el señor Anstruther?

–El señor Anstruther no ha ido, mamá –dijo Lydia, y vio cómo se oscurecía la expresión de la duquesa. Rápidamente, añadió–: Pero lord Vickery estaba allí, y sir Jasper y lord Armitage...

–Eso no tiene importancia –la interrumpió Faye–. ¡Nunca conseguiremos que ninguno de esos se case contigo! –exclamó, y le clavó a Lydia una mirada fulminante, como si fuera culpa suya que el señor Anstruther hubiera estado ausente–. ¡Qué irritante! Vete a tu habitación. Tengo que pensar.

Lydia salió al pasillo y cerró la puerta cuidadosamente. La casa estaba silenciosa. Sabía que su padre no estaba en casa. Incluso en un lugar tan pequeño como Fortune's Folly, el duque era capaz de encontrar una sirvienta dispuesta a saciar su lujuria.

Laura entró en su habitación, se tiró sobre la cama

y se quedó mirando a la nada, soñadoramente. Era una suerte que su madre la hubiera despedido tan bruscamente, porque así no tendría que darle un informe detallado sobre cada minuto de la velada.

Lydia sonrió. Aquella noche, podría rememorar aquel beso sin que nadie la molestara, ni le repitiera la amenaza de que si no se casaba sería expulsada de la familia.

Con un suave murmullo de felicidad, cerró los ojos y se abandonó a sus sueños.

Cuando Laura se despertó, el farol se había apagado y estaba oscuro. Le dolía la cabeza, tenía reseca la boca y estaba sedienta y helada. Pensó que quizá hubiera situaciones menos románticas que aquella, pero no se le ocurría ninguna.

Se sentía desgraciada.

Su cuerpo traicionero se había despertado, y el deseo se adueñó de ella mientras recordaba todo lo que había ocurrido, las sensaciones que le habían producido las manos y los labios de Dexter, sus caricias y su sabor. Sin embargo, en aquel mismo instante se asustó al recordar las libertades que le había permitido. Había tomado demasiado champán. Había perdido el comedimiento, y una vez más, había respondido atrevidamente a Dexter. Él había averiguado lo fácilmente que podía hacerse con el control de sus sentidos, y pensaría que su reacción a él era otra muestra de su desvergüenza.

El placer y la alegría que había experimentado se desvanecieron. Recordaba que le había rogado a Dexter que le hiciera el amor. Había echado de menos sus caricias durante cuatro largos años, y había sido algo celestial estar otra vez en sus brazos. Había conseguido desterrar durante unas horas la fría soledad que la asediaba. Sin embargo, en aquel momento sentía más mortificación que placer. Aquella noche había estado con el Dexter Anstruther a quien pensaba que había conocido una vez, antes de que tantas cosas se hubieran interpuesto entre ellos. Se había olvidado de los secretos que ocultaba y de las mentiras que los mantenían separados. Había buscado al hombre complicado y apasionado que una vez había mostrado su afecto por ella, y había creído encontrarlo de nuevo. Sin embargo, ahora se daba cuenta de que era todo una ilusión.

«No me reconozco cuando estoy contigo, Laura».

Lo recordaba. Aquel Dexter Anstruther era un hombre decidido a ser convencional, un cazafortunas que deseaba una novia rica, que negaba su naturaleza salvaje y apasionada. Aquel no era el hombre a quien buscaba Laura, ni el que necesitaba.

Dexter estaba dormido. Laura no lo veía en la oscuridad, pero oía su respiración acompasada. Él todavía la tenía entre sus brazos, pero no la agarraba, y su cuerpo ya no le daba calor. Helada y desorientada por el champán, la oscuridad y la repentina tristeza, Laura se separó suavemente de Dexter y se fue hacia el servicio de la bodega.

En cuanto salió de nuevo, notó una corriente de aire fría y se echó a temblar. El viento soplaba por el pasillo exterior. Laura se sorprendió de que no les hubiera despertado antes. La puerta estaba abierta de par en par, y a la débil luz de la luna, veía las sombras más oscuras de las ruinas del priorato contra el cielo, y las estrellas blancas y brillantes por encima.

Durante un instante no pudo creerlo. La puerta de la bodega estaba abierta. Nunca habían estado atrapados.

—¿Laura?

No había oído a Dexter acercarse, pero se dio la vuelta y lo vio junto a ella.

—¡La puerta está abierta! ¡No estábamos encerrados!

—Imposible —dijo Dexter en tono de incredulidad—. La puerta estaba cerrada firmemente.

—¡Pues ahora está abierta!

Laura sentía una mezcla de ira e indignación. Ojalá lo hubiera comprobado. Lo ocurrido durante las últimas horas no habría sucedido nunca. Dexter no le habría hecho el amor en la intimidad de la bodega. Ella no habría dormido en sus brazos, y no habría sido feliz durante un corto tiempo, antes de darse cuenta de que aquella felicidad solo estaba basada en la lujuria, y que no podía ser suya por muchas razones.

—Me voy a casa.

—¡Laura, espera!

De repente, Dexter hablaba con ansiedad. Le puso una mano en el hombro para detenerla, pero ella se zafó y se apresuró a salir.

—¡Laura, no!

En el mismo instante en que oyó su última advertencia, Laura oyó también el ruido de las piedras contra las piedras, y un pequeño rodar de chinitas que precedían la caída de una gran roca. La luna salió de entre las nubes. Laura se dio la vuelta. Algo se dirigía hacia ella rápidamente, y en cuanto lo entendió, se tiró a un lado. Dexter la agarró y la tiró al suelo, y el peso de su cuerpo hizo que se le escapara todo el aire de los pulmones. Sintió un terrible golpe en el hombro y al instante, tuvo un dolor parecido a la cuchillada de una hoja incandescente. Todo se volvió oscuro.

Capítulo 10

Laura no supo cuánto tiempo estuvo inconsciente, porque no fue mucho, y cuando recuperó el conocimiento, deseó fervientemente seguir dormida. Todo su cuerpo estaba atenazado por un dolor ardiente. Era tan intenso que no podía pensar ni hablar. Veía luz detrás de los párpados cerrados, y durante un segundo pensó que era de día, pero entonces recordó lo que había ocurrido y se dio cuenta de que era la luz de las velas. Dexter debía de haberla llevado a casa.

Sintió que unas manos se movían sobre ella con un cuidado infinito. Cada roce le causaba una ola de agonía y le provocaba sudores fríos. Oyó la voz de Dexter.

–No se ha roto ningún hueso, pero el golpe ha hecho que se le desencajara el hombro…

NICOLA CORNICK

Laura veía figuras moviéndose entre la neblina de su dolor. Alguien le tocó la frente con un paño fresco, y con un gran esfuerzo, ella consiguió abrir los ojos. Estaba tendida en el sofá de su salón. La cara de Dexter estaba sobre ella, con una expresión grave, y con los ojos azules tan oscuros e intensos que Laura pensó que debía de estar enfadado con ella, e intentó extender la mano hacia él.

–Lo siento... –dijo.

–No intentes hablar. No te muevas.

Laura hizo otro esfuerzo.

–Carrington... Por favor, que no se preocupe. Todo le afecta mucho últimamente...

Vio que Dexter sonreía durante un instante, y que algo le brillaba en los ojos, algo parecido a la ternura, que por algún motivo, hizo que Laura tuviera ganas de llorar. Él le acarició la mejilla con delicadeza.

–Tú eres la que no debe preocuparse. Los señores Carrington se angustiaron mucho cuando te traje, pero los envié de nuevo a acostarse. Molly ha mandado a Bart a buscar al doctor Barlow. Vendrá muy pronto.

–Mi hombro... –Laura soltó un gemido de dolor al intentar moverse, porque sintió una nueva oleada de dolor–. ¿Qué ha ocurrido?

–Intenta estarte quieta –dijo Dexter en tono de calma, aunque sus ojos estuvieran llenos de tensión–. Una piedra de la mampostería de la torre del priorato cayó y te golpeó. Se te ha desencajado el hombro.

–Me duele... muchísimo...

Alguien abrió la puerta, y Laura oyó los pasos urgentes de Molly.

Confesiones de una duquesa

—La esposa del doctor Barlow dice que ha tenido que salir a atender un parto y que tardará más de una hora, señor —dijo la muchacha con angustia—. Oh, señor... ¡Excelencia! ¿Qué vamos a hacer?

Laura oyó que Dexter soltaba un juramento y lo miró. Sabía la respuesta a aquella pregunta.

—Tienes que colocarme el hombro, Dexter —susurró—. No puedo soportar este dolor. No podré esperar una hora a que venga el médico.

Dexter le tomó la mano. Tenía una expresión atormentada.

—Laura, no puedo...

—Debes de haberlo hecho alguna vez —dijo Laura—. Por favor. Sé que es pedirte demasiado, pero sé que puedes hacerlo.

—Sí, lo he hecho antes. Pero... tendría que hacerte mucho daño, Laura. No sé si voy a ser capaz.

—Hagas lo que hagas, no puede ser peor que ahora —dijo ella—. Pero, por favor, dile a Molly que se vaya. Creo que se desmayaría.

—Oh, señora —susurró Molly, y comenzó a llorar.

Dexter se volvió hacia la sirvienta.

—Ve a calentar un poco de agua, Molly, y prepara la cama de Su Excelencia. Yo la subiré en diez minutos.

—¡Diez minutos! —exclamó Laura—. Dudo que pueda aguantar diez segundos más.

Sin embargo, sintió alivio mezclado con aquella agonía. Dexter iba a ayudarla. No iba a fallarle.

Él tomó una copa de brandy y se la acercó a los labios.

—Bebe, Laura —le dijo con la voz ronca, con una expresión dura como el granito—. Vas a necesitarlo.

NICOLA CORNICK

Después de eso, para Laura todo se volvió muy borroso. Dexter puso la mano bajo su codo y le estiró el brazo. Fue una eternidad. El dolor alcanzó su plenitud por todo su cuerpo, y Laura tuvo que agarrarse al brazo del sofá, con tanta fuerza que rasgó la tapicería.

Dexter no la miró. Estaba concentrado en la tarea. Ella pensó que quizá, si él veía cuál era la expresión de su rostro, se desmoronaría, porque estaba tan tenso y tan rígido que parecía casi explosivo. En cierto momento, Laura no pudo reprimir un jadeo de dolor, y se dio cuenta de que Dexter la miraba. Tenía unas profundas arrugas de angustia en los ojos, y los labios apretados.

–Continúa –susurró Laura–. Si te paras ahora, nunca te lo perdonaré.

A Laura le pareció que veía una ligera sonrisa en sus labios. Entonces, él tiró de su codo a través del pecho y le dobló la muñeca hacia atrás, hacia el hombro derecho. Sonó un horrible crujido, pero mientras Laura hacía acopio de fuerzas para poder soportarlo, el dolor desapareció y ella estuvo a punto de desmayarse de alivio.

Abrió la boca para darle las gracias, pero él le echó un poco de brandy por la garganta.

–Ahora te llevaré a tu habitación –murmuró.

La tomó en brazos, y Laura se dio cuenta de que Dexter estaba temblando. Se quedó impresionada. Sabía que le había pedido algo muy difícil, pero al pensar en lo que había podido costarle, se sintió profundamente conmovida. Él la sujetaba con delicadeza, como si fuera de cristal, y Laura se vio invadida por una emoción casi insoportable al pensar en lo que él había hecho por ella. Tenía ganas de llorar.

—Ya casi hemos llegado —le susurró él contra el pelo—. Aguanta.

Laura asintió. Sentía la cabeza increíblemente pesada contra el hombro de Dexter. El brandy corría feroz por sus venas, y se estaba debilitando tanto que apenas podía mantenerse despierta.

—Gracias —le susurró.

La cara de Dexter estaba muy cerca de la suya, y de repente, Laura se sintió inundada de amor por él. Era irresistible, devorador. Elevó la mano ilesa para acariciarle la mejilla.

—Tuve que obligarte a que te fueras —dijo.

De repente, le parecía imperativo conseguir que él entendiera lo que había ocurrido de verdad cuatro años antes. No podía soportar que él tuviera una opinión tan baja de ella cuando lo quería tanto. La urgencia de sus sentimientos la perturbó, y se retorció un poco.

—Tienes que dejar que te explique... —comenzó a decir.

—Shh —dijo Dexter, y de nuevo, le rozó el pelo con los labios—. No hables ahora. Lo entiendo.

Laura no creía que él lo entendiera, y luchó un poco contra las oleadas de oscuridad que anegaban su mente.

—Necesito explicártelo —volvió a decir con tristeza. No podía formar las palabras necesarias. Se sentía impotente, desesperanzada.

Sin embargo, él la abrazó con fuerza, y allí estaba el consuelo. Dejó de resistirse a la oscuridad y dejó que la calidez y la firmeza del cuerpo de Dexter la envolvieran, y después, ya no recordó nada más durante mucho tiempo.

Al despertar, la luz le hizo daño en los ojos. Sentía martillazos en la cabeza y el sabor ácido del brandy en la boca.

Abrió los ojos con cuidado y los cerró de nuevo, cuando las formas familiares de su dormitorio aparecieron iluminadas por el sol. Ella estaba en la cama, y Dexter Anstruther estaba sentado a su lado, leyendo, con la cabeza inclinada y el pelo dorado un poco revuelto...

Laura abrió los ojos de nuevo y los tambores de su cabeza retumbaron con tanta fuerza que gruñó de dolor.

Dexter Anstruther estaba en su habitación.

Al oír su gruñido, Dexter la miró, dejó el libro a un lado y se inclinó hacia delante. Laura clavó los ojos en su garganta, que era suave y tenía un delicioso color dorado. Era evidente que se había quitado el pañuelo del cuello. Y también la chaqueta. Tenía la camisa abierta por el cuello, y ella percibió su olor limpio, masculino. Lo recordaba bien de su encuentro abrasador y erótico en la bodega.

También recordaba que la había llevado en brazos, la noche anterior, a la cama. Recordaba la delicadeza y la determinación con la que le había encajado el hombro. Y recordaba que había pensado, en su estado de embriaguez, que estaba enamorada de él otra vez.

Aunque una vez sobria, esperaba que aquel sentimiento hubiera desaparecido.

Confesiones de una duquesa

No era así.

Sintió un amor intenso por él, tan intenso que se estremeció. Cerró los ojos y apretó con fuerza los párpados. No sirvió de nada. El amor no desapareció. Tenía atrapado su corazón con una tenacidad que ella nunca iba a poder destruir.

Quería a Dexter Anstruther. Siempre lo había querido, y sería tonta si quisiera convencerse de lo contrario.

Se incorporó, se apoyó contra la almohada, y miró el rostro de Dexter.

—¿Qué hora es? —gimió.

Sabía que su voz debía de sonar como la de un borracho después de haber pasado una larga noche en la ciudad. Probablemente, también olía como un borracho. Se encogió debajo de las sábanas, mortificada.

Vio que Dexter tomaba la jarra de agua y le servía un vaso. Se acercó y se lo puso con suavidad en los labios. Laura bebió con avidez, con azoramiento.

—Gracias.

—De nada —dijo él. Había calidez en su voz, aunque Laura también notó algo de retraimiento—. Es muy tarde, por la mañana.

—¡Hattie! —exclamó Laura.

El pensamiento de su hija le apartó todo lo demás de la cabeza.

Se incorporó de un salto y después volvió a apoyarse en la almohada, al sentir un tirón doloroso en el hombro.

—Todavía tienes dolorido el hombro —dijo Dexter—, y tienes cortes en el brazo. Molly te los ha curado —dijo él—. No te preocupes por tu hija. Rachel vino a decirme

NICOLA CORNICK

que iba a llevarse a Hattie al pueblo, y que vendría a visitarte cuando volvieran.

–¿La has visto? –preguntó Laura–. ¿Has visto a Hattie?

–No, no la he visto, pero está perfectamente –respondió Dexter–. Rachel le ha explicado que estás un poco enferma, pero que te pondrás bien enseguida. Me aseguró que Hattie no está disgustada y que estaba deseando traerte flores del invernadero de la señorita Lister.

–Gracias a Dios –suspiró Laura, y se relajó contra la almohada, laxa de alivio.

Vio la expresión del rostro de Dexter y se dio cuenta de que él había malinterpretado su preocupación. Dexter pensaba que ella tenía miedo de que Hattie estuviera asustada porque su madre estaba enferma. De repente, se sintió muy culpable, porque él se había apresurado a tranquilizarla, cuando ella le estaba ocultando un secreto tan grande, tan importante, de una forma tan imperdonable. El dolor y el remordimiento se hicieron mucho más agudos debido al amor que Laura sentía por él. Le estaba negando a Dexter el derecho a conocer a su propia hija. Era horrible por su parte, pero por Hattie, por la seguridad de su futuro, debía mantenerse en silencio.

Dexter no podía saber que la niña era hija suya, o intentaría quitársela...

–Tienes aspecto de cansada –le dijo Dexter suavemente, y su evidente preocupación hizo que Laura se sintiera peor–. ¿Cómo te sientes?

–Me siento como si me hubiera bebido una botella de brandy entera –dijo Laura, y después añadió, mirándolo desconfiadamente–: No me habrá dado una botella entera, ¿verdad, señor Anstruther?

Dexter frunció los labios.

–Más o menos la mitad –admitió–. Tenías muchos dolores.

–Y pensar que no apruebas que las mujeres beban –murmuró Laura, y giró la cabeza hacia él para poder mirarlo bien. Dexter la estaba observando con una expresión que hizo que se sintiera muy acalorada, inquieta. De repente, parecía que su respetable camisón de viuda y las mantas gruesas la estaban asfixiando.

–¿Me desvestiste tú y me acostaste tú? –preguntó antes de poder contenerse.

–No. Lo hizo Molly.

Laura se relajó un poco.

–Gracias a Dios.

Entonces, vio la sonrisa irónica que se dibujó en los labios de Dexter y se dio cuenta de que él estaba recordando su encuentro de la bodega, y seguramente, con detalles tan vívidos como lo recordaba ella misma. Estaría pensando que tanto recato por su parte era un poco tardío. Y Laura se sintió más acalorada todavía.

–¿Recuerdas algo de anoche? –le preguntó Dexter.

Laura tuvo la tentación de refugiarse en la amnesia.

–No recuerdo nada desde después de que me colocaras el hombro –admitió–, y antes…

–¿Sí? –insistió Dexter, con la mirada muy intensa, brillante.

–Es todo nebuloso –se excusó Laura.

Nicola Cornick

—Me estabas hablando mientras te subía por las escaleras –dijo Dexter–. Quizá lo recuerdes.

De repente, Laura no estaba segura de que quisiera acordarse. Lo miró con inseguridad.

—¿Qué dije? Seguramente solo eran balbuceos causados por el alcohol.

Dexter sonrió vagamente.

—Querías explicarme algo –dijo–. Cuando te acuerdes, si te acuerdas...

—Por supuesto, te lo contaré inmediatamente –le aseguró Laura, de un modo completamente falso.

Dexter titubeó. Después de unos instantes, preguntó:

—¿Has pensado –le dijo– que lo que ocurrió anoche quizá no fuera un accidente?

Laura se quedó mirándolo con fijeza. Tenía tal dolor de cabeza que empezó a sentirse mareada.

—No, no lo había pensado. ¿No fue solo una piedra que se cayó de la torre? Supongo que solo fue mala suerte...

Dexter negó con la cabeza.

—Quizá fuera algo deliberado. Tuviste muy buena suerte. Tanta suerte como para no morir. ¿No te acuerdas de que nos encerraron a propósito?

—Sí, pero... Creí que... pensé que solo era una broma pesada, que quien nos hubiera encerrado había vuelto más tarde para liberarnos. Y estoy segura de que la caída de la piedra no fue provocada. No vi a nadie, y es evidente que la torre del priorato está en ruinas. ¡No puedo creer que no fuera un accidente!

Él suspiró.

—Para mí, pudo ser perfectamente una trampa, Laura, concebida con inteligencia y puesta en funcionamiento con habilidad. Te encerraron y después te soltaron, y tú estabas tan contenta de estar libre que hiciste lo que habrían hecho nueve de cada diez personas: salir corriendo directamente hacia la trampa.

Laura intentó analizarlo. Recordó que, cuando estaba paseando en el río, la semana anterior, tuvo la sensación de que alguien empujaba el bote hacia la mitad de la corriente. ¿Acaso estaban intentando hacerle daño? Y de ser así, ¿por qué? ¿Querría alguien hacerle daño a Hattie? Era un pensamiento intolerable. Se mordió el labio.

—¿Qué ocurre? —le preguntó Dexter al instante. La había estado observando, y era demasiado inteligente como para que se le hubiera escapado su gesto.

—Nada...

—Laura —le dijo Dexter—, cuando te caíste al río la semana pasada...

Laura lo miró fijamente. ¿Cómo había podido suponerlo?

—Me pregunté —admitió ella—, si alguien había empujado el bote. Me dio esa sensación, pero estaba cegada por el sol y no vi a nadie. Es un poco descabellado —dijo, y suspiró—. Creo que me estoy imaginando las cosas. Y me parece que tú estás alimentando mi imaginación. No hay ningún motivo por el que alguien pueda querer encerrarme en la bodega, a menos que sea una broma pesada. Y en cuanto a la caída de la piedra, fue un accidente...

Dexter soltó una carcajada seca.

—¿Que no hay ningún motivo? ¿No hablamos de ello anoche? ¡Estoy empezando a preguntarme si no estarás intentando borrarte de la mente tu antigua vida de delincuente, extravagante y temeraria!

–Puede que sí –respondió Laura con irritación–, ¡pero tú lo compensas, porque te niegas a dejar en paz ese asunto! –añadió, y suspiró–. Por favor. Necesito dormir. Te aseguro que no estoy en peligro, y que estaré perfectamente a salvo cuando te vayas.

Dexter exhaló un suspiro de resignación.

–Demonios, Laura, eres muy testaruda –dijo, pasándose la mano por el pelo–. Al menos, prométeme que no vas a ir a ningún sitio peligroso, ni vas a hacer nada imprudente.

–Te lo prometo –dijo Laura, mientras se le cerraban los ojos sin que pudiera evitarlo–. Dudo que vaya a alguna parte durante una temporada.

Volvió la cabeza y cerró los ojos para contener la amenaza repentina de las lágrimas. Ella nunca lloraba; era solo porque se sentía débil y sola. Quería que Dexter se quedara con ella, lo deseaba con todo su corazón, pero al mismo tiempo, sabía que tenía que conseguir que se marchara. No sería nada bueno permitirse el lujo de satisfacer aquellos sentimientos, tan nuevos e intensos, que estaba experimentando por él.

–Gracias por ayudarme anoche, Dexter –le dijo ella–. Siempre te lo agradeceré.

–Laura –dijo Dexter–. Hablando de anoche...

–No –dijo ella rápidamente–. No ocurrió nada importante. Olvidémoslo.

Después de un instante oyó suspirar a Dexter, y también cómo se alejaba de la cama.

–Hablaremos cuando te sientas más fuerte. Hablaremos, Laura.

Laura no respondió. La puerta se cerró tras él, y ella se sintió completamente sola. Sin embargo, sabía que era mejor así. Había demasiadas cosas que se interponían entre ellos.

Él quería calma, estabilidad y un matrimonio rico, aunque tuviera que sacrificar la pasión. Ella quería proteger a Hattie, a cualquier precio, del estigma de la ilegitimidad.

Y así terminaba todo.

Capítulo 11

—¡Laura! ¿Cómo estás?

Alice Lister dejó un ramo de rosas sobre la consola del vestíbulo y se quitó los guantes antes de darle a Laura un abrazo inesperado. Después, se retiró un poco y observó a su amiga con su perspicaz mirada castaña.

—¡Oh, Dios mío! ¡Estás muy pálida! ¿No es demasiado pronto para que te levantes?

—No me pasa nada —dijo Laura, riéndose mientras le devolvía el abrazo a su amiga—. ¡Al menos, no me pasaba nada antes de que me dijeras que parezco una bruja!

—¡Yo no he dicho tal cosa! —protestó Alice, y frunció un poco el ceño—. Estás un poco pálida, eso es todo, y no es de extrañar, después del accidente que tuviste. Rachel me contó que podía haber sido mucho peor.

Confesiones de una duquesa

Laura se preguntó qué era exactamente lo que le había dicho Rachel a Alice la mañana anterior, y más importante aún, qué era lo que Dexter le había dicho a Rachel que debía contarle a quienes se acercaran a interesarse por la duquesa. Ciertamente, no podía ser la verdad, que él había pasado la noche anterior con ella. Si aquel rumor comenzaba a circular por Fortune's Folly, su reputación quedaría destrozada, y él perdería toda oportunidad de casarse con Lydia. Se encogió de hombros ligeramente, intentando reprimir un sentimiento de enfado. Sintió un calambre en el hombro, que le recordó que fuera más cuidadosa.

—Tuve suerte —dijo, sonriéndole a Alice—. Cayó una piedra de la torre...

—Eso había oído —dijo Alice—. Te quedaste inconsciente, y conseguiste llegar a casa tú sola con un esfuerzo enorme. ¡Qué horror!

—Sola —repitió lentamente Laura—. Sí, sí, así fue.

Así que aquella era la historia que había hecho circular Dexter. Con cierto alivio, se acercó a la campana y tiró de ella con fuerza para avisar a Carrington.

—Tu primo me lo contó todo —dijo Alice—. Lord Vickery es un hombre muy inquisitivo. Acabo de encontrármelo en la calle y cuando le dije que iba a visitarte para ver qué tal estabas, me interrogó sin piedad sobre lo que había oído acerca de tu accidente, y quién estaba hablando sobre ello, ¡y sobre otras muchas cosas que no eran asunto suyo!

—Entiendo —dijo Laura, y de repente supo por qué Alice tenía las mejillas tan sonrosadas y una expresión tan combativa—. Lo siento. Miles es muy protector conmigo.

Nicola Cornick

—¡No necesita protegerte de mí! –refunfuñó Alice–. ¡Yo soy tu amiga! Me parece un hombre muy...

—¿Muy dominante?

—Bueno, no, no es eso –dijo Alice–. No del todo. No es desagradable. De hecho, puede ser muy encantador, si quiere, aunque yo no corro peligro de dejarme engatusar por él, claro.

—Claro que no –asintió Laura–. Rachel me ha contado que lady Elizabeth y tú detuvisteis a Miles cuando iba a cruzar el puente esta mañana y le exigisteis que pagara el pontazgo –añadió–. Eso ha debido de poner a prueba todo su encanto.

Alice esbozó una sonrisa de picardía.

—Sí, es cierto. Se molestó mucho. Y varios de los hombres más jóvenes decidieron cruzar por las piedras para evitar el pago del tributo, ¡y se cayeron al agua! Elizabeth y yo lo hemos pasado muy bien.

—Debemos pensar en otras leyes medievales para atormentar a los caballeros –dijo Laura–. El baile de la semana que viene será una estupenda oportunidad –añadió, y recogió el ramo de rosas de la consola–. ¿Son para mí? Muchas gracias, Alice. Son preciosas.

—Sé que Hattie te trajo lilas ayer –dijo Alice–, pero las flores frescas nunca sobran en una casa. ¿Crees que la señora Carrington podrá ponértelas en agua, o voy yo a la cocina?

—Estoy segura de que la señora Carrington podrá hacerlo. Sus arreglos siempre son muy elegantes. Creo que hoy se encuentra un poco mejor, y ha hecho un bizcocho de frutas y mazapán para el té. Dice que es una receta medicinal.

—¡Parece algo delicioso! –exclamó Alice.

Confesiones de una duquesa

En aquel momento, Carrington apareció desde la cocina, y se acercó a Alice tambaleándose para tomar su abrigo, sus guantes y su sombrero. Casi se dobló con el ligero peso de las prendas. Puso el ramo de flores encima de la pila, y las flores se mecieron como una barquichuela en un mar tormentoso.

–Traeré la bandeja del té, Excelencia –dijo–. Y, ¿me permitiría decirle lo contento que estoy de ver a su Excelencia con tan buen aspecto esta mañana? –sacudió la cabeza con horror y añadió–: No tenía idea, ni la más mínima idea de que estaba en la bodega la otra noche...

–Por favor, no se preocupe, Carrington –le dijo Laura. Al verlo temblar tanto, tuvo miedo de que se le cayera toda la pila al suelo–. Y no tenga prisa con la bandeja del té.

–Pobre Carrington –dijo Alice, observando al mayordomo con preocupación mientras se alejaba tambaleándose–. ¿Podrá arreglárselas?

–Supongo que tendrá que traer el bizcocho separado –dijo Laura, mientras guiaba a Alice al salón–, pero creo que podrá hacerlo, y a él le gusta hacer esas cosas por sí mismo. Es muy orgulloso.

Molly había encendido el fuego en el saloncito, y con sus llamas brillantes en el hogar y el sol del otoño inundándolo todo, la estancia parecía casi alegre. Alice se dejó caer, con un suspiro, en un viejísimo sofá de terciopelo, y Laura ocupó su butaca de siempre junto al fuego. Era consciente de que Alice la estaba escrutando, como si no hubiera creído del todo que ya se encontraba bien.

–¡Deja de mirarme así! –le dijo con severidad–. Estoy perfectamente.

–Si tú estás segura... –dijo Alice, nada convencida–. ¿Dónde está Hattie esta mañana?

–Está durmiendo una siesta –dijo Laura–. Hemos estado jugando en la galería con los juguetes que le trajo Miles de Londres. Le dio una peonza preciosa, y una muñeca a la que ella ha llamado Emily, y algunos animales de madera para que comience una granja. Hattie estaba tan entusiasmada que terminó agotada.

–Lord Vickery no me parece el tipo de hombre que se interesa por los niños –dijo Alice–. Me sorprende.

–Miles es un padrino muy atento para Hattie –dijo Laura, divertida al comprobar el interés que su primo despertaba en Alice, y que su amiga no podía disimular.

–Y sin embargo, es un libertino y un cazafortunas –dijo Alice con enfado–. ¡Es muy desconsiderado por su parte tener también virtudes que hacen imposible odiarlo por completo!

–Si recuerdas que es entrometido e inquisitivo– dijo Laura irónicamente–, estoy segura de que no te resultará difícil.

En aquel momento, Carrington entró en el salón con la bandeja del té y la depositó junto a Laura. Después se retiró para ir a buscar el bizcocho. Toda la operación duró cinco minutos.

–Por favor, déjeme servir el té, Carrington –dijo Laura, porque el mayordomo, al levantar la tetera con las manos temblorosas, derramó parte del contenido sobre la alfombra.

–Señora –dijo Carrington con dignidad–, no podría permitirlo.

Confesiones de una duquesa

Laura tuvo que conformarse con cortar el bizcocho mientras él servía el té a Alice.

—Es una enfermedad terrible la que sufren —susurró Alice mientras Carrington, después de cumplir con su deber, se retiraba con la tetera vacía—. ¡La duquesa de Cole debía de ser un monstruo para haberlos dejado tan maltrechos!

—Es muy triste —dijo Laura, asintiendo—. Y por favor, no les menciones a los Carrington que Faye y Henry están en Fortune's Folly, Alice, o se hundirán por completo.

—Por supuesto que no —dijo Alice, tomando un bocado de bizcocho—. Me crucé con la duquesa en la plaza y, por supuesto, me ignoró. Acababa de abordar al señor Anstruther en la calle para invitarlo a una cacería en Cole Court.

Laura sintió otra punzada de dolor al oír aquello, pero no en el hombro, sino en el corazón. Aquella invitación a Cole era el paso siguiente más lógico para el cortejo de Lydia. Se preguntó por qué no lo había pensado de antemano. Ojalá no le importara tanto.

—Quizá Faye piense que pasar una semana de matanza sin sentido suscite en el señor Anstruther un ánimo más amoroso —dijo, de muy mal humor.

Alice soltó una risita.

—Pobre Lydia —dijo—. Su madre ha estado empujándola hacia todos los caballeros de Fortune's Folly, ¿verdad? ¡No me sorprendería que la duquesa le vendiera a su hija al mejor postor!

—Por el amor de Dios, ni siquiera lo menciones, porque seguramente le parecería una estupenda idea. Ya me lo imagino, ¡una subasta pública en la plaza del pueblo!

—De todos modos, el señor Anstruther rechazó la invitación —dijo Alice, mirando a Laura de reojo—. No parecía que le apeteciera mucho.

—Es raro, porque ha sido pareja de baile de Lydia varias veces últimamente —dijo Laura, cortando con saña el bizcocho de su plato—. Creo que pronto le pedirá que se case con él, y después no podrá echarle la culpa a nadie más que a sí mismo por haber pensado que merecía la pena aguantar a semejante suegra con tal de ser rico.

—Él no la conoce desde hace mucho —dijo Alice, observando pensativamente a su amiga.

—Se conocieron hace años —respondió Laura—. Además, un oportunista no tarda mucho en evaluar el valor de la dote de una heredera, Alice, y todo el mundo sabe que el señor Anstruther tiene intención de atrapar una fortuna.

Alice sonrió.

—Parece que este asunto te molesta mucho, Laura.

—En absoluto —respondió Laura rápidamente. Por un momento, había olvidado lo observadora que era su amiga.

—Quizá entonces, la duquesa lo invite a pasar la Navidad en Cole Court —dijo Alice.

—Quizá —convino Laura.

Al imaginarse a Dexter recién comprometido con Lydia, celebrando la Navidad en Cole Court, Laura sintió una punzada de dolor, porque de repente se dio cuenta de que aquello sería el principio de su tortura, una tortura sin final. Estarían la boda de Dexter y Lydia, la luna de miel, el nacimiento de su primer hijo y el bautizo, y después la aparición de una prole de pequeños Anstruther. Serían una familia. Estarían unidos.

Confesiones de una duquesa

Con esfuerzo, se apartó todo aquello de la cabeza antes de que Alice pudiera notar su infelicidad.

–¿Vas a ir al recital del balneario de esta noche? –le preguntó a su amiga con la voz temblorosa.

–Eso me temo –respondió Alice con una expresión sombría–. Mamá ha decidido que estaría bien. Le gusta la música, pero yo no tengo oído –dijo, y miró atentamente a Laura–. Te has quedado muy pálida, Laura. ¿Te encuentras bien?

–Perfectamente, gracias –respondió Laura con una sonrisa, pese a lo acongojada que se sentía.

Nunca le había hecho confidencias a otra persona. Se dio cuenta de que ni siquiera sabía hacerlo. ¿Qué podía decirle a Alice, después de todo? ¿Que había pasado la noche con el pretendiente de Lydia? ¿Que estaba enamorada de él, aunque él pensara que era una cualquiera?

Rachel llamó a la puerta, y Hattie entró al salón dando gritidos de alegría. Tomó a Alice de la mano y tiró de ella para enseñarle su nueva muñeca, y Laura las siguió, sonriendo y charlando, como siempre había hecho en Cole Court, elegante, reservada, la duquesa viuda perfecta una vez más.

Capítulo 12

Dexter estaba sentado en una silla incomodísima en la sala de conciertos del balneario. Se frotó la nuca e intentó relajarse mientras esperaba a que comenzara el recital.

Aquella noche, la conversación en la mesa de sir Montague había sido forzada. Todas las herederas que habían recibido invitación la declinaron, con la excepción inevitable de Lydia Cole. De hecho, solo había tres mujeres presentes: Lydia, su madre y lady Elizabeth Scarlet, que había declarado que el único motivo por el que cenaba en compañía de su hermano era que de lo contrario se moriría de hambre. Sir Montague estaba casi incandescente de rabia por el hecho de que las damas de Fortune's Folly le hubieran hecho semejante desaire, y había estado gruñendo toda la cena.

Dexter se había sentado entre lady Elizabeth y

Confesiones de una duquesa

Lydia. Lady Elizabeth había pasado toda la velada acosando a Nat Waterhouse, que parecía inmune a sus bromas, mientras que la señorita Cole había pasado casi todo el tiempo en silencio. Respondía a los comentarios amables de Dexter con monosílabos, y su madre observaba como un halcón los progresos del feliz cortejo desde su lugar, al otro lado de la mesa. Había sido horrible.

Y el resto del día no había sido mucho mejor. Dexter se había reunido con Miles y con Nat para hablar sobre los avances de la investigación sobre el asesinato de sir William Crosby. En realidad, no habían tenido mucho sobre lo que hablar. Dexter no había tenido ningún éxito en sus averiguaciones en El León Rojo, y Nat no había obtenido mucha información nueva de sus conversaciones con el policía local que se había hecho cargo del caso al principio. Miles había entrevistado a los guardabosques y batidores que estaban en la finca con sir William cuando había recibido el disparo, pero parecía que ninguno había oído ni visto nada extraño. Lo único que había llamado la atención de Dexter era una nota, en la transcripción de la entrevista que había mantenido Miles con la viuda de Crosby, Leticia Crosby, sobre un anillo que había sido robado del cadáver de su marido.

–El informe original del policía no lo mencionaba –comentó Dexter.

–Lady Crosby dijo que era algo demasiado privado como para contárselo a un policía –respondió Miles con petulancia–. Sir William era un hombre llano de Yorkshire, que tenía reputación de impartir una justicia severa. Ella pensó que no iba a contribuir a preservar esa imagen de su marido si se sabía, después de muerto, que llevaba un anillo con un mechón del cabello de su esposa, y con sus iniciales grabadas. Era una tontería sentimental, según decía él, y solo lo hacía para agradarla.

Nat se echó a reír.

−¿Y cómo demonios conseguiste que te lo contara a ti, Miles? –preguntó. Después hizo una pausa–. No, olvida que te lo he preguntado. Qué tonto soy. Ya me lo imagino.

−No era mi tipo, amigo –dijo Miles–. E incluso yo tengo escrúpulos suficientes como para no seducir a una viuda reciente –añadió, pero luego se interrumpió–: Aunque ahora que lo pienso, ¿os acordáis de lady Compton...

−Ahórranoslo –le dijo Dexter–. Entonces, ¿el anillo había desaparecido cuando llevaron el cuerpo a su casa?

−Exacto –dijo Miles–. Seguramente, lo robó el asesino.

−¿Y por qué iba a hacer algo así –preguntó Nat–, si no se llevó la petaca de plata de sir Crosby, ni su caja de rapé?

−Quizá fuera un trofeo –dijo Dexter–. O quizá se lo llevó para demostrarle a otra persona que sir William estaba muerto de verdad.

−Para demostrárselo a Sampson –dijo Miles–, si él fuera el instigador. Si encontramos el anillo, tal vez encontremos al asesino.

−Puede ser –asintió Dexter–. Aunque también puede ser que lo haya destruido, o que se lo haya regalado a su amante.

−No creo que lo haya destruido, por vanidad –dijo Nat.

Confesiones de una duquesa

Por supuesto, Warren Sampson no llevaba el anillo de sir William Crosby aquella noche. Había saludado a Dexter estrechándole la mano con firmeza y con su habitual cordialidad, y aparte del enorme brillante que llevaba en el alfiler del pañuelo del cuello, no lucía más joyas. El duque y la duquesa de Cole habían sido muy corteses con él y lo habían invitado a sentarse con ellos, pero Sampson había declinado la invitación y se había unido a la familia Wheeler.

Dexter intentó encontrar una posición cómoda en aquella silla destartalada. El panorama de la noche que se avecinaba le resultaba difícil de soportar. Una vez más, tenía a Lydia sentada a su lado, y Faye Cole se había sentado al otro. Lydia estaba callada, como siempre, observando su bolso con aparente embeleso. Faye estaba mirando fijamente a Dexter, intentando coaccionarlo para que comenzara otra conversación insatisfactoria con su hija.

—Lydia y yo estábamos comentando lo enferma que parece esta noche la duquesa viuda —dijo Faye, y se inclinó hacia delante para dirigirse a su hija, impidiéndole a Dexter que pudiera ver el resto de la sala—. ¿Verdad que lo estábamos diciendo, Lyddy? ¿No hemos comentado que Laura aparenta todos y cada uno de los treinta y cuatro años que tiene, y algunos más?

—Tú estabas diciendo eso, mamá —respondió Lydia—. Yo creo que está muy bien y muy guapa, como siempre.

—¿La duquesa viuda? —preguntó Dexter—. ¿Está aquí?

Faye se apoyó en el respaldo de la silla y, por fin, él pudo ver la totalidad de la sala de conciertos. Laura estaba al otro lado, sentada junto a Alice Lister y a lady Elizabeth Scarlet. Llevaba un vestido de seda de color morado, pero si aquello era una concesión a su estatus Dexter pensó que había fracasado espectacularmente en aparentar que era una viuda respetable. A sus ojos, el vestido tenía un color demasiado vivo, y marcaba demasiado bien su silueta esbelta, demasiado como para ser recatado. Laura llevaba un chal a juego con el vestido en los hombros, sujeto con un broche de brillantes entre los pechos. Parecía un regalo que estaba esperando que lo abrieran, suntuosa, provocativa y gloriosamente tentadora.

Dexter sintió a la vez deseo e indignación. Claramente, Laura estaba demasiado débil todavía como para levantarse de la cama, y más para asistir a un concierto. Quizá tuviera muy buen aspecto, Lydia tenía razón, pero no había prestado ninguna atención a la advertencia de Dexter. Él le había dicho que no corriera ningún riesgo y que se mantuviera alejada del peligro, y, sin embargo, había salido acompañada solo por Alice y Elizabeth. Dexter sintió una furia protectora. Esperaba que ella hubiera hecho caso de sus palabras del día anterior, y sin embargo, allí estaba, desafiante, decidida e independiente, todos los rasgos que él deploraría en la mujer que se convirtiera en su esposa, y que sin embargo encontraba extrañamente atractivos en Laura...

Sus ojos se encontraron. Laura lo saludó con un ligerísimo asentimiento, como si fuera un conocido más, y volvió a concentrarse en su conversación con Alice. Dexter hervía de frustración. Ella estaba tan fría... como si sus relaciones sexuales en la bodega, temerarias, abrasadoras y completamente escandalosas no hubieran sucedido nunca, y como si él no hubiera pasado el resto de la noche en circunstancias íntimas a su lado.

Le ponía furioso que ella guardara la compostura con tanta facilidad.

Faye seguía hablándole, aunque él ya no la oía.

–Nunca ha tenido el aspecto necesario para desempeñar el papel de duquesa, la pobre criatura. Las duquesas deberían tener aplomo y estilo...

Dexter se levantó de la silla y se dirigió hacia Laura, ignorando el jadeo de indignación de Faye y la curiosidad mal disimulada del resto de los asistentes al concierto.

–Unas palabras, si no le importa, Excelencia –le dijo entre dientes. La tomó por el brazo e hizo que se levantara.

–¿Qué demonios estás haciendo? –inquirió Laura en voz baja, cuando él la hubo alejado de los demás y estaban apenas escondidos detrás la maceta de un helecho enorme.

–Yo podría preguntarte lo mismo –le dijo Dexter–. No esperaba verte aquí esta noche. ¿Es que has perdido la cabeza? ¿Por qué has hecho algo tan peligroso?

–Venir a un recital no es algo peligroso –dijo Laura con altivez.

–¡Y ahora malinterpretas mis palabras deliberadamente! ¡Acabas de reponerte del accidente y ya has salido a la calle, y sin la compañía de un sirviente que pueda protegerte, nada más y nada menos! ¿Es que tienes que satisfacer tu ansia destructiva de un modo tan imprudente? ¿No te prohibí expresamente hacer cualquier cosa que pudiera ponerte en peligro?

Nicola Cornick

Laura notó que le ardían las mejillas de furia.

—¿Prohibirme? —repitió ferozmente—. ¿Quién te crees que eres, Anstruther?

—Soy el hombre con el que pasaste la noche hace menos de dos días. ¿O es que ya se te ha olvidado? La frialdad con la que me has saludado me hace sospechar que sí.

Laura apretó los labios carnosos hasta que formaron una línea delgada.

—Creía que era mejor para los dos olvidarlo —dijo ella dulcemente—. Como recordarás, sufro una severa amnesia en todo lo relacionado con ese asunto.

La ira de Dexter se intensificó hasta el punto de que olvidó todo lo demás.

—Tu aparente amnesia está un poco exagerada, me parece —dijo—, pero estaré encantado de recordarte lo que ocurrió entre nosotros en cualquier momento y en cualquier lugar que tú elijas...

—He venido a deciros que el concierto está a punto de empezar —dijo Miles suavemente—. Y también que Fortune's Folly ya tiene pregonero, y no necesita que tú hagas más anuncios, Dexter. No es muy discreto entablar una discusión detrás de algo tan poco sustancial como una planta en una maceta.

Laura suspiró con exasperación, se dio la vuelta y se alejó. Dexter, que de repente recordó dónde estaba, volvió a su asiento. Lydia evitó mirarlo, y Faye Cole le lanzó una mirada de furia que apenas pudo disimular con una sonrisa fría. La orquesta atacó el primer acorde y el solista comenzó a tocar.

El concierto tenía tan poca asistencia como la cena de sir Montague. La mayoría de las damas de Fortune's Folly estaban ausentes, y el extraño resultado fue que casi tres cuartos del público eran caballeros. La mitad de ellos se marcharon en el intermedio, cuando se dieron cuenta de que sus presas no habían acudido al concierto, y se encaminaron a la posada de Morris Clown a ahogar sus penas en alcohol. Al final solo quedaban Dexter, Miles, Lydia Cole y su madre, Laura, Alice, lady Elizabeth y media docena de personas más en el salón de recitales. La soprano alemana que habían contratado para la velada cantaba con una estridencia cada vez mayor, y su público disminuyó. Al final solo hubo un escaso aplauso.

—Un consejo, amigo —dijo Miles lacónicamente, cuando Dexter y él se disponían a salir—. Intenta concentrarte en el objetivo principal —sugirió. Dexter lo miró con desconcierto, así que Miles continuó—: La señorita Cole, Dexter. Has estado mirando a Laura toda la noche, en vez de mirar a su prima política.

Dexter se pasó la mano por la frente.

—Necesito hablar con Su Excelencia otra vez.

—Te aconsejo que no lo hagas —le dijo Miles—. Sé que hay algo entre Laura y tú, pero no puede llegar a nada. Ella no tiene dinero, y además, no creo que sea el tipo de mujer que cumple tus requisitos. Es demasiado independiente.

Miles señaló a Lydia con la cabeza.

—Podría ser peor, ¿sabes? —le dijo a Dexter—. La madre es horripilante, lo sé, pero la señorita Cole es una muchacha callada, dócil. Justo lo que tú quieres. Y su fortuna es más que respetable.

—Lo sé —dijo Dexter—. Pero no creo que pueda pedirle a la señorita Cole que se case conmigo.

—Esto es un negocio, Dexter —dijo Miles, en un tono cada vez más duro—. Inténtalo. No puedes permitirte titubeos de ningún tipo. Corteja a tu heredera con un poco de apasionamiento. En este momento, tu actuación da pena. Representa el papel de pretendiente fogoso, y hazlo de manera convincente. Algunas veces, todos tenemos que sacrificarnos por conseguir un bien mayor.

–¿Qué acabas de decir? –inquirió Dexter.

Miles había dado unos cuantos pasos hacia la puerta, pero en aquel momento se volvió hacia Dexter con una mirada de perplejidad.

–He dicho que todos tenemos que hacer sacrificios para conseguir un bien mayor. Piensa en tu familia, Dexter...

–No, antes de eso. Has dicho «representa el papel y hazlo de manera convincente».

Miles se encogió de hombros, desconcertado.

–Hace que el cortejo sea más dulce, aunque no tengas el corazón puesto en ello. Sé que parece cínico, pero es lo mejor, al menos hasta que el nudo esté hecho y sea demasiado tarde.

Después de un momento, al ver que Dexter no respondía, Miles frunció el ceño.

–¿Te encuentras bien?

–Perfectamente, gracias –dijo Dexter, aunque tenía la sensación de que acababan de darle un golpe en la cabeza con un garrote–. No me esperes. Volveré directamente a casa.

Miles asintió y salió del salón de conciertos, todavía perplejo. Dexter vio que se detenía en el vestíbulo para hablar con Laura y Alice. Vio que Laura inclinaba la cabeza hacia arriba para que Miles le diera un beso en la mejilla, y la luz iluminó la curva de su mejilla y arrancó destellos de su pelo castaño.

Confesiones de una duquesa

Después, ella también se marchó. El sonido de las voces se acalló y Dexter se quedó solo, mientras los músicos recogían sus instrumentos y las partituras, y los sirvientes comenzaban a apagar las velas.

«Representa el papel... y hazlo de manera convincente».

Miles había dicho aquellas palabras, y Dexter había recordado al instante el susurro quebrado de Laura mientras él la llevaba en brazos a su cama por las escaleras.

«Tuve que obligarte a que te fueras».

No había sido una tontería fruto del alcohol ni de la fiebre. Recordó aquel momento, en la bodega, en que tuvo a Laura entre los brazos, suave y dulce, revelándole en medio de una ligera embriaguez que lo había deseado aquella noche, pero que lo que había hecho estaba mal en muchos sentidos.

Dexter sintió frío en los huesos.

Pensó en la Laura Cole que tenía el respeto de todos los que la conocían, que siempre intentaba salvar a gente como los Carrington. Pensó en cuatro años atrás, cuando Laura había hecho el amor con él de una manera tierna y apasionada, y le había susurrado expresiones de cariño durante la noche. Aquella no era la misma mujer que lo había echado de su casa a la mañana siguiente con palabras frías y duras. Durante aquellos cuatro años, su enfado no le había permitido ver la verdad. Sin embargo, en aquel momento ya lo sabía.

Aquella noche se habían abandonado a las emociones, pero por la mañana, Laura había pensado que había hecho algo horrible y que el único modo de arreglar las cosas era alejarlo. No quería destrozarle

Nicola Cornick

la vida, la carrera ni el futuro de su familia. Había fingido que no le importaba, que aquella noche no había sido más que un juego para ella. A Dexter se le encogió el estómago.

Sabía que tenía razón. Se lo decía el instinto. Aquella era la misma Laura Cole que mantenía a unos sirvientes que no podían trabajar para salvarlos de la pobreza, que intentaba ayudar a las mujeres de Fortune's Folly a escapar de El Tributo de las Damas, cuyo primo hablaba con admiración de las causas que ella emprendía.

Cuatro años antes, ella quería salvarlo. Era lo que hacía siempre. Solo seguía los dictados de su carácter, de su personalidad. Laura intentaba ayudar a la gente. Le había roto el corazón y lo había alejado de sí porque era lo que tenía que hacer y quizá, solo quizá, también había roto su propio corazón.

«Tuve que obligarte a que te fueras».

–Disculpe, señor. El salón de actos va a cerrar –le dijo un sirviente. Dexter se dio cuenta de que la sala de conciertos estaba casi a oscuras.

–Gracias –le dijo.

Salió a la calle. El viento soplaba entre los árboles y arrastraba las hojas secas por la plaza. Las luces de la posada de Morris Clown brillaban en la oscuridad. Se quedó en medio de la plaza del mercado, con la ropa agitada por la brisa, mientras los últimos paseantes lo miraban con curiosidad y seguían su camino apresuradamente.

Intentó convencerse de que las cosas no habían cambiado. Debía dejar enterrado el pasado. No debía ir en busca de Laura para exigirle que le dijera la verdad. ¿Qué iba a ganar con ello?

Lo único que debía hacer era sentir agradecimiento hacia Laura, porque ella se había dado cuenta de que él era demasiado joven e inexperto para ver, en aquel momento, que huir con ella habría sido la ruina para los dos. Habría destrozado por amor su carrera profesional, su futuro y las esperanzas de su familia, y aquello no se correspondía con el modo ordenado en que quería dirigir su vida. Debería darle las gracias por haber impedido que él cometiera el error más grande de su vida, y dejar el asunto zanjado.

Pero el hecho de saber que Laura había terminado su aventura con él porque él le importaba, y no porque ella fuera una desvergonzada sin corazón, cambiaba todas las cosas.

Capítulo 13

—Excelencia, tiene una visita –dijo Carrington con la voz temblorosa–. Siento mucho decirle, Excelencia, que se trata del duque de Cole.

Durante un horrible instante, Laura pensó que Carrington se estaba refiriendo a Charles y que había perdido las facultades por completo. Entonces, se dio cuenta de que la puerta de la biblioteca estaba abierta, y vio a Henry ante el fuego, con las manos detrás de la espalda y el pecho salido hacia fuera con importancia, como si se tratara de un palomo con las plumas ahuecadas. No era de extrañar que Carrington estuviera tan asustado. El mayordomo no sabía que el nuevo duque y su esposa estaban en Fortune's Folly. El hecho de ver a su antiguo señor debía de haberle recordado las exigencias despiadadas de Faye y su propia decadencia física.

—Gracias, Carrington —dijo Laura.

—Espero, señora —dijo Carrington con mucha formalidad—, que la señora Carrington y yo la hayamos servido siempre hasta el límite de nuestra capacidad.

—Por supuesto que sí —dijo ella con total sinceridad.

—Y espero que no haya ninguna posibilidad de que regresemos a Cole Court.

—Pues claro que no, Carrington —dijo Laura con firmeza.

—Gracias, señora —respondió Carrington con alivio—. Sabemos que no puede permitirse mantenernos...

—Carrington —le interrumpió Laura, en tono amable—, ¿por qué no se va con la señora Carrington a la cocina, a disfrutar de una buena taza de té con ese delicioso bizcocho de mazapán? No tienen por qué preocuparse de nada.

Sacudiendo la cabeza, ella lo vio alejarse tambaleándose hacia la escalera de servicio y recorrió el pasillo para averiguar qué podía querer de ella el duque de Cole.

—Henry —dijo Laura cuando entró en la biblioteca y cerró la puerta—. Qué placer más inesperado. ¿No te han acompañado Faye y Lydia?

Henry tenía una expresión ligeramente furtiva.

—No, no han venido. Están en el balneario. Parece que a Faye le gustan mucho las aguas de Fortune's Folly.

O la compañía de los caballeros que estaban a la caza de una heredera, pensó Laura con dureza. Al ver que Henry estaba incómodo, se dio cuenta de que su esposa no sabía que había ido a visitarla. Sintió curiosidad.

—Tienes unas vistas preciosas desde aquí —dijo Henry, mientras se acercaba a la ventana y miraba hacia el jardín, y más allá, hacia los prados y la curva del río—. Me satisface comprobar que el Viejo Palacio es la residencia adecuada para la duquesa viuda de Cole. No sería acorde con la dignidad de la familia que vivieras en un lugar pobre.

—Para mí es muy conveniente —dijo Laura.

—Bien, bien —murmuró Henry, y dio una vuelta por la habitación—. Supongo que está un poco viejo, pero se pueden arreglar las instalaciones y renovar los muebles y las tapicerías, y todo quedaría muy bien.

Laura arqueó las cejas. Estaba segura de que Henry no había ido solo a hablar sobre las reformas de su casa.

—Desde hace un tiempo he estado pensando —dijo Henry bruscamente— que es un escándalo que Charles te dejara tan desvalida. Siento mucho decirte, prima Laura, que la gente del pueblo habla, ¿sabes?

—¿La gente habla sobre mí?

—Pues sí —respondió Henry—. Dicen que eres demasiado pobre como para poder casarte a causa de El Tributo de las Damas, prima Laura. Los caballeros no te consideran una candidata adecuada.

—Gracias a Dios —dijo Laura con alivio.

Henry enrojeció de desaprobación.

—No lo entiendes, prima. Una Cole no puede ser considerada inadecuada, ni siquiera una Cole que solo lleve el apellido por matrimonio. ¡Es muy indecoroso!

Confesiones de una duquesa

Laura frunció el ceño.

—Perdona mi cortedad, primo Henry, pero, ¿me estás diciendo que sería mejor que yo fuera una viuda rica, presa de aventureros sin escrúpulos?

—¡Exacto! —exclamó Henry con una sonrisa de satisfacción—. Con tu distinción social, deberías ser la mejor candidata de todo Fortune's Folly, no una viuda pobre que tiene que luchar por alimentar a su hija. Siempre pensé que Charles era un individuo incapaz, y esto lo confirma.

—Sí, bueno... —Laura se frotó la frente.

Suponía que, con el esnobismo de Henry y Faye, lo que le estaba diciendo Henry tenía sentido. A él le parecía que era malo para la familia y el ducado que la gente hablara en tono desdeñoso de su pobreza. A ella no le importaba en absoluto mientras pudiera mantenerse, mantener a Hattie y mantener a la gente que dependía de ella, pero era evidente que a Henry sí le importaba.

—Por favor, no dejes que esto te angustie, ni a Faye tampoco —dijo—. Yo me las arreglo bien con la renta vitalicia que me dejó mi abuela. Por otra parte, mi hermano Burlington me ofreció que fuera a vivir con él, pero ya conoces mi carácter tristemente independiente, primo Henry. Yo prefiero vivir aquí.

—Burlington solo es conde —dijo Henry—. Tú dependes del ducado de Cole, prima Laura, y por ese motivo, he llegado a la conclusión, aunque con reticencia, de que es mi responsabilidad compensar las malas disposiciones de Charles. Tendrás tu asignación de viudedad.

—Estoy seguro de que debe de haberte costado mucho tomar esa decisión —dijo Laura con ironía.

NICOLA CORNICK

El acuerdo que habían firmado inicialmente el padre de Laura y Charles Cole estipulaba que ella tendría unos ingresos de diez mil libras anuales para toda la vida. Sin embargo, no podía creer que Henry, a quienes algunos llamarían parsimonioso y otros tacaño, directamente, lo restituyera.

–Querido Henry –dijo–. Eres muy generoso, pero te ruego que lo pienses bien. Sé que el ducado de Cole tardará años en recuperarse de los derroches de Charles, y no se me ocurriría aceptar un dinero que serviría mejor para restaurar la casa solariega.

Henry asintió solemnemente.

–Tienes razón, por supuesto. Charles agotó la fortuna de los Cole desvergonzadamente, pero el ducado se está recuperando, y me alegro de poder decir que mis propias tierras siempre estuvieron en una situación mucho mejor. He hablado con tu hermano y hemos acordado...

–¿Has hablado con Burlington? –preguntó Laura bruscamente.

–Por supuesto –respondió Henry con cara de asombro–. Esto es un asunto de hombres, prima Laura. Solo te estoy contando por cortesía lo que hemos decidido. He hablado con Burlington y hemos acordado que él aportará cinco mil libras a la asignación y yo aportaré otras cinco mil. Así, el honor quedará satisfecho.

Laura se imaginó con facilidad a su pomposo hermano y a su primo político, igualmente pomposo, sentados juntos, planeando su futuro. Basil ya había dejado claro su disgusto por el hecho de que ella no quisiera ir a vivir a Burlington. Seguramente, vería aquella colaboración con Henry como un modo perfecto para controlar a su hermana díscola, porque una vez que tuvieran la sartén por el mango, los dos podrían decirle lo que tenía que hacer. Ninguno de ellos había considerado que fuera necesario consultárselo. Y allí estaba Henry, presentándole lo que pensaba que era la solución a todas sus dificultades y mirándola como si esperara que se le abrazara al cuello con una gratitud servil.

Laura luchó con sus sentimientos. Por una parte, tener diez mil libras al año sería maravilloso para ella y para Hattie. Podrían emplear a un jardinero que ayudara a Bart a cuidar la finca y el huerto del que dependía la casa. Podría arreglar las ventanas y las goteras antes del verano, y podría comprarle ropa nueva a Hattie, sin depender de la generosidad de los Falconer y de Miles, y de otros amigos. Sin embargo, la otra cara de la moneda era la idea intolerable de que Henry y Basil siempre interfirieran en sus asuntos y le dijeran cómo tenía que gastar el dinero y cómo tenía que vivir su vida...

—Me siento abrumada, primo Henry —le dijo con sinceridad.

—¡Por supuesto! ¡Es lógico que te sientas superada por nuestra magnanimidad! —exclamó Henry, asintiendo.

—Supongo —continuó Laura—, que los términos del acuerdo serían los mismos que antes, es decir, que si yo volviera a casarme, la asignación se suspendería.

De nuevo, Henry se mostró incómodo, y Laura se preguntó qué estaría tramando exactamente.

—Burlington y yo hemos acordado —le dijo—, que si te casaras de nuevo, se te concedería la suma de veinte mil libras en lugar de tu asignación.

Nicola Cornick

Laura estuvo a punto de atragantarse.

–Pero... ¡eso es muy irregular! No hay ninguna estipulación así en el acuerdo...

–Por favor, no te preocupes, prima Laura –le dijo Henry con una sonrisa de superioridad–. Sé que los asuntos de finanzas no son para la mente femenina, así que deja que tu hermano y yo lo arreglemos todo. Hemos acordado que sería demasiado mezquino dejarte sin un penique. Por lo tanto, te proporcionaremos una dote.

–Pero, ¿y El Tributo de la Dama? –dijo Laura–. Con vuestra generosidad, me estáis convirtiendo en blanco de todos los cazafortunas que han invadido el pueblo...

En aquel momento, Laura se quedó callada, porque acababa de comprender cuál era el verdadero objetivo de Henry Cole y de su hermano. Se había equivocado al pensar que querían decirle cómo tenía que vivir su vida. Lo que querían en realidad era quitársela de las manos.

–¡Queréis que me case! –exclamó–. ¡Basil y tú queréis que me convierta en un buen partido!

Henry se agarró las manos por la espalda y se balanceó hacia atrás sobre los talones. No parecía que le hubiera molestado mucho aquel descubrimiento de sus planes.

–Una mujer, sola y sin protección en el mundo, siempre es una carga para su familia –dijo–. Dado que no quieres aceptar la hospitalidad de tu hermano, hemos pensado que sería mejor que tuvieras el control y la guía de un marido...

–Siempre y cuando vosotros aprobéis a ese marido –dijo Laura, que estaba cada vez más furiosa.

—Naturalmente —dijo Henry, sorprendido—. Estoy seguro de que eres consciente de que, a tu edad y con tu aspecto, tus posibilidades de casarte son muy pocas.

—Sin embargo, con la dote como soborno y un montón de aventureros pobres por aquí —dijo Laura—, ¡seguramente me las arreglaría para atrapar a alguien medianamente aceptable!

—¡Precisamente! Algunos de los caballeros que han venido a Fortune's Folly no valen para nada, pero algunos son respetables. Podrías tener en cuenta a lord Chesterton o a sir Laurence Digby, por ejemplo.

—Para rechazarlos de plano —dijo Laura—. Sir Laurence ya ha enterrado a cuatro esposas, y no tengo ganas de ser la quinta, y hay un buen motivo por el que lord Chesterton no se ha casado todavía: tiene un montón de hábitos desagradables.

—Pero en el matrimonio hay que saber hacer la vista gorda con muchas cosas —dijo Henry virtuosamente—. Seguramente, después de haber estado casada con Charles, lo entiendes bien.

—Después de haber estado casada con Charles, no tengo ganas de soportar los hábitos desagradables de ningún otro —respondió Laura. Después le preguntó—: Dime una cosa, ¿qué opina Faye de los planes que tienes para mí?

Había tocado un punto sensible. Henry carraspeó varias veces.

—Esto no tiene nada que ver con mi esposa —dijo después de un momento—. Ella solo tiene que preocuparse de establecer a Lydia.

—A través del matrimonio, supongo. Entonces, seguramente necesitarás mantener tu fortuna in-

Nicola Cornick

tacta para la dote de Lydia. No puedes financiarme a mí también, por muy generoso que seas.

Sin embargo, Henry no se dejó convencer.

—Me parece que cuando Lydia y tú ya no estéis en nuestras manos, podremos felicitarnos por haber hecho un buen trabajo.

—Agradezco que te preocupes tanto por mi bienestar, primo Henry, pero debo rechazar tu oferta. De hecho, puedo decir con sinceridad que me has abrumado.

—No puedes rechazar el dinero —dijo Henry con alegría—. Ya hemos escrito a Churchward para que redacte los documentos. Mi querida Laura, lo único que puedes hacer es aceptar tu destino —añadió, e hizo una reverencia—. Saldré por mí mismo, ya que ese idiota de Carrington es un incompetente. Espero que, cuando recibas el dinero, lo primero que hagas sea contratar a un buen mayordomo —dijo, y asintió pensativamente—. De hecho, creo que me ocuparé personalmente de ese asunto.

—No, no vas a hacerlo —dijo Laura llena de ira—. Estoy satisfecha con los servicios de los señores Carrington, Henry, y te ruego que no interfieras en el manejo de mi casa. Insisto en que rechazo tu dinero.

Henry se limitó a agitar la mano desdeñosamente.

—Nos veremos esta noche en el Baile de la Travesura, prima Laura, donde seguro que serás agasajada como te mereces, como una de las mejores candidatas al matrimonio de Fortune's Folly!

Mientras Henry salía de la biblioteca, Laura tuvo la tentación de agarrar una de las piezas de porcelana de su abuela y lanzársela a la cabeza para desahogarse. En vez de hacerlo, se sirvió una gran copa de vino. Al menos, había una cosa que Henry no sabía. No tendría ni la más mínima oportunidad de reconocerla en el baile aquella noche, ni de reconocer a ninguna otra de las herederas. Aunque la noticia de su repentina riqueza se extendiera como la pólvora, ningún caballero podría reconocerla entre la multitud.

Aunque aquello no resolvía el problema del dinero. Se hundió en la butaca y tomó un buen trago de vino. Tendría que ir a preguntarle al señor Churchward qué podía hacer para ayudarla, porque no tenía ni la más mínima intención de tolerar los intentos de Basil y de Henry para deshacerse de ella sobornando a alguien. Por el momento, sin embargo, no podía hacer nada. El duque de Cole, contra su voluntad, la había convertido en una de las mujeres más ricas de Fortune's Folly. Se preguntó cuánto tiempo pasaría antes de que todo el pueblo supiera la noticia.

Capítulo 14

—Hay un problema –dijo Miles Vickery.

—¿Otro? –preguntó Dexter con tirantez.

Había llegado tarde al baile de sir Montague Fortune aquella noche, el pretendiente tibio, arrastrando los pies, después de otro día de investigación infructuosa sobre el caso Crosby, en aquella ocasión visitando el escenario del asesinato. Sir William, según había declarado su guardabosques, se había alejado para atender sus necesidades naturales mientras estaban de cacería, y por eso no había testigos del crimen. Dexter había examinado minuciosamente el lugar donde se había encontrado el cuerpo, pero no había descubierto más pistas. Solo el anillo desaparecido podía vincular al asesino con su víctima.

Para aumentar la frustración de Dexter, Laura

Confesiones de una duquesa

Cole y Elizabeth Scarlet lo habían detenido de camino al pueblo y le habían exigido el pago del pontazgo. Mientras les entregaba sus últimos peniques, Dexter se preguntó por qué demonios había sugerido que cobraran aquel impuesto. Por estúpida arrogancia, supuso, tal y como había afirmado Laura.

Había visto a Lydia Cole enfrascada en conversación furtiva con un caballero en la plaza del pueblo mientras entraba en la posada de Morris Clown. Tanto Lydia como su pretendiente, si acaso aquel caballero lo era, habían desaparecido al verlo. Dexter se preguntó si Faye Cole se imaginaba que su hija se encontraba con un hombre en secreto. Todavía seguía poniéndole a Lydia delante en todas las oportunidades posibles, porque, aparentemente, no se había dado cuenta de que ni Dexter ni Lydia lo deseaban. Su acercamiento había sido inútil desde el principio, un cortejo frío que se había vuelto helado. Sin embargo, Faye era la única persona que no se daba cuenta. Incluso sir Wheeler había notado que Dexter apenas hablaba con Lydia, y en una conversación le había dejado caer, con la sutilidad de un mazazo, que su hija Mary tendría una dote de treinta mil libras.

Quizá Dexter quisiera aquellas treinta mil libras, pero no quería a Mary Wheeler, aunque fuera el tipo de esposa que no alteraría en absoluto su vida.

Dexter soñaba con Laura. Sufría por ella. Había intentando convencerse de que no era nada más que un impulso físico que terminaría por desaparecer, pero no podía.

No sabía cómo podía dejar de desearla. Parecía que el hecho de saber que ella había terminado su relación porque él le importaba, y no porque no le importara nada, había cambiado todos sus planes. Quería saber la verdad completa. Estaba obsesionado.

Miró hacia la multitud de damas que abarrotaban el salón de Fortune Hall. Al menos por aquella noche habían decidido suspender las hostilidades, y todas las herederas del pueblo, porque el evento se había reducido para aquellas mujeres solo, habían aceptado la invitación de sir Montague. Con sus dominós de seda, formaban un mar glorioso de colores. Debería haber sido un ambiente muy ventajoso para los cazadores de fortuna sin escrúpulos; pero como había dicho Miles, había un problema, y Dexter lo vio al instante.

Sir Montague había decretado que el baile debía ser una mascarada, y por eso, todos los invitados llevaban máscara. No había forma de identificar a las damas, y mucho menos si eran herederas o no.

Dexter soltó un gruñido.

—Debería haberme imaginado que Monty lo estropearía todo —dijo—. ¿Por qué decidió que fuera un baile de máscaras?

—Le gustaba el título de la Mascarada de la Travesura —dijo Miles, sonriendo—. Pero, por desgracia, no pensó en las consecuencias —frunció el ceño mientras pasaba la mirada por la multitud—. Y hay más. No creía que hubiera tantas mujeres en Fortune's Folly, y menos herederas. No me parece posible.

—No lo es —dijo Dexter con una expresión sombría.

Miles se quedó mirándolo con pasmo.

—Entonces, ¿quiénes son todas estas mujeres? ¿De dónde han salido?

Confesiones de una duquesa

–No lo sé –dijo Dexter–. Vecinas, amigas… todas ellas invitadas de las damas, para confundirnos, sospecho, y como van disfrazadas, es imposible distinguir a las herederas de verdad de las intrusas.

–Bueno, que me aspen –dijo Miles–. ¿Y cómo vamos a encontrar una esposa rica entre tantos señuelos? Esto no es juego limpio.

–Sí lo es, si quieres vencer a sir Montague en su propio campo –dijo Dexter, y suspiró–. Es muy inteligente. Yo me esperaba que no viniera nadie esta noche, pero en vez de eso, hay tantas mujeres enmascaradas que no podemos distinguirlas. Me imagino que tu prima habrá tenido algo que ver con esto, Miles. Tiene todas las características de una idea suya.

Miró a su alrededor en busca de Laura. No sabía si estaba allí o no, aunque Miles le había mencionado aquel día que quizá asistiera. Con una sola mirada se dio cuenta de que había como mínimo una docena de mujeres de la misma altura y con el mismo color de piel que Laura. En teoría, no iba a poder distinguirla. Sin embargo, había algo en su sangre, un cosquilleo de impaciencia, que le dio a entender que ella estaba presente y que iba a encontrarla entre tanta gente.

«La reconocería incluso en la oscuridad…».

Sir Montague llegó en aquel momento. Estaba congestionado de rabia y, tras la máscara, parecía que los ojos iban a salírsele de las cuencas de enfado y frustración.

–¡Dexter, haz algo! –le rogó–. ¡Yo no he invitado a tantas mujeres a mi casa! ¡He estado intentando encontrar una heredera de verdad, pero cada vez que intento hablar con una mujer, me dice que vale cincuenta mil libras! –parecía que iba a estallar de furia–. No hay comida suficiente para tantos invitados, y he tenido que pedir más a la cocina. ¡No permitiré que digan que no se come bien en mi casa! Pero van a terminar con todo lo que hay en la despensa, como esas malditas ovejas con el jardín!

Dexter se echó a reír.

–Acéptalo, Monty. Te han vuelto a ganar.

A Monty se le desorbitaron los ojos.

–¡Exigiré que se quiten las máscaras! ¡Las enviaré a su casa!

–Si haces eso, parecerás más tonto todavía... –Dexter se detuvo y comenzó de nuevo–. Eso sería muy poco elegante, Monty. Todos hablarían más de ti de lo que hablan ahora, y no hablarían bien.

–¡Malditas sean! –sir Montague estaba casi llorando–. ¡Lo único que yo quería era su dinero!

–Pues ya debes saber que no quieren dártelo –dijo Dexter, y sonrió–. Discúlpame, Monty. Tengo que ir a buscar a alguien.

Se metió en el grueso de la muchedumbre. Allá donde miraba, veía a oportunistas intentando desesperadamente identificar a las damas enmascaradas. A su vez, parecía que las damas estaban muy dispuestas a flirtear, pero nada dispuestas a identificarse. Vio a Nat Waterhouse, lánguido con un dominó negro, inclinado en un rincón, hablando con una dama que podía ser, o no, lady Elizabeth Scarlet. A la dama en cuestión se le salían rizos de pelo rojizo por debajo de la capucha, pero también les ocurría a otras tres señoritas que había cerca de allí. Ella estaba mirando recatadamente a Nat desde detrás de su máscara, con una actitud muy poco parecida a las formas francas de lady Elizabeth. Nat tenía cara de estar totalmente desconcertado.

Una dama con un dominó verde se acercó a Dexter y, atrevidamente, solicitó su mano para el conjunto de danzas que se estaba formando. Él la rechazó con amabilidad. En el salón de baile hacía calor, y el ambiente estaba pasando de lo cortésmente convencional a los flirteos claros y febriles. Las mascaradas tenían algo de desinhibido, algo de abandono. Varias parejas se estaban alejando para seguir sus conversaciones en rincones escondidos. Miles estaba bailando con Alice Lister, y aunque mantenía una distancia perfectamente decorosa, en sus ojos y en su sonrisa había algo que no era decoroso en absoluto. Dexter esperaba que la señorita Lister conociera la reputación de libertino de Miles y lo tratara como se merecía.

Dexter vio a Lydia Cole, que llevaba un dominó rosa y estaba bailando con un hombre a quien él no reconocía, mientras Faye los miraba con cara aciaga. Por una vez, Lydia parecía feliz. Tenía los ojos medio cerrados y una sonrisa soñadora, y hacía caso omiso de la desaprobación de la duquesa.

Un instante después vio también a sir James Wheeler, empujando literalmente a su hija Mary a los brazos de lord Armitage, que la llevó triunfalmente a bailar. Dexter pensó con ironía que sus oportunidades de casarse con una mujer de fortuna estaban disminuyendo segundo a segundo. Probablemente, lord Liverpool se lavaría las manos con respecto a él. Los acreedores de su madre estarían pidiendo sangre.

Nicola Cornick

Sir Montague Fortune pasó a su lado, corriendo, perseguido por dos mujeres que se reían y que parecían sospechosamente un par de damas de vida relajada. Sir Monty no se estaba quejando, en realidad. Parecía que su estado de ánimo había mejorado mucho.

Dexter siguió buscando a Laura por entre la multitud.

Cuando el número de gente disminuyó un poco, a un extremo del salón, vio ante sí una mujer que llevaba un dominó de color azul oscuro. Estaba de espaldas a él. Dexter notó que se le aceleraba el corazón. Ella se volvió lentamente. Bajo su capuchón, él vio un tirabuzón de pelo castaño antes de que ella se lo guardara con una mano enguantada. Sus ojos, ocultos por una máscara azul zafiro, parecían profundos y misteriosos. Laura. Tenía que ser ella.

–Señora... –dijo él, y la alcanzó de un solo paso.

–¿Señor?

La dama se volvió hacia él. Sus labios se curvaron en una sonrisa tentadora, pero que al mismo tiempo no le prometía nada a aquel cazafortunas. Lo evaluó de pies a cabeza con una mirada fría.

–¿Me concede este baile? –Dexter quiso tomarla de la mano para dirigirla a la zona de baile, donde estaban empezando una polonesa.

Ella se alejó de él, elusiva, como siempre.

–Gracias, pero esta noche no bailo –dijo, y su tono, frío como el hielo, le produjo escalofríos a Dexter. Hablaba tan bajo que él no pudo reconocer su voz con total seguridad. Ella mantuvo la capucha ceñida a su cara.

–Entonces, si no baila, ¿qué hace aquí? –le preguntó él–. ¿Siente pasión por las mesas de juego? –dijo, y la miró de reojo–. ¿Le gustaría desafiarme?

De nuevo, ella esbozó su sonrisa ligera y misteriosa.

–No a las cartas. Os desafiaría a una batalla de ingenios. Pero yo no apuesto, señor, y sospecho que usted tampoco –dijo, y lo miró con la cabeza ladeada, pensativamente–. No me parece que sea un jugador, ni tampoco un hombre que cometa excesos.

–¿Está sugiriendo que no tengo vicios? –preguntó Dexter.

Ella se echó a reír.

–Claro que no. ¿Quién de nosotros puede asegurar eso? Usted no, señor, por su expresión.

–¿Qué quiere decir?

–¿Que es un cazafortunas muy guapo en busca de una esposa rica? –dijo ella con una sonrisa burlona–. ¡Qué vergüenza! Eso es un gran vicio.

Dexter se rio también, con arrepentimiento.

–¿Es usted rica? Estoy seguro de que nos llevaríamos muy bien, ya que parece que no puedo engañarla.

–Puede que sea una heredera. ¿Quién podría adivinarlo, entre tanta gente? Pero si lo fuera, estaría esperando un bonito cortejo a cambio de mi dinero.

–Pero pensaría que no es más que una actuación, y que mis cumplidos son hipócritas –observó Dexter–, porque ya ha adivinado que estoy buscando una fortuna.

–Eso es cierto. Si coqueteara conmigo, yo sabría que todo lo que quiere en realidad es recorrer el camino hacia el altar con mi dinero.

–Eso no sería todo lo que yo querría –dijo Dexter.

En aquella ocasión, la tomó de la mano, y ella se lo permitió. El contacto con ella le encendió la sangre tanto como la conversación ingeniosa que estaban manteniendo. Era tentadora y seductora.

—Disfrutaría cortejándola —le dijo—, y me aseguraría de que usted también disfrutara.

Ella abrió mucho los ojos, con una mirada de diversión.

—Es muy directo, y peligroso también. Una dama con menos experiencia quizá se sintiera tentada a creerlo, mientras que yo sé que, después de haber afirmado que no tenía intención de coquetear conmigo, eso es precisamente lo que está haciendo.

Dexter tomó dos copas de vino de la bandeja que portaba un sirviente y guio a la dama hacia una alcoba, donde había un sofá con cojines en la jamba profunda de una ventana. Estaba iluminado con un gran candelabro, dispuesto en la pared. Ella se sentó a un extremo del sofá, manteniendo una escrupulosa distancia con él. Cuando Dexter le entregó la copa de vino, ella arqueó las cejas.

—Entonces, ¿la bebida está entre sus vicios? No lo hubiera imaginado.

—Estoy empezando a tomarle gusto —dijo Dexter—. ¿Nos conocemos, señora? Tengo una asombrosa sensación de familiaridad con usted, como si ya hubiéramos chocado espadas al menos una vez.

En la mejilla de la dama apareció un hoyuelo. Dexter lo observó con fascinación.

—¿Cómo voy a saber si ya nos conocemos? —murmuró ella—. Un cazafortunas puede ser... —hizo una pausa—. Tan decepcionante y parecido a los demás...

Dexter se encogió al recibir aquel golpe.

—Es dura, señora. ¿Es que no ve nada aquí, esta noche, que le agrade?

Ella sonrió.

—Oh, hay algunas cosas aquí que me agradan, sí —dijo, y miró hacia el salón, lleno de bailarines con trajes de colores—. Hay muchos hombres con dominós negros. Qué interesante. Quizá piensen que los colores claros son demasiado femeninos para ellos.

—Sir Montague lleva un traje rojo —comentó Dexter.

La dama se echó a reír.

—¡Y pensar que todos sabemos lo que quiere decir con un dominó rojo! —dijo, sacudiendo la cabeza—. Admito que también es muy divertido ver a los cazafortunas intentando averiguar qué damas son herederas y qué damas no lo son. El hecho de ver a sir Montague haciéndole la corte a un par de actrices pensando que son dos debutantes ricas... —volvió a reírse—. ¡Bueno, probablemente termine pagándoles por sus favores, en vez de conseguir una fortuna!

—Sí —dijo Dexter—. Ha sido muy inteligente. ¿Un plan suyo?

—Quizá —dijo la dama, e inclinó la cabeza ligeramente—. El hecho, señor, es que los caballeros de Fortune's Folly piensan que todas las damas son presas fáciles. Siempre y cuando ellas tengan dinero, a ellos no les importa ninguna otra cosa. Bueno, no es cierto. Les importa que sea guapa, también. No es algo imprescindible, si es rica, pero es deseable. Es como si estuvieran adquiriendo un caballo. El aspecto, el pedigrí, el valor... —la dama se encogió de hombros—. A las mujeres de Fortune's Folly no les gusta que las traten como al ganado.

–Creo que las mujeres de Fortune's Folly han dejado bien clara su desaprobación –dijo Dexter.

–No lo suficientemente clara para ese idiota de sir Montague –respondió ella, y suspiró cuando Monty Fortune pasaba por delante de ellos, perseguido por las dos actrices, que emitían gritos de júbilo–. Oh, vaya, ¡debería haberme imaginado que él se lo pasaría bien de todos modos! ¡Qué frustrante!

–No todo el mundo busca una fortuna por avaricia y mezquindad –dijo Dexter–. Quizá no deberíais juzgar a todos los caballeros por el ejemplo de sir Montague.

Ella lo miró, y la sonrisa se le borró de los labios.

–Quizá no. ¿Cuáles son sus razones, señor?

–Yo estoy en busca de una fortuna porque mi familia es pobre –dijo Dexter lentamente. Era muy importante para él contarle la verdad de su situación–. Soy el mayor de siete hermanos y hermanas, que necesitan una educación y una ayuda para entrar en sociedad. Tengo una madre viuda que no entiende el significado de la palabra economizar. Tenía un padre inestable, derrochador, el peor ejemplo de hombre que yo podría haber seguido – explicó con un suspiro–. Siento que tengo la obligación de mantenerlos y de cuidarlos. Además, mi jefe me ha exigido que me case para asegurarse mi honestidad. Los acreedores de mi familia me lo exigen porque estamos completamente hipotecados y tenemos unas deudas de varios miles de libras – dijo, y se encogió de hombros con impotencia–. Ahí tiene mis razones.

Ella escrutó su rostro como si quisiera evaluar su sinceridad.

Confesiones de una duquesa

—Entonces, es una pena que se le dé tan mal atrapar a una esposa rica —dijo, y volvió a sonreír—. Lo he observado en usted. Algunos hombres lo ven como un desafío y se divierten con ello, pero usted... no creo que lo pase bien. No pone el corazón en ello.

—Lo odio —dijo Dexter con una vehemencia poco habitual, y vio la sorpresa reflejada en los ojos de la dama—. Ofende mi sentido del honor, aunque reconozco que es necesario.

—¿Ofende su sentido del honor pedir la mano de una dama sin amor?

—Me gustaría pedir la mano de una dama, al menos, con respeto mutuo.

Ella tomó un sorbo de su copa de vino mientras reflexionaba.

—El respeto es una aspiración digna —dijo—, y puede crecer, con el tiempo. Pero, sin amor, el matrimonio es algo muy frío. Créame, yo lo sé.

—Y el amor es una ilusión peligrosa —dijo Dexter. Era como si necesitara reafirmar su creencia en la racionalidad sobre la emoción. Se sentía como si sus valores lógicos se le estuvieran escapando, arrastrados por la corriente de sentimientos innegables que fluía entre ellos.

La dama se echó a reír.

—¡Cómo puede un hombre ser tan cínico!

—Entonces, ¿cree en el amor? —preguntó Dexter.

—Por supuesto.

—¿Ha estado enamorada alguna vez?

—Dos veces —respondió ella lentamente—. He estado enamorada dos veces en mi vida. La primera vez estuve enamorada de mi marido, como debe ser, supongo.

Dexter se inclinó hacia delante.

–¿Y la segunda? –preguntó, con el corazón en un puño.

–La segunda vez me enamoré por accidente –dijo ella suavemente–. No me lo esperaba. Ni siquiera estoy segura de cómo sucedió. Sin embargo, fue lo peor que pudo pasarme, porque yo no era libre.

Le había dicho demasiadas cosas.

En cuanto hubo hablado, Laura notó que se le encogía de miedo el corazón. Se había dejado seducir por la intimidad de su situación, por la mirada de Dexter, lo había olvidado todo y había ido directamente hasta los límites de la indiscreción. Se había dejado engañar... no, se había engañado a sí misma, creyendo, por un momento, que podía ser sincera con Dexter, cuando, en realidad, su cercanía no era más que una ilusión peligrosa.

Laura no quería que las cosas fueran así. Cuando Dexter se le había acercado, no podía creer que a él se le hubiera ocurrido intentar flirtear con ella. Sin embargo, rápidamente recordó que se había convertido en una heredera, y sus insinuaciones cobraron sentido. Dexter debía de haber oído los rumores de que acababa de adquirir una fortuna, y con la crueldad de un verdadero oportunista, había traspasado sus atenciones de Lydia a ella. De todos modos, su noviazgo con Lydia no había llegado a cuajar, y Laura sabía que ella era la mejor apuesta. Se había convertido en una mujer tan rica como Lydia y ya le había demostrado que era muy vulnerable ante él. Era de mal gusto, pero lógico. Al pensarlo, Laura se había sentido estupefacta, desilusionada y enfadada.

Cuantas más vueltas le daba a todo el asunto, más se enfurecía a causa de aquel intento de seducción de Dexter. Al final había decidido seguirle el juego para averiguar hasta dónde llegaba, para ver qué clase de tenorio era bajo su fachada de honorabilidad. Él se había descrito como un cazador de fortunas contra su voluntad, que quería casarse con una mujer rica solo por beneficiar a quienes dependían de él, pero Laura pensaba que era parte de su plan para ganarse su comprensión, y también su dinero.

Sin embargo, pese a estar en guardia y tener armas contra él, en algún momento de su conversación había olvidado la cautela y había hablado más de lo debido. Había confiado en él porque le parecía sincero. No había podido evitarlo. Lo quería, y quería creer en él. Y por eso, había permitido que él la condujera casi a una revelación íntima. Laura había estado a punto de admitir que Dexter era el otro hombre a quien había amado.

Si él se enterara de eso, y supiera que Charles y ella habían estado separados de facto, solo tendría que dar un paso muy pequeño para preguntarse por la paternidad de Hattie. Ella había puesto a su hija en peligro con su indiscreción. Había comprometido la seguridad de Hattie por haber hablado con tanta ligereza. Pensó en el espantoso escándalo que se desataría si surgiera la más mínima sospecha de que Hattie no era hija de Charles, sino de Dexter. El futuro de su hija quedaría dañado irreparablemente, y todo sería culpa suya.

—¿Laura? —Dexter debió de notar su repentina ansiedad, porque intentó tomarla de la mano—. ¿Qué te ocurre?

—Tengo que irme —dijo ella.

Invadida por el pánico, se quitó la máscara y la dejó sobre el asiento. Estaba furiosa consigo misma además de con él. Había sido una tonta por confiar en Dexter, aunque solo fuera durante un instante, y por exponerse y exponer a su hija al escándalo. Además, él había sido un canalla por intentar cortejarla fríamente, solo por su dinero.

—Discúlpeme —dijo ella—. Ha sido un coqueteo muy agradable, señor Anstruther, pero creo que no va a servir de nada. Ya sé que no le ha ido muy bien cortejando a mi prima, y sin duda, ahora ya sabe que soy una heredera. Sin embargo, traspasarme sus atenciones con tanta desfachatez, aunque tenga una opinión tan mala de mí...

Se interrumpió. Dexter se había quedado tan asombrado que a ella se le encogió el corazón. Era evidente que no se había enterado de la asignación que le había otorgado Henry.

Dexter no sabía que ella era una heredera.

De repente, Laura tuvo la desconcertante sensación de que había interpretado mal toda la situación. Había creído que Dexter quería flirtear con ella, seducirla si podía y ponerla en una situación comprometida por el dinero.

En aquel momento, sin embargo, tuvo la convicción de que él pretendía algo totalmente distinto. Había sido sincero al decirle que odiaba perseguir a una mujer por su fortuna. Le había contado la dolorosa verdad sobre su familia y sus obligaciones.

Ella lo había juzgado erróneamente.

Dexter también se había quitado la máscara, y la ira que despedían sus ojos azules era tan intensa que la dejó clavada al sitio.

—No tengo ni idea de lo que quieres decir —dijo con calma—, pero me siento... desilusionado por el hecho de que hayas creído eso de mí. No tengo ningún interés en la fortuna que haya caído repentinamente en tus manos, Laura. Lo que quiero, en realidad, es preguntarte qué sentías de verdad aquella mañana de hace cuatro años, cuando me echaste de tu cama y de tu vida. Creo que me mentiste en aquella ocasión, al decirme que yo no te importaba lo más mínimo. Creo que yo soy el hombre de quien acabas de hablar. Ahora dime la verdad, Laura.

Laura se quedó mirándolo en silencio. Las palabras de Dexter habían acabado con los últimos vestigios de pretensión entre ellos. Era cierto que aquel flirteo entre ellos era una seducción, pero lo que quería en realidad Dexter era la verdad. Había calculado todas sus preguntas para sonsacársela. Había diseñado aquella conversación deliberadamente para tomarla por sorpresa, para inducirla a que revelara demasiado. Y ella había estado a punto de hacerlo.

—¿Laura?

Sin que ninguno de los dos se diera cuenta, Alice Lister se había acercado a ellos y le había puesto una mano en el brazo a Laura.

—Discúlpame por molestar —dijo—, pero mi madre y yo nos marchamos, y quisiera saber si deseabas que te lleváramos a casa en el carruaje. Mamá dice que las delicias de marisco de sir Montague le han sentado mal, y tiene náuseas, y yo me temo que las

Nicola Cornick

atenciones de tantos libertinos me han producido el mismo efecto. Espero –añadió, al ver que Laura y Dexter continuaban mirándose– no haber interrumpido un momento delicado...

–En absoluto, Alice –respondió Laura, reaccionando por fin–. Yo estaba deseando marcharme.

Se volvió hacia Dexter, y vio que él tenía los labios fruncidos con un gesto cínico, al ver que ella iba a irse sin responderle.

–Buenas noches, señor Anstruther –dijo ella–. No creo que tengamos más que decirnos.

Dexter se puso en pie y les hizo una reverencia. Su mirada azul continuaba muy fría.

–Buenas noches, Excelencia. Buenas noches, señorita Lister.

Alice le pasó la mano por el brazo a Laura y juntas se dirigieron a la salida.

–Dios mío –susurró–. El señor Anstruther puede llegar a ser muy frío y cortante cuando quiere. ¿Qué le has dicho para disgustarle tanto, Laura?

Ella exhaló un largo suspiro. Estaba un poco temblorosa.

–Hay algo que quiere saber –respondió–, pero yo no deseo hablar de ello.

Alice la miró con curiosidad.

–Debe de ser muy importante.

Laura negó con la cabeza.

–No era nada de importancia, Alice. Nada en absoluto.

Lydia Cole estaba acurrucada entre los brazos de su amante en el cenador que había al final de los jardines de Fortune Hall. A ella le gustaba pensar que era su amante, aunque en realidad no hubieran hecho el amor. Aquello, por supuesto, era algo completamente prohibido y estaba fuera de toda cuestión, pero ella quería a su amante y estaba segura de que él la quería también. Así pues, eran amantes en el sentido estricto de la palabra.

De hecho, Lydia lo quería tanto como para querer estar a solas con él y arriesgarse al escándalo de que los descubrieran, y al peligro todavía más grande de que Faye se enterara de todo. Cuando pensaba en lo que ocurriría si su madre sabía la verdad, Lydia se estremecía, porque no había ninguna posibilidad de que pudiera casarse con aquel caballero. Sus padres nunca lo aprobarían. Sin embargo, aquella situación imposible, y la desesperanza de su pasión, hacían que Lydia se sintiera más ardiente.

Aquella noche hacía frío. Había luna llena, y lucía blanca, enorme, en el cielo negro. Sin embargo, Lydia no notaba el frío del aire, porque estaba envuelta en la capa negra de su amante. Era cálida, y olía a él, y aquel olor hacía que le diera vueltas la cabeza.

Apoyó la cabeza contra su pecho y notó que él le acariciaba el pelo suavemente con la nariz. A ella le gustaba eso. Sus besos eran tiernos, y sus caricias también. Él nunca la asustaba con una pasión violenta.

Él buscó con la lengua la delicada curva de su oreja, y ella se estremeció hasta los dedos de los pies.

—Te quiero... —susurró.

—Lo sé, cariño, lo sé... —dijo él.

Había una sonrisa en su voz, y Laura se sintió débil al oírla. Él debía de quererla para hablarle con tanta ternura.

—Tengo un regalo para ti —continuó su amante—. Cierra los ojos y extiende la mano.

Lydia obedeció. Oyó un sonido metálico casi imperceptible cuando él le puso algo en la palma.

—Abre los ojos.

La luz de la luna, pálida y dura, hizo brillar el colgante que tenía en la mano, y convirtió los eslabones de la cadena de oro en plata. Él debía de haberlo llevado al cuello, porque el metal estaba caliente de su cuerpo.

Lydia lo acarició con reverencia. En la cadena había un anillo, una gruesa alianza, y ella vio que tenía unas iniciales grabadas en el interior, aunque no había suficiente claridad como para poder distinguirlas.

—Son tus iniciales —le dijo él—. Una «l» y una «c» —añadió, muy satisfecho consigo mismo.

Lydia soltó un pequeño jadeo de asombro.

—¡Pero esto es un regalo muy caro! No puedo aceptarlo. ¿Cómo vas a permitírtelo?

—Shh —dijo él, y le puso un dedo sobre los labios—. Quiero que te lo pongas. Y no dejes que nadie lo vea. Por el momento tiene que ser nuestro secreto.

—Por supuesto —dijo Laura, abrumada—. Por supuesto, pero...

Él hizo que girara la cara hacia arriba e interrumpió sus protestas con un beso. Lydia suspiró. Él debía de quererla mucho, verdaderamente, para hacerle un regalo tan precioso. Ella se sentía segura y querida, y muy feliz, y se relajó contra él con otro pequeño suspiro.

El beso se hizo cada vez más profundo, casi imperceptiblemente, y Laura se rindió a la más dulce, lenta y gentil de las seducciones bajo la luz de la luna.

Capítulo 15

Laura abrió la portezuela del prado y, manteniendo alto el farol, comenzó a caminar a través del prado, hacia el Viejo Palacio. A Alice le preocupaba mucho que Laura fuera sola a casa en medio de la oscuridad, y quería enviarla en el carruaje, pero Laura la había convencido de que en hacer el viaje por carretera tardaría diez minutos, y solo dos si atravesaba el prado a pie, y no quería causarle a Alice más molestias.

La pobre Alice ya estaba angustiada porque su madre se encontraba muy mal a causa de las delicias de marisco y había bajado del coche con más velocidad que aplomo en su prisa por alcanzar la privacidad. Laura se preguntó si la cocinera de sir Montague se había visto obligada a servir el pescado que iba a darles a los gatos del establo para poder dar de comer a todos los asistentes de la mascarada de aquella noche.

La luna brillaba tanto que el farol era casi innecesario, y Laura veía por dónde iba con toda claridad. Había recorrido aquellos caminos desde que era niña, y el recuerdo de la noche en las ruinas del priorato fue lo único que la impulsó a agarrar con fuerza la linterna con una mano, y con la otra, la culata de su diminuta pistola de nácar. Pensaba en lo que le había dicho Dexter: que no se pusiera en peligro. Sin embargo, no había nada que se moviera en aquel paisaje inundado de luz de luna. No había hombres con un dominó negro merodeando por las ruinas del priorato, salvo en su imaginación.

Subió los escalones de la puerta principal del Viejo Palacio y la encontró abierta. Entró en casa y no encontró ni rastro de Carrington. Parecía que todos estaban dormidos.

El vestíbulo estaba silencioso y en penumbra. Laura se quitó la capa de los hombros, se sacó los zapatos y se dirigió de puntillas a la escalera de piedra. Sentía alivio por estar en casa. Se sentía segura.

No había dado más que tres pasos cuando se abrió la puerta de la biblioteca y apareció Dexter. Tenía la máscara de Laura en las manos. Laura se quedó inmóvil. Dexter miró sus pies descalzos, y después, la pistola de nácar.

Sonrió ligeramente, aunque la sonrisa no le alcanzó los ojos, que permanecieron fríos.

—La historia se repite —dijo—. ¿Te importaría bajar la pistola? Me pones nervioso.

—Estaba siguiendo tu consejo de tomar precauciones –dijo ella, con la respiración entrecortada, mientras metía la pistola en el bolso.

–Eso no era lo que yo quería decir –respondió Dexter irónicamente, y dio un paso hacia ella–. Dime, ¿siempre te tomas con tanta ligereza tu seguridad personal?

–Ya hemos tenido esta conversación –dijo Laura–. Estaba a salvo, y sabes que disparo muy bien. De hecho, tienes suerte de que no te haya disparado por creerte un intruso.

–Seguro que has tenido la tentación de hacerlo –dijo él–, pero no me he colado en la casa. Carrington me abrió la puerta, como es normal con las visitas –explicó, e hizo un gesto hacia la biblioteca–. ¿Te importaría? Quiero hablar contigo, y no es una conversación que podamos tener en el vestíbulo.

Laura titubeó. Veía en los ojos de Dexter que él seguía enfadado, y tuvo la sensación de que, si no entraba por su propio pie a la biblioteca, él la llevaría en brazos. Se le aceleró el corazón. Era muy consciente de su mirada cuando pasó por delante de él hacia la puerta. Dexter tenía una expresión dura, fría, reservada.

Él cerró la puerta, giró la llave en la cerradura y se apoyó contra la pared.

–Me parece que no hemos terminado nuestra conversación de antes –dijo agradablemente–. Ya sabes lo que quiero, Laura. Quiero que me digas la verdad. Me echaste de Cole Court fingiendo que yo no te importaba nada. Dijiste que aquello no había sido más que un juego para ti. Insinuaste que te acostabas con hombres todo el tiempo. Me mentiste una y otra vez.

Laura sintió un arrebato de rabia.

Confesiones de una duquesa

–¿Y qué? Tú no tenías ni un penique. Estabas empezando tu carrera y eras ocho años más joven que yo. Yo estaba casada, era duquesa. No podía huir contigo, porque hubiera destrozado tu vida y la mía. Tenía que conseguir que te fueras –dijo. Con un suspiro, la ira desapareció tan rápidamente como había surgido–. Era más fácil así, Dexter.

Dexter se alejó de la puerta con un movimiento ágil y la atrapó en una esquina, con la espalda contra las estanterías. Laura se apretó contra los libros, pero no pudo escapar a su presencia. Era demasiado abrumadora.

–Era más fácil conseguir que te odiara –dijo Dexter con dureza.

–Si quieres pensar eso, adelante, piénsalo –respondió ella, mirándolo de manera desafiante–. Sabía que si me odiabas, te marcharías y no querrías volver a verme.

–Entiendo –dijo Dexter muy despacio–. Ahora lo entiendo todo.

–De todos modos, ya no importa. Lo que ocurrió entre nosotros pertenece al pasado. Yo no tengo intención de resucitarlo.

Dexter estaba sacudiendo la cabeza.

–Yo necesito saber lo que sentías, Laura –dijo–. Me debes la verdad.

–¿Para qué? Las cosas no van a cambiar...

–Me daría paz –dijo Dexter–. ¿Sabes cómo son las cosas para mí, Laura? He estado cortejando a Lydia Cole durante el mes pasado pero me he dado cuenta de que no podía pedirle que se casara conmigo, ni tampoco podía fijar mi atención en ninguna otra muchacha. ¿Y el motivo? El motivo es que solo te veo a ti. Solo puedo pensar en ti. Tú eres todo lo que deseo.

Laura alzó una mano para detener sus palabras.

–No –susurró–. No digas eso.

–¿Por qué no? Es la verdad. No me importa admitirlo ante ti. Quería casarme con Lydia por su dinero, ya te lo he dicho. Y sin embargo, no puedo pedirle a ninguna mujer que se case conmigo porque todavía estoy obsesionado con lo que ocurrió contigo. Creo que necesito reconciliarme con el pasado, o siempre será igual.

–Olvida lo que pasó entre nosotros. ¡Olvida lo que yo pudiera sentir! No importa. Lo que importa es que evitamos cometer un gran error que nos habría estropeado la vida para siempre. Encuentra otra heredera, Dexter, si no puedes cortejar a mi prima. ¡Hay muchísimas en el pueblo! Deja el pasado tranquilo.

–Ojalá pudiera. Lo he intentado por todas las razones que te he contado esta noche –dijo Dexter. Entonces, cambió su punto de ataque–. Esta noche me dijiste que te has enamorado dos veces –le susurró–. Me dijiste que fue un error por que no eras libre. ¿Fui yo el hombre del que te enamoraste, Laura?

A Laura se le cortó la respiración debido a la angustia. Todo se estaba desenredando rápidamente. Hattie corría peligro. Ella se había dado cuenta de que le había contado demasiado a Dexter durante la fiesta. Y Dexter no iba a olvidar una sola palabra que ella le hubiera dicho.

Él le agarró suavemente la barbilla y la obligó a mirarlo. Laura se echó a temblar.

—Laura, mírame. ¿Estabas enamorada de mí?

Aquel momento fue eterno. ¿Sería capaz de mirar a Dexter a los ojos y mentirle? Sus defensas estaban a punto de derrumbarse. Sin embargo, debía proteger a Hattie...

—No. Tú no eres el hombre del que me enamoré.

Ella vio una emoción pasajera en sus ojos, y después, Dexter la soltó y se alejó. Laura se sintió tan aliviada que respiró profundamente. Le temblaban tanto las piernas que pensaba que iba a caerse. Mentirle a Dexter le resultaba imposible, difícil; era como un eco horrible de lo que le había dicho cuatro años antes cuando lo había alejado de su lado.

—Sé que no es cierto –dijo Dexter. Ni siquiera estaba enfadado. Volvió a mirar a Laura, y su expresión especulativa la asustó más de lo que la hubiera asustado la ira.

—Estás mintiéndome otra vez –insistió él, pensativamente–. No sé por qué es tan importante para ti negar la verdad, pero tiene que haber un motivo. ¿De qué tienes miedo, Laura?

—Te estás imaginando las cosas, Dexter. ¿Es que no puedes aceptar que no te he querido? –le preguntó Laura, y se encogió de hombros con un gran esfuerzo–. Lo siento. Sin embargo, has dicho que lo que deseabas era liberarte del pasado. Ahora ya puedes hacerlo.

Hubo una pausa. Sus ojos se quedaron atrapados. Ella se humedeció los labios resecos, y él le clavó una mirada caliente, brillante, con algo que hizo que a ella se le encogiera el estómago.

—Dijiste que era lo único que te importaba –susurró Laura.

–Yo también mentí –dijo Dexter.

Entonces, volvió a acercarse a ella y, de repente, le pasó la mano por la nuca y comenzó a besarla, con hambre, con dureza. La compostura de Laura se hizo trizas con el impacto de aquel beso. Su jadeo de asombro se perdió bajo la presión de los labios de Dexter.

Él metió la mano entre su pelo y le sujetó la cabeza, besándola sin piedad con una fuerza emocional devastadora. A Laura comenzó a darle vueltas la cabeza. Puso ambas manos contra su pecho e intentó apartarlo de sí.

–Eso era lo que quería –dijo Dexter, con la respiración tan entrecortada como la de ella–. Eso es lo que siempre he querido.

–No podemos revivir el pasado –dijo Laura–. Dexter, no podemos hacer esto. Ahora todo es distinto.

–Quizá no.

Volvió a besarla, con más suavidad en aquella ocasión, jugueteando con su lengua y engatusándola para que respondiera, en vez de hacer exigencias. Laura tuvo la sensación de que el calor de su cuerpo masculino la abrasaba. El olor de su piel le embriagó los sentidos. Era como un tormento dichoso. Ella sentía toda su excitación contra sí, sentía la urgencia de sus caricias; en un segundo, él la había tomado en brazos y la llevaba hasta el sofá de terciopelo verde para sentarla sobre sus muslos. Le apartó el pelo de la cara con dedos temblorosos y la miró fijamente.

–Laura... eres tan bella... ¿cómo voy a poder curarme de este deseo?

La voz de Dexter era una súplica rota, y dentro

de ella surgieron el calor y la excitación. Ser deseada era algo intoxicante que la llenaba de un poder femenino embriagador. Charles nunca la había deseado. Le había dicho que era fría y había dejado su cama. Sin embargo, Dexter había adorado cada centímetro de su cuerpo con las manos y los labios. Ella había perdido los escrúpulos en medio de las emociones calientes y turbulentas que él le despertaba. Laura necesitaba aquel consuelo, como cuatro años antes.

Le puso la mano en la mejilla y notó la aspereza de su barba incipiente contra la palma. Dexter emitió un gemido desde lo más profundo de la garganta, y después la tendió sobre el sofá. La melena castaña de Laura se derramó por el terciopelo verde. Él se inclinó sobre ella, y el fuego abrasador de sus ojos azules le cortó el aliento a Laura.

–Puede que tú no quieras decirme cómo te sentiste –le dijo–, pero yo voy a contarte cómo fue para mí aquella noche en Cole Court –llevó una mano hasta su hombro y le apartó el vestido, siguiendo el rastro de la tela con los labios sobre su piel–. Quería hacer el amor contigo –dijo, y su voz se redujo a un susurro. Ella notaba su respiración contra la curva de la clavícula–. Para mí fue como un sueño hecho realidad. Desde el primer momento en que te vi te deseé, Laura. Yo era joven e idealista, y tú eras como una diosa para mí. Soñaba contigo. Tuve los sueños más vívidos, apasionados y eróticos de mi vida.

A Laura le latía el corazón con violencia contra el fino algodón de su corpiño. Notaba los latidos resonando por todo su cuerpo, y a través del sofá en el que estaba tumbada. Estaba paralizada por el brillo del calor que veía en sus ojos y por el roce de sus labios contra el cuello y el hombro desnudo. Tenía la piel insoportablemente sensibilizada, y pedía a gritos sus caricias. Se le endurecieron los pezones mientras se retorcía en el sofá, moviéndose de un modo que solo sería para inflamarla más.

–Sabía que no eras libre –continuó Dexter. Inclinó la cabeza hasta el escote de su vestido y pasó la lengua por las elevaciones de sus pechos, y la hundió en el hueco que había entre ellos–. Debería haberme importado, pero no fue así. No fui tan honorable como yo creía. No lo fui cuando llegó la hora de calmar mi deseo por ti.

Detuvo los labios sobre uno de sus pechos y mordisqueó el pico hinchado que se dibujaba con tanta claridad contra la seda del vestido. Laura reprimió un jadeo y se agarró a su camisa con ambas manos, arqueándose hacia él.

–Convertí en realidad mis fantasías más salvajes con la duquesa en mi lecho –murmuró, y le apartó el corpiño para desnudarle ambos pechos para sus labios y su lengua–. Fue exquisito. Tú fuiste exquisita, Laura.

La besó de nuevo, y ella le deslizó los brazos por el cuello y lo atrajo hacia sí, disfrutando del tacto de su pelo sedoso entre los dedos, y de la aspereza de su mejilla contra su propia suavidad. Bajo la opresión de la ropa, todo su cuerpo ansiaba acariciar el de él. Ella no quería que hubiera barreras. Las palabras de Dexter habían conjurado todos los recuerdos del tiempo que habían pasado juntos, y toda su urgencia dulce y devastadora, y Laura quería sentir todo aquello otra vez, de repente, con desesperación. Quería perderse en el pasado y en la ilusión de amar y ser amada.

Hundió los dedos ansiosos en su camisa y se la sacó de la cintura de los pantalones para poder pasar las manos por los planos musculosos de su espalda. Sus caricias le arrancaron un gruñido a Dexter.

Laura sintió que él se estremecía de pies a cabeza, y aquello despertó una necesidad igual en ella. Se había olvidado de dónde estaba, casi de quién era, porque sus sentimientos estaban tan enredados con las sensaciones de aquel momento que no podía pensar en otra cosa.

El calor de la habitación, las llamas de la chimenea, las sombras que bailaban en las paredes, todo servía para crear un lugar íntimo y privado, en el que los dos estaban solos y el mundo no podía alcanzarlos.

Dexter se movió ligeramente y Laura sintió el aire frío rozándole los muslos, mientras la falda de su vestido ascendía hasta sus caderas. La sensación de frescor era aguda en contraste con el calor que sentía por dentro. Dexter estaba arrodillado entre sus muslos ahora, y ella sentía tanta necesidad por él que casi se ahogaba. Él tenía una expresión grave en medio de la penumbra de la habitación, y cuando la miró a los ojos, su semblante era de determinación.

–Laura... –susurró.

Ella se dio cuenta, quizá con cierto retraso, de que él estaba haciendo un esfuerzo supremo por recuperar el control de sí mismo, y de repente, no quiso que parara. No podía soportar quedarse deseándolo otra

Nicola Cornick

vez, después de tantos años de echarlo de menos y de anhelar sus caricias. Todos sus deseos naturales habían estado reprimidos durante mucho tiempo. La soledad aullaba dentro de ella. Si él la dejaba en aquel momento, aquella soledad iba a devorarla. Sería insoportable. La rompería en dos.

Hizo que la besara de nuevo, pero sintió su resistencia antes de que él suspirara contra sus labios.

–Te deseo –le susurró Laura–. No me dejes. Por favor, no me dejes ahora.

Entonces, quiso desabotonarle los pantalones, porque no quería darle tiempo para pensar y rechazarla. No pudo desabrocharle los botones porque tenía los dedos temblorosos. Dexter se echó a reír con arrepentimiento.

–Espera –dijo.

Sus dedos se rozaron, y él le apartó las manos suavemente. Laura se apoyó contra los cojines y cerró los ojos, intentando llevarlo consigo, pero él se resistió. Durante un instante, ella temió que Dexter se levantara y se alejara, pero entonces, notó que le alzaba la combinación hacia arriba, por los muslos, y jadeó. Él le acarició la piel suave del abdomen desnudo, con roces delicados, que le produjeron estremecimientos en lo más profundo del cuerpo.

Laura emitió un sonido desde la garganta. Tenía la piel más y más caliente a medida que él dibujaba líneas desde su vientre hacia su muslo. Dexter le cubrió el sexo con la mano y ella gimió, y todo su ser comenzó a temblar incontrolablemente cuando él la separó y comenzó a explorarla. Laura sintió un placer que la hizo sacudirse. Pero aquello no era lo que quería. No en aquella ocasión.

Confesiones de una duquesa

—¡No! —susurró, y lo agarró del brazo—. Esta vez quiero sentirte dentro de mí.

Notó que él se detenía.

—Laura... —dijo Dexter. Su voz era tan ronca que ella casi no lo reconoció.

—Por favor —le suplicó. Era el único modo de que pudiera sentirse completa. Quería desterrar la soledad—. Te necesito.

Lo miró. El cuerpo de Dexter estaba tenso por sus esfuerzos de contención, y él tenía los ojos oscurecidos por el deseo. Ella extendió una mano hacia él, y vio que su control se resquebrajaba.

Él temblaba tanto como ella cuando se tendió entre sus muslos y ella notó la punta de su erección deslizársele hacia el interior. El placer la invadió, y Laura besó a Dexter con un hambre desesperada, deslizando las manos por su espalda y por sus nalgas para acogerlo por completo. Él empujó un poco más y ella temió que iba a deshacerse de dicha. Dexter deslizó las manos bajo ella, enredándose en su falda, elevándola para hundirse profundamente en su cuerpo, y una dulce agonía se apoderó de Laura mientras él la penetraba y la impulsaba hacia el clímax.

Dexter se había dado cuenta de lo cerca que estaba. Se retiró un poco. Le rozó la frente con los labios antes de besarla con dulzura, pero con ardor.

—Espera...

—¡No puedo! —susurró Laura con angustia, y se retorció bajo él.

—Dime que me querías cuando hicimos el amor antes —le exigió Dexter. Su voz era una seducción oscura. Bajó los labios hasta la piel suave de la curva de su cuello–. Sé que yo era el hombre al que amabas. Admítelo.

–¡Ah! –Laura gimió con desesperación.

El éxtasis brillaba, seductoramente cercano, pero justo fuera de su alcance. Intentó obligarlo a que bajara la cabeza para poder besarlo y borrarle la pregunta de los labios y apartarle aquel pensamiento de la cabeza, pero él se mantuvo firme. Después inclinó la cabeza para saborear la piel del hueco de la base del cuello de Laura. El roce de su lengua provocó en ella otra descarga de lujuria, y Laura se estremeció, al límite.

–Dímelo.

Su voz era calmada, insistente, innegable...

Ella tenía unos sentimientos demasiado fuertes por él, demasiado expuestos, demasiado crudos como para poder negarlos.

Él se movió dentro de ella, ligeramente, pero lo suficiente como para atormentarla más allá de lo soportable.

–No... –susurró Laura, aferrándose a una chispa de rebelión–. No voy a decírtelo...

«Pero siempre te querré».

–Ah... –ella oyó su voz, llena de ira y de diversión a la vez–. Mi Laura, tan obstinada...

«Mi Laura...».

Dexter le acarició el cuello con la boca, en la más ligera de las caricias, y después se movió hacia su pecho, y ella sintió el eco de aquel roce en lo más profundo del vientre. Su cuerpo dio un paso más, temblorosamente, hacia el éxtasis. Ella gimió, pidiendo más. Él se contuvo. Ella se retorció, buscando el cuerpo de él, y la plenitud que podía darle.

—Maldita sea... —ella casi odió a Dexter por negarle el placer.

Entonces, él la embistió, con fuerza, rápidamente, una y otra vez, y atrapó sus gemidos de alivio en la boca con otro beso largo y profundo. A Laura le daba vueltas la cabeza. El placer se intensificó irresistiblemente, tan cercano...

Dexter volvió a quedarse inmóvil. La mantuvo inmóvil con su peso, y el cuerpo de Laura se movió y saltó para seguir sintiéndolo por dentro, caliente y duro, llenándola. Ella se aferró al borde del clímax.

—¿Es que quieres castigarme? —le preguntó, retorciéndose desesperadamente para intentar alcanzar el éxito—, porque si es así, lo estás consiguiendo...

—Quizá...

Laura oyó la sonrisa en la voz de Dexter, y sintió indignación, furia, que mezclados con su deseo frustrado, consiguieron que gruñera.

Por fin, Dexter se movió, pero solo para deslizarse más hacia su interior. La elevó para que recibiera sus acometidas. La mantuvo en silencio con los labios sobre su boca. La impresión se hizo mil pedazos dentro de ella. Más fuerte, más profundo, más implacable...

Sintió que la boca de Dexter se curvaba en una sonrisa contra su pecho, mientras él le lamía y le succionaba el pezón. Su cuerpo se estremeció sin poder evitarlo, gritó para que él le concediera la plenitud, se agitó para responder a las embestidas de Dexter, y Laura lo olvidó todo mientras por fin el mundo giraba y caía sobre ella. Dexter volvió a besarla y se apoderó de sus gritos mientras se apoderaba de todo su cuerpo. No se detuvo, sino que siguió hundiéndose en ella una y otra vez, y todo el cuerpo de Laura dio tumbos contra el terciopelo del sofá, y ella sintió que la espalda de Dexter se arqueaba, y sus músculos se tensaban cuando el éxtasis se apoderó de él.

Su clímax la arrastró a ella también, de nuevo, sumergiéndola por completo en aquellas exquisitas sensaciones.

Durante unos instantes siguieron juntos, y después Dexter se movió un poco y la acurrucó, con un gesto protector, en la curva de su hombro. Laura no tenía idea de cuánto tiempo había pasado. Estaba sudorosa y pegajosa. Quería olvidarse de todo y dormir, pero sabía que muy pronto tendría que moverse.

Tendría que pensar.

No sabía por dónde empezar.

Volvió la cabeza y miró a Dexter. Él sonrió y le acarició el pelo con los labios, y ella sintió otra oleada de amor abrumadora que no pudo evitar. Tenía miedo de lo que pudiera decirle. ¿Cómo iba ella a negar sus sentimientos por aquel hombre?

–Laura... –dijo Dexter.

–No podemos hablar ahora.

Laura sintió pánico y se levantó del sofá. Le temblaban las manos mientras se arreglaba, torpemente, la ropa. No quería oír cómo Dexter se disculpaba o minimizaba los sentimientos y las emociones que estaban tan enredados dentro de ella. Laura no era una mujer que pudiera entregarse a una relación sexual despreocupada y enfrentarse a los momentos posteriores con aplomo y sofisticación. Tampoco sabía enfrentarse a los detalles prácticos. De repente, tuvo una visión horrible de Carrington, esperando pacientemente fuera de la biblioteca a que ellos salieran para cerrar la casa y acostarse.

–Quizá sea mejor que salgas por la ventana –dijo–. Los sirvientes...

–No voy a salir por la ventana como si fuera un ladrón –respondió Dexter. Su voz sonó tan enfadada que Laura se sobresaltó–. Entré por la puerta principal, y voy a salir por allí.

Se puso en pie. Parecía que no le preocupaba en absoluto su desnudez. A la luz del fuego, su cuerpo aparecía bronceado y firme. Laura tragó saliva y se olvidó de lo que estuviera a punto de decir. Él comenzó a colocarse los pantalones y se metió la camisa por el cuello. Laura, distraída, intentó buscar las palabras más adecuadas.

–Solo creía que si te marchas ahora, y podemos fingir que no ha ocurrido nada...

–Una idea asombrosamente mala –dijo Dexter, con un gesto duro. Se acercó a ella y, con cuidado, le abrochó los botones que a Laura se le resbalaban entre los dedos temblorosos.

–Laura, tú debes de darte cuenta de que eso no serviría –dijo él, en un tono más suave–. No estás pensando con claridad.

–No puedo pensar con claridad cuando estás cerca –dijo Laura.

–Yo tampoco puedo cuando tú estás cerca –respondió él–. Y por eso estamos en esta situación, para empezar.

–Tu pañuelo del cuello está muy arrugado –dijo Laura con desesperación, moviéndolo nerviosamente entre las manos–. Yo no sé atártelo, y pareces...

Nicola Cornick

Se interrumpió, porque él estaba muy masculino, viril, y parecía que acababa de hacer el amor apasionadamente con ella, y ella sabía que era imposible fingir otra cosa.

–Oh, Dios...

Alguien llamó con firmeza a la puerta de la biblioteca. Laura se sobresaltó. El pomo giró, pero afortunadamente, la puerta siguió cerrada.

–¡No abras! –susurró Laura–. Si tú no te escapas por la ventana, creo que lo voy a hacer yo.

Dexter le hizo caso omiso. Se acercó despreocupadamente a la puerta y giró la llave. Durante un instante, Laura tuvo una carcajada de histeria en la garganta al pensar en que la duquesa viuda de Cole estaba a punto de ser cazada in fraganti con su amante, y que la situación estaba girando más y más descontroladamente hasta transformarse en un torbellino. La puerta de la biblioteca se abrió, y Carrington apareció en el umbral. Ni un solo músculo de la cara se le movió al verlos.

–Lord Vickery y la señorita Lister están aquí, Excelencia –dijo.

–Pídales que esperen... –dijo Laura, pero era demasiado tarde.

–¡Lal! –exclamó Miles mientras entraba en la habitación–. Estaba preocupado por ti. He ido a Spring House de visita y la señorita Lister me dijo que habías venido caminando a casa, así que pensé que debía asegurarme de que estabas bien...

–Y yo quise venir, también –dijo Alice–, porque fue culpa mía que no vinieras en el carruaje.

Miles le lanzó una mirada de exasperación.

–Aunque –dijo–, yo ya le había explicado a la señorita Lister que no era necesario y que podía quedarse en casa a cuidar de su madre...

Entonces, se quedó callado. Miró a Laura, después a Dexter, y después a Laura de nuevo. Hubo un largo silencio mientras Alice y él asimilaban la escena que tenían ante sí.

En aquel momento, Laura podía ver a través de los ojos de su primo. Vio su vestido arrugado y su pelo revuelto, y vio el grado de desnudez de Dexter, que era más revelador que cualquier palabra. Y entonces, Miles atravesó la habitación y antes de que Dexter pudiera reaccionar, le propinó un gancho limpio y científico en la mandíbula. Alice soltó un gritito de alarma.

–¡Miles! ¿Qué haces?

Laura agarró a su primo por el brazo y lo apartó. Dexter se llevó una mano al mentón e hizo un gesto de dolor al tocárselo, pero no intentó defenderse ni vengarse, y Laura entendió por qué. Para Miles, aquello era una canallada.

Dexter se llevaría la culpa de lo sucedido aunque fuera ella la que le había rogado que se quedara y le hiciera el amor.

–Estoy defendiendo tu honor, ya que parece que a ti te importa tan poco, Laura –le espetó Miles, y se volvió hacia ella–. ¿Qué demonios ha pasado aquí? No, mejor será que no respondáis a eso. Por vuestro aspecto, es evidente.

–¡No es asunto tuyo! –dijo Laura–. Por favor, te ruego que te marches y te lleves a la señorita Lister –entonces se giró hacia Alice–. Alice, lo siento muchísimo. Este no es lugar para ti.

–Bueno al menos te queda algo de decencia –dijo

NICOLA CORNICK

Miles–. Señorita Lister, insisto en que me espere en el vestíbulo.

–¡Ni hablar! –respondió Alice, alzando la barbilla–. Laura es mi amiga, y creo que quizá necesite mi ayuda.

Miles sacudió la cabeza con incredulidad.

–La única vez en mi vida que intento proteger a una inocente –dijo con amargura–, y me rechazan –se volvió hacia Laura y le preguntó–: ¿Recibes con frecuencia a tus amantes en la biblioteca, prima?

–Por supuesto que no –respondió Laura, indignada–. ¿Es que crees que todo me habría salido tan mal si tuviera la costumbre de hacerlo? Oh, no, si tuviera práctica en esto, me las habría arreglado con más aplomo.

Por el rabillo del ojo, vio que Dexter esbozaba una ligera sonrisa de arrepentimiento. De repente, se sintió ansiosa por terminar con aquella situación antes de que él pudiera intervenir y empeorarlo todo.

–Dexter y yo...

–Así que ahora lo llamas Dexter, ¿eh? –preguntó Miles en un tono asesino–. No me sorprende.

–Lord Vickery –dijo Alice–, sería mejor que dejara de interrumpir...

Miles la miró con exasperación.

–Gracias, señorita Lister –dijo–. Sabes que ahora tendrás que casarte con Anstruther –añadió mirando a su prima. Y después se giró hacia Dexter–. Sabía que querías casarte con una mujer rica, Anstruther –le dijo con frialdad–, pero nunca pensé que cayeras tan bajo. ¡Comprometer deliberadamente a Laura en el mismo día en que se ha sabido que posee una fortuna...

Confesiones de una duquesa

Laura se quedó horrorizada. En medio de todo aquello, había olvidado el dinero.

—Voy a rechazar el dinero de Henry —le dijo a Miles—, así que eso no tiene importancia.

Dexter la estaba mirando con el ceño fruncido.

—Creo que no lo entiendo. No sabía que tenías una fortuna entre las manos antes, cuando lo mencionaste, y no entiendo...

—¡Oh, no finjas que no lo sabes! —lo interrumpió Miles, con desprecio—. ¡No se hablaba de otra cosa esta noche en Fortune Hall! Nunca lo hubiera creído de ti, Anstruther. Sabía que había algo entre mi prima y tú, pero creía que tenías algo de honor. Sin embargo, te has propuesto comprometer a una duquesa viuda que es lo suficientemente mayor como para ser tu madre...

Tanto Laura como Alice dejaron escapar un jadeo de protesta al mismo tiempo que Dexter daba un paso adelante y quedaba cara a cara con Miles. Tenía una expresión muy tensa. Habló en voz baja.

—No hables de tu prima con esa falta de respeto, Vickery, o me veré obligado a retarte.

Su tono era tan firme y tan frío que Miles dio un paso atrás.

—Te pido perdón —le dijo a Laura—. No ha estado bien por mi parte —añadió, y miró de nuevo a Dexter—. Supieras lo del dinero o no, me has decepcionado, Anstruther. No te creía un canalla sin principios. Estabas cortejando a una debutante rica al mismo tiempo que seducías a una viuda para entretenerte...

—¡No ha hecho semejante cosa! —protestó airadamente Laura—. Te agradecería que no armaras un lío terrible por nada, Miles —le dijo—. Ni que le pegaras un tiro al señor Anstruther, y crearas un escándalo de verdad donde no existe.

Miles arqueó las cejas con escepticismo, por toda respuesta.

Laura iba a hablar otra vez, pero Dexter la apartó con firmeza.

–Le agradezco que hable en mi nombre, Excelencia –le dijo suavemente–, pero yo debo aceptar la responsabilidad de todo esto.

–¡Por supuesto que sí! –dijo Miles, y adoptó una pose de púgil.

–¡No, no es así! –insistió Laura, interponiéndose entre ellos–. Soy perfectamente capaz de aceptar mi responsabilidad. Además, no ha ocurrido nada importante.

Dexter la miró de tal modo que ella se sonrojó.

–Dios Santo –le dijo él en voz baja, de modo que solo Laura pudiera oírlo–, es la segunda vez que dices algo parecido. Debo de estar perdiendo facultades.

Miles la miró con incredulidad.

–¿Te encuentro medio desnuda, a solas con un hombre que fue un famoso mujeriego, ¿y todavía te empeñas en decir que no ha ocurrido nada?

–Esto es una locura –dijo Laura–. Señor Anstruther, debo pedirle que se marche...

–Claro que no –dijo Dexter, con los ojos muy brillantes–. Y antes de que aproveche alguno de los absurdos comentarios de su primo como munición contra mí, permítame decirle que nunca la he considerado lo suficientemente mayor como para ser mi madre. Esa idea es absurda y matemáticamente imposible.

Confesiones de una duquesa

—No me está ayudando, señor Anstruther —dijo Laura entre dientes. Se daba cuenta de que la situación se le estaba escapando de las manos—. No entiendo por qué quiere prolongar estas circunstancias tan embarazosas, ¡así que le sugiero que al menos esté callado!

—Disculpe —dijo Dexter—. Solo quería dejar claro que no tiene sentido decir que usted sea mayor, porque no es cierto.

—Gracias —respondió Laura ceremoniosamente—. Sin embargo, tengo ocho años más que usted, señor Anstruther, y también tengo la intención de devolver el dinero que pensaban otorgarme como dote mis parientes. Esas dos razones son suficientes para terminar aquí cualquier relación que pudiera haber entre nosotros. Le sugiero que acabemos con esta farsa y que vuelva a cortejar a su heredera...

Ella se interrumpió al ver la sonrisa que había en los ojos de Dexter.

—No antes de que hayamos hablado de esto adecuadamente.

Laura hizo un gesto de exasperación.

—No hay nada más que hablar. Ya hemos discutido suficiente esta noche. Lo importante —añadió, mirando a Miles y a Alice también— es que, aparte de nosotros cuatro, nadie sabe que usted y yo hemos estado juntos esta noche, señor Anstruther, y no hay necesidad de que las cosas vayan más lejos.

Dexter dio un paso hacia ella.

—No estoy de acuerdo —afirmó—. La visitaré mañana para hacerle una oferta de matrimonio.

—Y yo no estaré en casa.

Al ver la expresión de Dexter, Laura se volvió rápidamente hacia Miles antes de que tuviera tiempo de responder.

—Te agradezco tu preocupación, Miles, pero no es necesaria. Yo soy capaz de cuidar de mí misma.

—Te visitaré mañana —repitió Dexter.

—¡Señor Anstruther! —exclamó Laura, en tono de advertencia.

—¿Por qué eres tan cabezota, Laura? —intervino Miles, y le lanzó a Dexter una mirada fulminante—. Supongo que Dexter está intentando hacer lo correcto.

—¡Oh, métete en tus asuntos, Miles! —le espetó Laura, abandonando su actitud digna. De repente, se sentía agotada. La culpa de lo que había ocurrido era suya, y la consecuencia de aquellos momentos de increíble pasión con Dexter era que él debía hacerle una oferta de matrimonio solo porque los habían sorprendido. Aquellas eran las reglas de la sociedad, y ni siquiera una duquesa viuda podía hacerles caso omiso. Y mucho menos una duquesa viuda que tenía un primo tan empeñado en defender su honor, aunque ella no quisiera.

Laura se dio cuenta de que Dexter no dejaba de mirarla. Se acercó a ella y la tomó de la mano, y ella sintió un temblor de emoción por dentro. Él la acarició suavemente, distraídamente, con el pulgar en la palma, y ella tuvo que reprimir un escalofrío.

—Nos veremos mañana en la Colina de Fortune, a las once —dijo.

Solo estaba concentrado en ella, como si Miles y Alice no estuvieran en la biblioteca.

—No voy a ir —dijo Laura.

—Sí, va a ir —respondió él. Se llevó la mano de

Confesiones de una duquesa

Laura a los labios y aquel roce despertó en ella todas las sensaciones que estaba intentando negar–. Irá, o yo vendré a buscarla. Buenas noches, Excelencia.

Mientras caminaba de vuelta hacia Spring House por el parque, Alice Lister se quedó desconcertada al ver a Miles Vickery siguiéndola bajo la luz de la luna. Ella se había despedido bruscamente de él en el vestíbulo del Viejo Palacio, y le había dicho que no necesitaba que la acompañara a casa.

Miró hacia atrás, por encima del hombro, una vez más. Aunque Miles no se apresuraba, sus zancadas largas estaban acortando la distancia que había entre ellos. Al verlo, Alice sintió una punzada de pánico y, en vez de esperarlo, como hubiera hecho una dama sensata, echó a correr hasta que llegó a la esquina del muro del bosquecillo de frutales, y atravesó la puerta que daba al túnel de árboles. Allí se detuvo para recuperar el aliento y se reprendió a sí misma por seguir aquel impulso tan tonto. Seguramente, Miles solo quería asegurarse de que llegaba a casa sana y salva. No tenía por qué hacer el tonto y salir huyendo de él. Era una mujer de veintidós años, no una muchacha tonta incapaz de hablar con un caballero tan guapo, aunque fuera un libertino.

Y, sin embargo, Miles Vickery era guapísimo... sus ojos castaños la abrasaban con su calor. Alice sabía que él la admiraba, porque lo había dejado claro desde el momento en que se habían conocido. Y ella... bueno, a ella le gustaba, le gustaba mucho, más de lo que debiera gustarle un mujeriego y cazafortunas. Con solo pensar en él sentía calor, y aquella era una noche de otoño muy fría. El viento revolvía las hojas caídas de los manzanos y se las acercaba a los pies.

Apoyó una mano en la cancela e intentó cerrarla cuando Miles apareció de repente por la esquina del muro y puso una mano sobre la de ella para impedir que se alejara.

—Señorita Lister —dijo—. ¿Le importaría que habláramos?

—Yo... sí, por supuesto —dijo Alice. Dejó de intentar zafarse y esperó a que él atravesara la puerta y se uniera a ella bajo los árboles.

—Quería asegurarme de que estaba a salvo —dijo Miles, lentamente.

—¿De veras? —preguntó ella con la voz chirriante—. Le aseguro que no hay ningún peligro en volver a casa sola en Fortune's Folly.

Miles sonrió. El gesto subrayó las líneas de expresión de sus ojos, y Alice sintió un nudo cálido en el estómago otra vez. Pestañeó y se dijo que no debía ser tan pánfila. Sabía cuáles eran las verdaderas intenciones de aquel hombre, y que sus comentarios sobre su preocupación por ella eran solo un truco.

—Quizá —dijo—, también quisiera pedirme que no repita nada de lo que he oído esta noche con respecto a su prima.

Miles no lo negó.

—Le aseguro que no voy a contárselo a nadie. Laura es mi amiga, y la respeto.

—Pero debe de haberse sentido muy impresionada al saber que el señor Anstruther y ella son amantes.

—Tal vez haya oído decir que una vez fui sirvienta, señor Vickery. Hace falta mucho para que yo me impresione. He oído y visto cosas que lo impresionarían a usted.

—Lo cual hace mucho más sorprendente –dijo él– que haya conservado ese aire de inocencia.

—No creo que usted reconociera la inocencia aunque se tropezara con ella –replicó Alice con temple–. Sé que es usted un libertino consumado.

Miles se echó a reír.

—Reconozco la inocencia en usted –dijo–, y la deseo. Deseo enseñarle muchas cosas, señorita Lister.

La tomó por la barbilla e hizo que lo mirara a los ojos. Ella notó sus dedos fríos contra la mejilla, y parpadeó. Se preguntó si él sería capaz de ver en su rostro la desvergonzada excitación que le había acelerado el pulso. Y era evidente que sí, porque soltó una exclamación en voz baja y su mirada se oscureció mientras se inclinaba hacia su boca.

Alice soltó un gritito ahogado. Nunca la habían besado, y de repente se dio cuenta de que no sabía qué hacer. Sintió los labios de Miles, fríos y firmes contra los suyos, en un beso delicado, pero también terrorífico por lo que tenía de peligroso. Alice entendió instintivamente que aquel era un hombre que sabía lo que estaba haciendo, un libertino cruel que la estaba tratando con delicadeza no porque fuera amable, sino porque estaba calculando el mejor modo de seducirla.

Miles hizo que separara los labios con suavidad, y ella sintió su lengua en la boca, acariciándola con la ligereza de una pluma, tentadoramente.

Ella abrió los labios después de un ligero titubeo, y lo besó también. Sabía que debía apartarse de él, pero era lo suficientemente honesta como para reconocer que no quería. Era muy agradable que un hombre absolutamente experto la besara bajo la luz de la luna. O quizá la palabra agradable no fuera suficiente para describirlo. Era completamente delicioso.

Cuando Miles la soltó, por fin, ella notó que le temblaban las rodillas. Lo miró, y le pareció que veía asombro y desconcierto en sus ojos. Sin embargo, solo duró un instante, y después, su expresión se volvió de nuevo completamente imperterrita. Ella no tenía idea de qué podía estar pensando. Quizá lo hubiera hecho muy mal... quizá era muy torpe besando. No podía saberlo. Lo que sí sabía era que no debería haberse dejado atraer a aquella situación, para empezar. Una de las cosas más importantes que había aprendido durante su etapa de sirvienta era evitar a los libertinos peligrosos.

—¿Se encuentra bien, señorita Lister? —le preguntó Miles, y de nuevo, Alice sintió aquella insidiosa atracción que minaba todas sus defensas.

«De veras se preocupa».

—Estoy perfectamente —mintió—. Si esta es su idea de asegurarse de que llego a salvo a casa —añadió—, creo que debería terminar el trayecto sola.

Miles casi sonrió.

—Quizá sí.

Alice se alejó de él, reprimiendo el impulso de mirar atrás. Aunque no lo veía, sabía que él la estaba vigilando hasta que entró por la puerta del jardín de su casa y pensó que, de verdad, Miles Vickery estaba preocupándose por ella. El corazón se le derritió.

«Eres tonta, Alice Lister», se dijo. Sabía que lord Vickery tenía la habilidad suficiente como para convencerla de que era su persona y no su dinero lo que más le interesaba. Y, sin embargo, temía que pese a tener un sentido común tan sólido, se estaba enamorando de él.

Capítulo 16

Dexter estaba bajo la bomba de agua del patio de la posada de Morris Clown, estremeciéndose bajo la cascada de agua fría que le caía por la cabeza y por el cuerpo, empapándole la camisa y helándolo hasta los huesos. Estaba tan fría que le hacía daño, y el viento de otoño que soplaba desde los prados hizo que se estremeciera todavía más. Sin embargo, lo deseaba. Necesitaba la claridad de mente que proporcionaba aquella ducha fría.

La noche anterior le había dicho a Laura que le pediría matrimonio. Se sentía triunfante después de haberla poseído, lleno de pura satisfacción masculina al saber que ella lo había querido, lo negara o no, y exultante porque hubiera sido completamente suya, estaba completamente decidido a reclamarla en público. La deseaba, e iba a tenerla. No iba a salir por la ventana como si fuera un ladrón y dejarla sola enfrentándose a las consecuencias. Como parecía que era incapaz de controlar aquella pasión por Laura, domaría sus impulsos dentro del matrimonio. Era una solución sensata.

Sin embargo, después de pasar aquella noche sin dormir, los demonios de la pobreza y el miedo habían vuelto a atacarlo, a despellejarlo por su falta de disciplina. Si no podía convencer a Laura para que se quedara con el dinero que Henry Cole deseaba darle como dote, entonces no tendría ninguna oportunidad de hacer un matrimonio ventajoso. Estaría fallándole a su familia. Y todo porque aquellos impulsos traicioneros habían destruido la vida de sus padres, y ahora amenazaban con causar estragos también en la suya.

Sin embargo, pensó en la noche anterior. Hacer el amor con Laura había sido tan placentero, tan exquisito como él recordaba. Había tenido la misma sensación de plenitud y de corrección que siempre sentía cuando estaba con ella. Cada vez que hacía el amor con ella era más intenso que la vez anterior. No conseguía que su deseo por ella cesara, y pensar que podía lograrlo era inútil.

No le gustaba sentirse así. Era irracional. Le recordaba lo indigna que podía llegar a ser la pasión física. Dexter no quería perder el control sobre sus impulsos ni el respeto por sí mismo, no quería perder su camino, como había hecho durante su locura juvenil. Aquello estaba demasiado cerca de los excesos temerarios de sus padres.

Se estremeció de nuevo bajo la corriente de agua fría. En realidad, era demasiado tarde. Ya había perdido su camino. Había fracasado en su intento de contención. Había hecho el amor con Laura y los habían sorprendido. Ella podía decir que ya no era una jovencita ingenua que pudiera perder la buena reputación, pero él era un hombre de honor, un estatus al que iba a aferrarse con uñas y dientes, y estaba obligado a pedirle que se casara con él. Si no lo hiciera sería un granuja, y por otra parte, Miles, como primo de Laura, lo retaría en duelo e intentaría matarlo.

Casarse con Laura tenía sus beneficios. No solo la quería en su cama, sino que además, por algún motivo que no entendía bien, necesitaba su calor y su actitud abierta ante la vida. Dexter sabía que, a causa de su determinación por ser responsable, también podía pecar de ser demasiado serio. Laura conseguía distraerlo de aquella seriedad, aunque existiera el peligro de que tal frivolidad pudiera ir demasiado lejos.

En el fondo, Dexter no estaba seguro de que quisiera vivir sin aquella sensación de plenitud que ella le procuraba. Si perdiera a Laura, se sentiría como si le faltara una parte de sí mismo. Sería como si se hubiera deshecho, sin cuidado, de lo que le convertía en un ser íntegro.

No obstante, tales pensamientos eran inútiles. Sacudió la cabeza con enfado. Pensar así no era práctico. Tenía que admitir que casarse con Laura era perjudicial para todos sus planes. Ella no era rica y pensaba rechazar el dinero que quería asignarle el nuevo duque. Además, Laura no podía ofrecerle una vida sosegada, plácida. No sería una esposa dócil. Si le pedía que se casara con él, estaría sometiendo su futuro al caos que siempre había querido evitar. Sería algo imprudente, peligroso. Irresponsable. Estaría fallándoles a los que dependían de él. Y Dexter no quería todos aquellos riesgos.

Salió de la ducha.

—Quiero hablar contigo, Anstruther.

Dexter se enjugó el agua de los ojos y vio a Miles Vickery, que le tendía una toalla. No era exactamente un gesto conciliador; Miles lo estaba mirando como si tuviera ganas de darle un puñetazo. Tenía una expresión tensa, y sus ojos castaños, tan parecidos a los de Laura, tenían una mirada dura. Al verlo así, Dexter se preguntó si no habría perdido para siempre la buena opinión de uno de sus mejores amigos por su comportamiento de la noche anterior. De ser cierto, no podía culpar a Miles. Si alguien sedujera a Annabelle o a Caro él lo mataría.

Tomó la toalla y se frotó con fuerza el pelo.

—Sé que quieres darme otro puñetazo, o algo peor —dijo, ante el silencio de Miles—. Yo sentiría lo mismo en tu lugar. Lo que hice es inadmisible.

Miles se relajó un poco.

—No puedo culpar a un hombre por ser un libertino cuando yo también lo soy —admitió—, pero de todos modos...

—Pero de todos modos, tú no te habrías comportado así con mi prima.

En aquella ocasión, Miles estuvo a punto de sonreír.

—No. Creo que no, aunque... —se encogió de hombros—. Bueno, en realidad, probablemente sí. Pero pensaba que tú eras mejor hombre que yo.

—Y ahora sabes que no es cierto.

Miles se irguió de hombros.

—¿De verdad le vas a pedir a Laura que se case contigo, Anstruther?

Dexter se detuvo.

—Sería lo más honorable.

—Por Dios Santo, no se lo pidas por caballerosidad. Si esto es solo una aventura sin importancia para ti, entonces te pido que hagas lo más decente y termines con ella. Yo nunca voy a hablar de lo sucedido, y estoy seguro de que la señorita Lister tampoco. La reputación de Laura estaría a salvo.

Entonces, mientras Dexter lo miraba con asombro, Miles dijo:

—Laura se merece algo mejor, Anstruther. Ya ha estado atrapada en un matrimonio infeliz. Se merece a alguien que la quiera de verdad, completamente y para siempre. Así que termina con esto, y así podrás casarte con la señorita Cole por su dinero, como habías planeado al principio, o podrás buscar a otra candidata, y Laura podrá buscar a alguien que la quiera de verdad. De todos modos, dudo que Laura te aceptara. Ya oíste lo que dijo anoche. No tiene más ganas de prometerse en matrimonio que tú de pedírselo.

Después, se alejó, y dejó a Dexter preguntándose si era posible sentirse más deshonroso de lo que se sentía.

Miles había resumido de manera precisa la situación: le había dicho a Dexter que abandonara a Laura para seguir con sus planes de casarse con Lydia por su dinero. La integridad de Dexter se sublevó. ¿Describían la situación las palabras cruel, oportunista y mujeriego, o eran demasiado generosas? Y si llevaba a cabo su plan original, se convertiría exactamente en eso.

«Termina con ella. Se merece a alguien que la quiera de verdad...».

Dexter ya no creía en el amor. No quería creer. Un amor así tenía que ser peligroso y podía obligar a un hombre a cometer todo tipo de acciones irreflexivas. Amar a alguien completamente y para siempre, como Miles había dicho, sería extraordinario. Dexter ni siquiera estaba seguro de si existía un amor así. Y, aunque existiera, no estaba seguro de si merecía la pena el riesgo que había que correr por él. No era lo que él sentía por Laura. La deseaba apasionadamente, pero aquello tenía que ser solo un asunto de posesión física.

Sabiendo todo aquello, quizá debiera hacer lo que le había sugerido Miles y alejarse, para que Laura pudiera encontrar el amor con otro hombre. En cuanto aquella idea tomó forma en su cabeza, y era un pensamiento completamente racional que había resultado de una secuencia lógica de ideas, se dio cuenta de que no le gustaba. De hecho, tenía un gran problema con ella. En concreto, tenía problemas con la posibilidad de que Laura se casara con otro hombre, o que otro hombre hiciera el amor con Laura, o que estuviera en un radio de cinco metros de Laura. Ella era suya. Él la deseaba. La necesitaba. No estaba dispuesto a permitir que otro hombre la tuviera. La furia primitiva de aquel sentimiento de posesión lo dejó asombrado, aunque en el fondo sabía que era parte de todas las emociones turbulentas que Laura despertaba en él.

Entró en la posada para ponerse ropa limpia y

prepararse para su cita con Laura, pensando durante todo el tiempo en la diferencia aterradora que había entre los dos caminos que se extendían ante él. Podía sacrificar su honor, diciéndole a Laura que lo que hubiera entre ellos había terminado y después embarcarse en un matrimonio sin pasión, sin vida, con Lydia o con cualquier otra heredera. Por otra parte, podría sacrificar todos sus planes de seguridad y de riqueza y pedirle a Laura que se casara con él. La tendría, y tendría la pasión salvaje que ardía entre ellos, pero no tendría dinero ni seguridad, ni la vida estable que deseaba, y si aquella pasión se consumía, se quedaría sin nada.

Tenía que tomar una decisión, y tenía muy poco tiempo para hacerlo.

Salió del pueblo a caballo y pasó por delante de la enorme hoguera que estaban construyendo los niños del pueblo para celebrar la noche de Guy Fawkes, en la pradera que había junto al río. El camino de Fortune Hill discurría entre murallas de piedra gris. Después se abría a los pastos, y de los pastos pasaba a una vegetación de helechos y brezo, que se volvía dorada al sol del otoño. Dexter siguió cabalgando hacia lo alto de la colina hasta que todo el pueblo y el río, y los valles de más allá, aparecieron ante él. El viento le sacudía la cara.

Vio a Laura cuando su caballo coronaba la cima de la colina. Ella había atado su yegua, una preciosa zaina con una mancha blanca que él reconoció de su encuentro con las Chicas de Glory, y estaba sentada en una pila de piedras de la muralla derruida. Estaba mirando pensativamente hacia el valle y los páramos lejanos. Llevaba una chaqueta de montar de color marrón rojizo, que se parecía a las hojas caídas del otoño.

Ella alzó la vista cuando él desmontaba, y sus ojos se encontraron.

Durante un instante, se miraron fijamente. Dexter pensó que ella tenía algo distinto, una expresión de vulnerabilidad en el rostro, que él nunca había visto.

Tenía ojeras, como si no hubiera dormido. A él se le encogió el corazón. Laura casi nunca bajaba la guardia. Todas las decisiones imposibles que debía tomar se unieron como un tormento y, sin poder evitarlo, la abrazó y la apretó contra sí. Ella encajaba perfectamente contra su cuerpo y, al instante, Dexter se sintió reconfortado. No era un sentimiento de lujuria, sino algo mucho más profundo y más tierno. Laura levantó instintivamente la cara hacia él y Dexter la besó suavemente y se hundió en las profundidades de su deseo por ella, acrecentado por los recuerdos de la noche anterior.

Varios minutos después, él se dio cuenta de que ella llevaba pantalones de montar en vez de traje de amazona, y de que parecía que debajo de aquellos pantalones estaba desnuda. Se quedó tan asombrado que apartó la mano incluso mientras su cuerpo reaccionaba y se endurecía más que antes. Aquello sí era lujuria rampante.

—Es más fácil montar a horcajadas —dijo Laura, respondiendo su pregunta silenciosa—, y con pantalones, una mujer no puede llevar ropa interior.

«Pantalones de montar. Sin ropa interior. Dios Santo».

Dexter no supo lo que se reflejaba en su cara.

Nicola Cornick

Probablemente, el mismo apetito incontrolado que sentía por dentro, porque ella dio un paso atrás.

–No esperaba que lo descubrieras –dijo ella–. Pensaba que íbamos a hablar. Aunque supongo que debería haberlo pensado, dado que no parece que podamos resistirnos el uno al otro. ¿Te he dejado boquiabierto, Dexter?

–Eso apenas describe mis sentimientos –respondió él.

Ella le clavó una mirada penetrante.

–Supongo que no. Y menos después de lo de anoche. Y sin embargo, debemos hablar. No parece que tengamos ningún problema en las relaciones físicas, ¿verdad? Es en otros aspectos donde radica el problema. No he venido aquí para retomar nuestra aventura donde la dejamos ayer. Llevo toda la noche despierta, intentando decidir lo mejor que podemos hacer, y he venido para dejar claro que lo que hay entre nosotros debe terminar, Dexter. Espero que estés de acuerdo conmigo. No tienes por qué sentirte obligado a pedirme que me case contigo por lo que sucedió. Eres un hombre libre.

Dexter esperó a sentir un gran alivio, como debía ser. Laura estaba negándose a aceptar su oferta. Lo estaba dejando libre.

Esperó. No ocurrió nada. No se sintió aliviado, ni reconfortado, ni tranquilizado. La miró; Laura tenía el pelo revuelto por el viento y las mejillas rosadas, y la chaqueta y los pantalones de montar marcaban su figura esbelta. Dexter volvió a notar aquel sentimiento de posesión, caliente, masculino.

–¿Es que hay otro hombre con el que prefieras casarte? –inquirió. Con solo pensar en todos los cazafortunas que iban a hacerle la corte ahora que tenía dinero, sintió los celos como una puñalada en el corazón.

Ella lo miró con desdén.

—En absoluto. Después de todo lo que ha pasado, ¿crees que soy el tipo de mujer que se acostaría contigo y después desearía casarse con otro?

—No. No creo que tú seas así.

Laura suspiró.

—Lo único que ocurre es que no quiero volver a casarme. ¿Cómo voy a querer, si mi experiencia en el matrimonio fue tan infeliz? —al ver que él estaba a punto de interrumpirla, alzó una mano—. Sé que tú no eres como Charles. Claro que no. Pero yo no podría casarme con un hombre que no me quiere, y yo no estoy segura de que tú creas en el amor, Dexter. No estoy segura de que quieras creer. Anoche dijiste que era una ilusión peligrosa, y dijiste que lo único que requieres de tu matrimonio es respeto mutuo.

Dexter se encogió de hombros.

—Cuando era joven, creía en el amor —dijo él—. Le atribuía los sentimientos de lujuria y pasión. Era una ingenuidad. Ahora sé que el amor es una palabra bonita para el deseo físico. Hace que suene más aceptable.

Laura hizo un gesto de disgusto.

—Enhorabuena, Dexter —dijo—. Te las has arreglado para parecer cínico y retrógrado a la vez. No sé cómo lo has conseguido. Entonces, supongo que ves el matrimonio como una cuestión de negocios. Así debe de ser. Quieres casarte con una muchacha rica y dócil para tener un matrimonio cómodo.

—Eso sería lo ideal –dijo Dexter–. No soy un hombre que se permita aventuras sin sentido, así que siempre he tenido la esperanza de que el matrimonio también tuviera una parte física. Esperaba que fuera agradable.

—¡Agradable! –exclamó Laura con desprecio–. ¿Es eso lo que sentiste anoche, Dexter? ¿Que era agradable? Rechazas el poder de las emociones, y sin embargo, no puedes desterrarlo de tu vida. Así que finges que el amor es menos importante de lo que es y lo llamas de otras maneras, y piensas que puedes mantenerlo en una caja, bajo control. ¿Sabes? Me da pena tu pobre esposa. Le estás ofreciendo algo falso, vacío, un matrimonio en el que no querrás más que su dinero y una vida tranquila. Ah, y ratos agradables en la cama. ¿Qué clase de existencia es esa?

—Una existencia racional –dijo Dexter–. Una vida tranquila, ordenada, es lo ideal. –dijo él.

—¡Qué tedioso!

—Eso es gracioso viniendo de ti –respondió Dexter, que había perdido la paciencia y, como siempre con Laura, era incapaz de contenerse–. Desde el principio te has escondido detrás de una fachada de corrección, cuando en realidad eres libertina, apasionada, desvergonzada y salvaje...

Inconscientemente, él había dado un paso hacia ella con cada palabra que pronunciaba, y en aquel momento, la tomó por los brazos y la besó con toda la frustración que sentía. Su boca sedujo la de Laura implacablemente, hundiéndose en su suavidad, exigiéndole una respuesta.

—¡Lo admito! –exclamó ella, mientras se arrancaba de sus brazos y se plantaba ante él, respirando agitadamente–. He representado el papel de perfecta duquesa en público, pero al menos soy lo suficientemente honesta como para admitir que soy salvaje y apasionada bajo las apariencias. Cuando me case, si alguna vez vuelvo a casarme, quiero que mi marido lo entienda, y que me acepte como soy. No puede ser que quiera cambiarme para adaptarme a su idea convencional de la vida. Así que no puedo casarme con un hombre que, en secreto, deplora la atracción que siente por mí y no sabe qué pensar de ella.

–Te equivocas –le dijo Dexter, y volvió a tomarla de los brazos–. Te vas a casar conmigo, Laura.

–No –respondió ella, desafiante. Intentó zafarse de él, y Dexter tuvo que apretar los dientes al sentir los movimientos provocativos de su cuerpo.

–Tú no quieres casarte conmigo, en realidad –dijo ella–. Lo que quieres es liberarte de tu pasión por mí para poder casarte con una muchacha dócil que cumpla todos tus requisitos para ser una esposa perfecta. ¡Eso es lo que pasó anoche! ¡Querías romper el hechizo que hay entre nosotros!

–Y fracasé –respondió Dexter–. No tengo elección, Laura, y tú tampoco. Tenemos que casarnos. Es la única manera en la que puedo tomarte con honor.

Entonces volvió a besarla, pero Laura se apartó de él. Parecía que estaba asustada. A Dexter se le encogió el corazón al verla.

–Laura...

–No puedo casarme contigo –susurró–. Tú no me quieres, y además no sabes... –se interrumpió. Parecía que estaba aterrorizada.

Nicola Cornick

—Todo saldrá bien —dijo Dexter—. Laura, confía en mí. Nos casaremos pronto. Conseguiré una licencia especial...

—No, Dexter. Hay muchos motivos por los que no puedo casarme contigo, aunque cuando estoy a tu lado, los olvido.

Dexter la tomó de la mano. De repente, estaba ansioso por impedir que Laura se marchara con aquella negativa.

—¿Es por Hattie? —le preguntó—. Entiendo que al principio será confuso para ella, pero es muy pequeña, y los niños se adaptan con facilidad. Y yo tengo seis hermanos pequeños, así que sé un poco lo que puedo esperar. Te juro que seré un buen padre para ella, y con el tiempo, llegará a aceptarme...

Dexter se quedó callado. Laura tenía los ojos llenos de lágrimas. Había tanto dolor e incertidumbre en su semblante que él, instintivamente, quiso abrazarla, pero ella retrocedió.

Aquella angustia le recordó a Dexter a la noche anterior, cuando Laura quería negar su amor a toca costa, y él se había dado cuenta de que estaba asustada por algo.

—No es eso —dijo ella—. Oh, Dexter, eres tan buen hombre... —entonces, se le escapó una carcajada, que casi fue un sollozo—. Eres un buen hombre, pese a tus opiniones equivocadas sobre el amor —dijo, sacudiendo la cabeza un poco—. Lo siento. Es culpa mía, pero no podemos casarnos.

Dexter permaneció inmóvil mientras la veía alejarse. Quería llamarla para que le diera una explicación. Necesitaba entenderla, descubrir la verdad. Sin embargo, parecía que ella estaba tan triste, y tan decidida, que algo lo mantuvo en su sitio. No podía librarse de la sensación de que cuando se había disculpado, Laura no lo había hecho por rechazar su oferta de matrimonio, sino por otra cosa completamente distinta, por algo que él no podía entender.

Capítulo 17

Cuando Laura terminó de cepillar a su yegua, la metió en el establo y le dio de comer, comenzó a sentirse un poco mejor. El sentimiento de culpabilidad agobiante que la había invadido cuando Dexter le había hablado con tanta delicadeza de Hattie había cedido un poco.

Se preguntó si quizá le hubiera dado una respuesta diferente a Dexter para su proposición de matrimonio si él le hubiera dicho que la quería. Ella lo había amado durante cuatro años, y estaba enamorada de él, pero sabía que él no sentía lo mismo por ella. La deseaba, pero eso no era lo mismo que el amor. Y además, Dexter era muy convencional. El calor de su pasión arrinconaba los elementos más conservadores de su comportamiento, pero él estaba luchando contra eso todo el tiempo. Ella no quería casarse con un hombre que luchara contra su atracción por ella, en vez de celebrarla. Un día, quizá tuviera éxito y consiguiera dominar aquella pasión, y perder todo su interés por ella. Laura no quería verse atrapada en otro matrimonio en el que su marido solo requiriera que ella cumpliera con su ideal del comportamiento adecuado y decoroso.

Pensó en lo que podía suceder si le decía a Dexter que había tenido una hija con él. Conociéndolo como lo conocía, Laura sabía que él podía ver la paternidad de Hattie como otro de los motivos por los que debían casarse, para normalizar otra situación irregular que había entre ellos.

Él le pediría que se casaran porque quería hacer lo correcto, pero también porque eso ordenaría los eventos y los convertiría en algo decoroso. El hecho de hacerse cargo de Laura y de su hija sería lo más responsable bajo el punto de vista de Dexter. Encajaría con sus ideas de lo que era el comportamiento más adecuado.

Suspiró. Ella no le había ocultado la verdad sobre Hattie para no casarse con él, sino porque tenía miedo de la absoluta convicción de Dexter sobre lo que estaba bien, la inflexibilidad con la que perseguía a Laura para conocer la verdad haría que quisiera reconocer a Hattie públicamente. Tenía miedo de que él no entendiera sus razones para seguir con la ficción. Tenía miedo de que él no entendiera sus razones para querer proteger a Hattie.

Entró por la puerta del Viejo Palacio y se encontró a Alice Lister en el salón con Hattie sobre el regazo, leyendo la historia de *La bondadosa dos zapatitos*.

Alice miró a Laura y sonrió.

Nicola Cornick

—Buenos días, Laura. He venido a asegurarme de que estabas bien.

—Es muy amable por tu parte, teniendo en cuenta todo lo que te hice pasar anoche –dijo Laura, un poco azorada–. Lo siento muchísimo, Alice. Debiste de quedarte horrorizada.

—Pues no –dijo Alice serenamente–. Es cierto que me sorprendí un poco, pero desde el principio me había dado cuenta de tu debilidad por el señor Anstruther. Y no olvides, Laura, que no siempre fui una heredera. Cuando era sirvienta, vi cosas que te horrorizarían a ti.

Laura se inclinó a darle un beso a Hattie en la cabeza. Su hija estiró los brazos y se los pasó por el cuello, y escondió la carita en su pelo.

—Mamá huele a caballo –anunció.

Laura se echó a reír.

—Gracias, cariño. Por supuesto, tienes razón. Tengo que cambiarme de ropa y lavarme, y después, si quieres podemos jugar con tu casita de muñecas.

—Quiero un papá para mi casita –dijo Hattie–. Solo tengo una mamá y una Hattie. Me gustaría tener un hermano y una hermana también, mamá, si quieres.

A Laura se le formó un nudo duro en el cuello. Miró a Alice, y su amiga puso cara de comprensión.

—Los padres y los hermanos no son fáciles de encontrar, querida –le dijo Laura a Hattie.

—Me temo que es culpa mía –dijo Alice en voz baja, mientras Rachel se llevaba a Hattie al piso de arriba, a la habitación de juegos, para preparar la casita–. Hattie me dijo que, como su papá había muerto, ella no podía tener otro. Cuando yo le expliqué que algunas veces una mamá puede volver a casarse, me dijo que era estupendo, y que quería otro papá inmediatamente.

Durante un instante, Laura no pudo decir una palabra.

—Lo siento —dijo Alice con ansiedad—. Pensaba que si aceptabas la proposición del señor Anstruther...

—Lo entiendo —dijo Laura.

—Pero lo has rechazado —dijo Alice.

—Sí —respondió Laura—. No puedo casarme con Dexter, Alice. Hay muchos motivos... —suspiró, y siguió explicándose—. Dexter dice que tiene que casarse conmigo porque es el único modo de poder tenerme con honor.

—¡Qué romántico! —exclamó Alice.

—Pero también insinuó que era contra su voluntad, y contra su sentido común, y que no había ningún motivo racional para que se sintiera del modo en que se siente. De verdad, Alice, es pomposo, obstinado y estirado, y solo quiere una mujer dócil y una vida perfectamente ordenada...

—Así que es como yo sospechaba —dijo Alice, con los ojos brillantes—. Estás enamorada de él. Me lo parecía. No creía que lo aceptaras como amante si no te importaba de verdad.

—¡Me recordaba a mi difunto esposo Charles!

—Dios Santo, ese es el peor insulto que tú puedes dedicarle a un hombre, ¡así que te entiendo!

—Aunque —prosiguió Laura— no puedo entender cómo puede un hombre besar como Dexter, y hacer el amor como Dexter, ¡y estar tan decidido a ser aburrido!

—Mmm. Claramente, estás enamorada de él. Qué divertido es verte tan enfadada con él.

Nicola Cornick

—Bueno, ¿y qué diferencia hay si estoy enamorada de verdad? —preguntó Laura. Se quitó el sombrero y lo dejó a un lado con un suspiro, y después se pasó una mano por el pelo revuelto—. Se ha terminado, Laura. No puedo casarme con Dexter, y no puedo tener una aventura con él, porque Miles lo mataría, y porque además, tienes razón, yo no soy de las que tiene aventuras escandalosas. Tengo que pensar en Hattie antes de aceptar a Dexter como amante, y destrozar mi reputación y el futuro de mi hija.

—Es una pena, teniendo en cuenta que lo quieres —dijo Alice—, pero entiendo que no estés hecha para llevar una vida de escándalos, Laura. En cuanto al matrimonio, bueno... —su mirada perceptiva pasó por el rostro de Laura, y Alice sonrió—. Si me dices que tienes buenos motivos para rechazar al señor Anstruther, te creeré.

—Sí los tengo —dijo Laura—, y no debería estar hablando de estas cosas contigo, Alice, aunque tú tengas experiencia en estos asuntos. ¡No puedo creer que estemos teniendo esta conversación! Tu madre se quedaría espantada si lo supiera —dijo con un suspiro—. Soy una mala influencia. Oh, me siento fatal.

—Y jugar a las familias felices con Hattie no te va a ayudar.

—Supongo que no —dijo Laura, con otro suspiro.

A los pocos minutos, subió a su habitación a cambiarse. Oía a Hattie hablando con Rachel sobre la gente que vivía en su casa de muñecas, la madre, el padre, los dos niños y las dos niñas...

«Quiero un papá para mi casita, y un hermano y una hermana».

Confesiones de una duquesa

Laura se sentó pesadamente al borde de la cama.

Lo que más deseaba Hattie era pertenecer a una familia, y a Laura le dolía el corazón por tener que negárselo. Pensó de nuevo en cómo había engañado a Dexter sobre la paternidad de Hattie, y sintió la acostumbrada culpabilidad atenazándole el pecho. Lo había hecho por el mejor de los motivos. Eso tenía que ser lo suficientemente bueno.

Dexter había estado de pesca toda la tarde. El discurrir tranquilo del río y la neblina fría que surgía del agua habían calmado un poco su estado de ánimo, pero había cosas que lo preocupaban todavía.

Lo más exasperante y mortificante de todo era el hecho de que Laura lo hubiera rechazado. Él sabía que cabía la posibilidad de que no lo aceptara, y estaba seguro de que sentiría alivio por ser libre de casarse con una heredera. En vez de eso, había sentido una furia posesiva que no conocía límites. Así pues, se había decidido a convencerla para poder controlar la pasión que había entre ellos de una manera sensata. Pero ella no se había dejado persuadir. Y todo eso significaba que estaba frustrado e insatisfecho, y que era consciente de que no entendía los asuntos que los mantenían separados. A él no le gustaba dejar asuntos sin terminar. Una de las razones por las que era tan bueno en su trabajo, por lo general, era su carácter implacable.

Iba de vuelta a la posada, atravesando los prados, cuando oyó el sonido de unas voces. El sol ya estaba bajo en el horizonte y Dexter tuvo que cubrirse los ojos con la mano. Vio a Laura y a Alice junto a la orilla del río, jugando con una niña que estaba haciendo girar un aro. La niña corría y se reía, y Dexter la oyó llamar con entusiasmo a su madre.

Se dio cuenta de que nunca había visto a la pequeña lady Harriet Cole, y se detuvo un instante a mirar. Vio cómo Laura tomaba a su hija en brazos y giraba con ella hasta que las dos estuvieron mareadas y se cayeron juntas sobre la hierba. Dexter sonrió. Le parecía extraño ver a Laura jugando con su hija, completamente relajada y sin reservas. Sintió la misma emoción que había experimentado al verla saludar a Miles con tanto placer, aquella primera noche en el salón de actos. Se sentía como un intruso que estaba mirando una escena. Por algo que no entendía y que no era racional, quería conocer aquel sentimiento de pertenencia, y quería tenerlo con Laura.

Hattie se reía con entusiasmo. Dexter oyó sus risitas mientras se levantaba y tomaba el aro. Se le había caído el gorrito, y los últimos rayos del sol brillaban sobre su pelo y le iluminaban el rostro. Tenía el cabello negro como el ala de un cuervo, rizado y fuerte, que le nacía formando un minúsculo pico en su frente. Aunque fuera tan pequeña, tenía una expresión de fuerza y concentración mientras hacía girar el aro. Dexter había visto aquella expresión muchas veces.

El corazón le dio un vuelco. Se quedó sin respiración.

Alice lo había visto. Alzó a medias la mano para saludarlo, pero debió de ver la expresión de su cara, porque volvió a bajar la mano. Con cara de aprensión, le dijo algo a Laura. Laura se quedó inmóvil, y la sonrisa se le borró de los labios. Se puso en pie rápidamente y comenzó a correr detrás de su hija, con la hierba alta de la pradera golpeándole la falda.

—¡Hattie! —exclamó, y Dexter percibió el tono de miedo de su voz—. ¡Hattie! ¡Espera!

Hattie no le hizo caso. Siguió girando su aro hasta que llegó junto a Dexter, y él atrapó el aro con la mano y lo detuvo automáticamente.

Hattie inclinó la cabeza hacia atrás para poder mirarlo, con otro gesto tan familiar para él que el corazón se le encogió. Dexter posó una rodilla en la hierba, junto a ella, para que estuvieran al mismo nivel.

—Hola —dijo Hattie. Tenía unos ojos grandes y castaños, como los de Laura. Dexter sintió que algo se le retorcía por dentro—. ¿Tú quién eres?

—Soy Dexter.

—Yo me llamo Harriet —dijo la niña—, pero puedes llamarme Hattie.

Miró la caña de pescar que Dexter había dejado en el suelo y le preguntó:

—¿Qué has hecho?

—Pescar.

Hattie sonrió. Para Dexter, aquella sonrisa fue como si le atraparan el corazón en un puño y se lo apretaran con fuerza. Pensó que iba a morirse.

—Mamá y yo vamos a pescar —dijo Hattie—. Yo atrapo peces con mi red. Después los soltamos. ¿Tú has pescado algo?

—No —dijo Dexter. Tenía la voz ronca, y carraspeó—. Esta tarde no.

—Bueno —dijo Hattie—. Cuando pesques, tienes que soltar los peces —sonrió de nuevo, y a Dexter le dio otro vuelco el corazón–. Me caes bien –anunció la niña.

–Hattie... –Laura había llegado junto a ellos y tomó a su hija en brazos, apartándola de Dexter con un gesto protector.

Parecía que a ella también se le había cortado el aliento. Agarró con fuerza a Hattie, como si pensara que él se la iba a arrebatar. Tenía una mirada de miedo. Hattie era la única que no se había dado cuenta de la tensión que había entre ellos, porque se estaba riendo y se movía en brazos de su madre. Tiró del lazo que Laura llevaba en el pelo, y el cabello se le soltó, formando un halo rojizo alrededor de su cara, al atardecer. Laura se apartó unos cuantos mechones de la cara con los dedos temblorosos.

Dexter se puso lentamente en pie. Al mirarla, sintió una ira enorme. Nunca había sentido nada igual, ni siquiera cuando ella lo echó de Cole Court como a un perro. Estaba furioso, a punto de perder el control.

Mantuvo un tono calmado por el bien de Hattie.

–Creo –dijo– que se te olvidó contarme algo cuando estabas siendo tan honesta conmigo anoche.

Laura abrió mucho los ojos, con horror.

–¿Cómo lo sabes? –susurró–. Ella no se parece a ti, y no han podido decírtelo...

Allí estaba. No había negativas, ni engaños, ni disculpas, ni excusas. Había otra gente que sabía que Hattie era su hija, pero él no. La mente de Dexter funcionaba a toda prisa mientras intentaba analizar todas las implicaciones.

–¿Quién sabe que es mía? –preguntó con dureza.

Laura estaba aturdida.

Confesiones de una duquesa

—Sus padrinos, Nick y Mari Falconer. Y creo que Miles lo sospecha, aunque nunca ha dicho nada...

—No podemos hablar de esto ahora, delante de la niña —dijo él, y tomó aire—. Te visitaré dentro de una hora. Espérame en casa.

Laura alzó la barbilla.

—No puedo. Miles va a venir a cenar...

—Entonces, deshazte de él —le ordenó Dexter—. Lo digo en serio, Laura.

Tenía miedo de seguir allí.

No sabía cuánto tiempo más podría controlarse, y no quería decir nada, en medio de la angustia y la furia, que luego pudiera lamentar. Tenía miedo de lo que ella debía de estar viendo en su cara. Nunca había sentido una falta de control tan aterradora. Se dio la vuelta sin decir una palabra más, pero al llegar a la verja, miró hacia atrás. Alice, que había permanecido un poco alejada, había tomado a Hattie de la mano y caminaba con ella hacia el Viejo Palacio. Hattie se había parado a recoger unas margaritas que todavía florecían en el prado. El sonido de su vocecita alegre se fue alejando poco a poco.

Laura todavía estaba donde la había dejado, con la mirada fija en él. La furia, el dolor y la agonía le escaldaban las entrañas a Dexter. Nunca hubiera imaginado que algo pudiera hacer tanto daño. Pensó en Laura, ocultándole la existencia de su hija, y en Hattie, que llevaba el apellido de un hombre a quien él despreciaba. Laura no le había contado nada más que mentiras. Él había creído que por fin todo había quedado aclarado entre ellos, pero incluso entonces, ella había guardado sus secretos. Él había empezado a confiar en Laura de nuevo, pero ella nunca había tenido la intención de confiarle la verdad sobre su hija.

Tuvo la sensación de que algo se rompía dentro de él. Siempre había intentado valerse del sentido común y de la razón para protegerse de los excesos de las emociones. Sin embargo, aquella protección había desaparecido. El dolor lo estaba destrozando por dentro. En aquel momento, solo podía hacer una cosa, y en cuanto reflexionó sobre ella, se sintió mejor, más calmado, más controlado, de nuevo racional.

Tenía que insistir en que Laura se casara con él.

Ella había rehusado su proposición aquella mañana, pero ahora Dexter sabía que tenía una hija. Cerró los ojos, y vio las imágenes de su propia infancia contra los párpados: la confusión en los rostros de sus hermanos y hermanas cuando oían las habladurías sobre la miscelánea Anstruther, las cicatrices que todos aquellos escándalos le habían dejado en el corazón, y el modo en que había intentado ignorar el dolor, las dudas interminables sobre su filiación y sobre si era verdaderamente el hijo de su padre.

Iba a insistir en que Laura y él se casaran. Así, Hattie formaría parte de su familia. Oficialmente, sería su hija adoptiva, pero él le daría a conocer a la niña su verdadero origen en cuanto fuera lo suficientemente mayor como para entenderlo. Casándose con Laura, él impondría orden en aquel caos. Las dos serían suyas.

Laura se convertiría en su esposa, y la pasión desmedida que había ocasionado el nacimiento de su hija ilegítima estaría, al fin, bajo su control. Todo sería ordenado y tranquilo de nuevo. Por un momento, se preguntó cómo iba a poder vivir con Laura sabiendo que ella le había hecho tanto daño, pero de nuevo, su lógica lo rescató, diciéndole que no había ninguna diferencia. Lo que importaba era tener las riendas de la situación. Y las tendría. Todo iría bien.

Lydia estaba ansiosa. Tomó con desgana algo de comida de su plato y observó por enésima vez a los invitados reunidos en la mesa de sir Montague aquella noche, aunque sabía que su amante no estaba presente. Aquel día solo lo había visto un breve instante, mientras él estaba enfrascado en una conversación con otro hombre en el balneario. Él la había mirado y la había ignorado como si no tuviera la más mínima importancia, y Lydia se había sentido herida, aunque se hubiera dicho que era parte de su secreto.

Intentó consolarse con el recuerdo de las muestras de cariño de su amante después de que hicieran el amor la noche anterior, durante la mascarada. Sin embargo, en aquel momento aquello también la angustiaba. No sabía si se había vuelto loca por permitir que la sedujeran a la luz de la luna. En aquel momento le había parecido tan romántico, y lo quería tanto, que se había entregado a él sin pensar en las consecuencias, pero al reflexionar con más calma, sentía escalofríos. Él no le había dicho nada de volver a verse. Lo único que le proporcionaba cierta tranquilidad a Lydia era el calor del anillo que él le había regalado y que ahora llevaba colgado del cuello, contra el pecho.

NICOLA CORNICK

Jugueteó con la fruta escarchada hasta que su madre alargó el brazo y le arrebató la cuchara. Cayó sobre la mesa con un tintineo que resonó en el súbito silencio.

–¡Estate quieta! –le susurró su madre con furia–. Vamos, Lyddy, ¿qué te pasa hoy? ¡Tienes cara de funeral!

–No me pasa nada, mamá –respondió Lydia.

Faye estaba especialmente enfadada con ella aquel día, después de haberla visto bailar con su amante durante la mascarada de la noche anterior. Había interrogado una y otra vez a Lydia para conseguir que le dijera su nombre, y cuando Lydia había fingido que no sabía de qué le estaba hablando, Faye le había arrojado el cepillo del pelo. Por fortuna, había fallado, pero Lydia se había dado cuenta de que el genio de su madre, siempre inestable, estaba al borde del colapso.

–Entonces, ¡sonríe! –prosiguió Faye–. ¡Sonríe y finge que estás contenta, o nunca cazarás un marido! –dijo, acompañando sus palabras con un rictus tan tenso que Lydia pensó que le quedaría bien al muñeco de Guy Fawkes que iban a quemar aquella noche en la hoguera.

Sin poder soportarlo más, Lydia se levantó y empujó hacia atrás la silla.

–Discúlpenme –dijo para toda la mesa–. No me siento bien.

Faye la miró con asombro.

–¡Lydia! ¡Ven aquí! ¡Te digo que vengas!

Lydia caminó hacia la puerta con la voz chirriante de su madre en los oídos. Un lacayo le abrió la puerta y ella la atravesó con una palabra de agradecimiento y sin mirar atrás. En el pasillo hacia la salida no había ningún sirviente, porque sir Montague empleaba a pocos criados para ahorrar dinero. Hacía frío porque la puerta del patio estaba abierta. Lydia oyó las voces lejanas de dos hombres que estaban hablando.

A medida que ella se acercaba, la conversación terminó, y un hombre entró por la puerta al pasillo en penumbra.

—¡Eres tú! —dijo ella—. Oh, ¿dónde estabas? Quería verte y...

Él estuvo a su lado de una sola zancada y la tomó con firmeza por el brazo.

—¡Shhh! Se supone que no estoy aquí.

Lydia se dio cuenta de que iba abrigado para el exterior, con una gruesa capa negra. Olía a aire fresco y a humo de leña. Al percibir el olor de su piel, a ella comenzó a darle vueltas la cabeza, y recordó todo lo que había ocurrido la noche anterior. La urgencia de su petición la hizo quedarse callada, y emocionada también.

—Pero, ¿por qué? —susurró—. Vives...

En aquella ocasión, él la silenció con un beso. Fue algo dichoso. La cabeza le daba más y más vueltas a Lydia.

—¿Has visto a alguien más? —le preguntó, al apartarse de sus labios. A Lydia le pareció una pregunta extraña, pero el beso la había distraído tanto que no preguntó nada.

—Me ha parecido que estabas hablando con alguien —confesó—, pero no estaba segura.

Él volvió a besarla. Lydia sintió alivio en su forma de abrazarla, antes de que se transformara en una urgencia distinta.

—Ven —susurró él.

Abrió una puerta y la metió dentro. Estaba muy oscuro, y Lydia percibió el olor a cera y a limpiador de plata.

—¿Dónde estamos? —le preguntó, asombrada.

—En uno de los armarios de limpieza.

Ella sintió una sonrisa en su voz, aunque no podía verlo en la oscuridad. De repente, él comenzó a desabrocharle el vestido. A Lydia se le escapó un jadeo.

—¡No podemos hacerlo aquí!

—Sí, podemos.

Lydia pensó en su madre, que estaría devorando el postre en el comedor, y sintió un enorme arrebato de desobediencia. Después de todo, podía ser salvaje, pensó. Podía rebelarse.

—Es verdad.

Capítulo 18

—El señor Anstruther, Excelencia.

Eran las seis en punto cuando Carrington acompañó a Dexter al salón del Viejo Palacio. Laura había tomado un poco de brandy, como si fuera una medicina, para calmarse, y después había estado intentando leer una revista mientras esperaba. Sin embargo, no había podido concentrarse en la lectura y, con exasperación, se había levantado y se había puesto a mirar por la ventana.

Casi había oscurecido, y la luna, que la noche anterior brillaba con fuerza, estaba oculta detrás de una nube. La noche parecía lúgubre y amenazante. Dejó que la cortina cayera a su sitio y se volvió hacia la chimenea para intentar sentir el confort del calor del fuego.

Laura respiró profundamente mientras se giraba

hacia Dexter. Sentía ansiedad y miedo. El sentimiento de culpabilidad la corroía, y la tensión le había provocado un intenso dolor de cabeza. En el largo momento que transcurrió hasta que Carrington cerró la puerta y los dejó solos, se dio cuenta de que Dexter estaba muy elegante, como si hubiera hecho un esfuerzo especial con su aspecto aquella noche. Llevaba una camisa blanca prístina y unos pantalones sin una sola arruga. Sus botas relucían. Y al ver el esfuerzo que él había hecho con aquel atuendo inmaculado, sumado a su mirada implacable, a Laura se le encogió el corazón con un sentimiento de pérdida.

–¿Le apetece tomar algo conmigo, señor Anstruther? –le preguntó.

Sonrió irónicamente al pensar en el consejo que le habría dado su madre para que mostrara el comportamiento adecuado de una duquesa en una situación como aquella.

«Cuando tu amante te visite para hablar sobre vuestra hija ilegítima, de la cual tú no le habías contado nada, ofrécele una copa de vino».

Aquello no figuraba en el libro de etiqueta de una duquesa viuda, seguro.

–Gracias –dijo Dexter.

Laura le sirvió una copa de vino y él la aceptó, pero después la dejó inmediatamente sobre una mesa, como si no tuviera interés para él. Estaba concentrado en Laura, silencioso, vigilante, lleno de tensión y antagonismo.

–Hattie es hija mía –dijo.

–Sí.

–Lo supe en cuanto la vi –dijo él. Después, su tono de voz se endureció un poco–. ¿Me la habías estado ocultando deliberadamente para que yo no lo adivinara?

–En realidad, no –dijo Laura–. Yo no pensaba que fueras a reconocerla –añadió, y carraspeó–. ¿Cómo lo supiste? Yo creía que no se parecía en absoluto a tu familia.

Recordó entonces aquel momento en la galería, cuando Hattie había mirado hacia arriba con un gesto exactamente igual al de Dexter. El parecido, a veces, era una cuestión de pequeños gestos, más que de aspecto físico.

–Tiene la misma expresión decidida que yo –le dijo Dexter–. Y además, está esto.

Él le entregó un pequeño relicario. Laura lo tomó y lo abrió. Dentro había una fotografía. Era de una niña tan parecida a Hattie, que a Laura se le cortó la respiración.

–Es mi hermanastra, Caro Wakefield, cuando tenía cinco años –le dijo Dexter con aspereza–. Puede que hayas oído decir que era la pupila de mi padre. Eso es una amable mentira para ocultar el hecho de que era su hija ilegítima, y parte de la miscelánea Anstruther.

–Tiene los mismos ojos azules que tú –dijo Laura.

Ella se sintió aturdida. Estaba a punto de llorar. El hecho de ver aquel parecido, de ser consciente por primera vez de que Hattie pertenecía a una familia más grande, era un sentimiento extraordinario.

–Mientras que Hattie tiene los ojos oscuros. Castaños, como los tuyos.

Laura alzó la vista. Estaban hablando relajadamente, pero bajo la superficie, ella notaba todo el dolor y la furia que se interponían entre los dos.

Dexter se pasó la mano por el pelo y se lo revolvió por completo.

—Ahora veo que todo encaja. De hecho, no sé cómo no me había dado cuenta antes. Hace cuatro años, en Cole Court, tú me dijiste que Charles y tú estabais separados. Sin embargo, un año después, más o menos, me enteré de que habías tenido una hija, y pensé... —se encogió de hombros y siguió hablando con frialdad—, que solo me habías contado otra mentira más.

—No —dijo ella.

«Otra mentira más».

Laura se sintió muy triste.

—No. Ahora me doy cuenta. El parecido de Hattie con Caro deja bien claro quién es su padre. Caro se parece a la familia de padre. Mi hermano Roly también. El pelo rubio y los ojos azules son de la familia de mi madre.

—Debería haberlo pensado —dijo Laura—. Hattie no se parece a ti. Así que pensé que...

—¿Que nunca me daría cuenta?

—Supongo.

—¿Y no pensabas decírmelo nunca?

—No.

Ella percibió la acusación en su silencio.

—¿Y por qué iba a decírtelo? —le dijo en tono defensivo—. Charles todavía vivía cuando nació Hattie. Todo el mundo asumió que era hija suya, y yo no iba a sugerir lo contrario. ¡Imagínate el escándalo si se hubiera sabido la verdad, Dexter! Habría sido un gran problema.

—¿Siempre tan preocupada de proteger tu reputación? Sé que eso es lo que más te importa.

—Estás confundido —respondió ella con indignación—. Yo solo quería proteger a Hattie. Por eso lo oculté todo. ¿Crees que quería marcarla como hija ilegítima, y que creciera a la sombra de la deshonra de su madre? Por eso no te lo dije nunca.

Dexter se alejó unos pasos de ella, con un gran rechazo en los ojos.

—¿Y tú pensabas que yo iba a hablarle a todo el mundo de tu supuesta deshonra, y condenar a nuestra hija a la ruina? ¿Qué clase de hombre piensas que soy?

—Nunca pensé que fueras a hacerlo a propósito. Tenía miedo. El escándalo tiene una forma inevitable de filtrarse y dañar a quien menos lo merece, por mucho que se intente mantenerlo en secreto —dijo ella con desesperación—. Ya sabes que con que alguien susurrara que Hattie es ilegítima, causaría un gran escándalo.

—Entiendo que no me lo dijeras cuando Charles vivía, pero que no me lo dijeras después de su muerte…

—¿Y qué iba a hacer? ¿Te iba a escribir tranquilamente para informarte de que tenías una hija de dos años? Además, yo ya sabía cuál era tu opinión sobre mí. Pensé que dudarías que Hattie fuera tu hija, y que yo la habría puesto en peligro para nada.

Dexter tenía una expresión muy dura.

—Bueno, puedes estar tranquila. No dudo para nada de quién es el padre de Hattie —dijo con aspereza—. Al menos, eso es algo sincero entre nosotros.

Laura se estremeció. Aquella misma mañana, él la había abrazado y le había mostrado ternura, aunque no amor. En aquel momento parecía que la odiaba.

—Como estabais separados, Charles debió de saber que Hattie no era hija suya —dijo él—. ¿Qué ocurrió cuando supo que estabas embarazada?

Laura lo miró. No quería contárselo, no quería recordar las cosas terribles que había hecho Charles, pero sabía que ya no podía ocultarle nada más a Dexter.

—Charles volvió a Cole Court, desde Londres, cuando yo estaba embarazada de seis meses —dijo. Tuvo que interrumpirse para tragar saliva, y siguió—: Estaba borracho y muy violento. Me insultó por haberme quedado embarazada de otro hombre. Me empujó por las escaleras. Recuerdo que estaba aterrorizada por el bebé. En los diez años de matrimonio con Charles, nunca pensé que pudiera concebir un hijo, y no podía soportar la idea de perderlo. Si la hubiera perdido, no habría podido seguir viviendo, Dexter. Y Charles... él se quedó mirándome, mientras yo estaba en el suelo, y me dijo que esperaba que mi hijo estuviera muerto. Después, se alejó.

Dexter hizo un gesto instintivo de horror y repulsión.

—Más tarde —dijo ella—, me escribió para decirme que iba a quitarme a Hattie —sus palabras brotaban con ansiedad, se derramaban después de tanto tiempo de restricción—. Charles me amenazó con denunciarme. Iba a quitarme a Hattie y a desterrarme. Al principio no dijo nada por orgullo, pero a medida que se enfadaba más, y se sentía más amargado, sus amenazas se hicieron más y más crueles —Laura se cubrió la cara con las manos brevemente—. Tenía mucho miedo —dijo—. Hattie lo era todo para mí, lo más precioso del mundo. No habría podido soportar que... —

se interrumpió–. Y entonces, Charles se mató. Y yo me alegré.

Notó que Dexter le acariciaba el brazo con suavidad.

–Siento que tuvieras que pasar por todo eso tú sola.

Laura se quedó inmóvil, rígida bajo su caricia, con el miedo y la tristeza encerrados dentro de sí. Quería que la tomara entre sus brazos, pero sabía que no obtendría su absolución. Se apartó, y él la dejó ir.

–Gracias –le dijo–. Supongo que es uno de los motivos por los que me propuse mantener a Hattie a salvo, a toda costa, durante estos años.

–Pero eso no justifica que no me dijeras que yo era su padre.

A Laura se le encogió el corazón.

–Entiendo que estés enfadado...

–Dudo que lo entiendas –dijo Dexter. Su tono era peligrosamente sereno, pero Laura notaba la tensión en él, apenas bajo control–. El enfado no vale para describir lo que siento ahora. Descubrir que soy el padre de tu hija, saber que nunca pensabas decírmelo... –Dexter sacudió la cabeza–. Bueno, puede que me hayas negado el derecho a cumplir mis responsabilidades hacia mi hija estos años, pero ya no lo harás más, Laura. Te casarás conmigo. Esta vez tendrás que aceptarme. Te casarás conmigo por el bien de Hattie. Dices que todo lo has hecho para proteger a tu hija. Bien, ahora que finalmente sé que es mía, esa es mi responsabilidad.

Laura se puso una mano en la frente.

–¡No! No puedo casarme contigo ahora que sé

que estás tan enfadado conmigo, y no puedes querer ofrecernos tu protección.

Dexter se acercó a ella. Su semblante era de granito.

—Lo voy a hacer por Hattie. No permitiré que crezca sin saber que soy su padre, y menos sabiendo que siempre va a pensar que su padre era Charles Cole, un hombre cruel y disoluto.

—Pero vas a estropear todo lo bueno que yo he conseguido —argumentó Laura desesperadamente—. ¡Cuando Hattie esté con tu familia, y la gente vea el parecido que tiene con algunos de tus hermanos, habrá rumores! ¡Dirán que tuvimos una aventura antes de que muriera Charles, y arrastrarán por el lodo el nombre de Hattie! Dexter, lo único que siempre he querido es que Hattie esté a salvo. Tú dices que quieres protegerla, y el mejor modo de hacerlo es que nos dejes tranquilas.

Dexter sacudió la cabeza.

—Siempre habrá chismorreos. La gente no podrá demostrar nada. El hecho es que Charles estaba vivo cuando Hattie nació, y nunca se ha dicho que fuera ilegítima. Y ahora que él ha muerto, estaréis más seguras bajo la protección de mi apellido que sin él. No voy a permitir que me excluyas más de la vida de Hattie, Laura.

—Pero eso no significa que tengamos que casarnos —dijo Laura—. Tú puedes ver a Hattie...

—Eso sí que causaría habladurías —dijo Dexter—, porque se supone que yo no tengo ningún vínculo con ella.

Laura se quedó en silencio. Aquello era cierto. Alzó ambas manos y exclamó:

—¡Pero no entiendo por qué no puedes aceptar las cosas como son! Así es como se hacen las cosas...

—Yo no las hago así —dijo Dexter. Su ira era palpable en aquel momento. Chisporroteaba en el ambiente—. Sé que media sociedad tiene aventuras e hijos ilegítimos, y todos hacen lo que está en su mano por evitar el escándalo. ¿Quién va a saberlo mejor que yo, con mi historia familiar? Y, como yo nací en semejante situación, estoy absolutamente decidido a que ninguno de mis hijos tenga que soportarlo. Estoy dispuesto a mantener la mentira del parentesco de Hattie fuera de la familia. Después de todo, solo es asunto nuestro, y de nadie más. Sin embargo, dentro de la familia, Hattie sabrá exactamente quién es su padre, y no habrá malos entendidos ni mentiras. Y, para que eso suceda, tú te casarás conmigo.

—No puedo casarme contigo —afirmó Laura—. Te agradezco lo que quieres hacer, Dexter. Admiro tu sentido del honor, que te impulsa a hacer lo que piensas que es mejor para Hattie, incluso con el desagrado que sientes por mí. Sin embargo, no tienes por qué preocuparte por la niña. Nicholas y Mari Falconer son los padrinos de Hattie, y nunca permitirán que le falte nada, ni material y emocionalmente. Y yo tengo muchos familiares, como Miles, que me ayudarán...

Dexter se movió bruscamente hacia ella, y Laura se quedó callada.

—A Hattie siempre le faltará un padre —dijo él, entre dientes—, y yo no voy a permitirlo. ¿O es que prefieres aceptar cualquier otra opción, la caridad de otras personas, antes que aceptarme a mí? ¿Piensas que voy a quedarme de brazos cruzados mirando

NICOLA CORNICK

cómo otro hombre mantiene a mi hija, cuando es mi deber, y yo estoy dispuesto a hacerlo?

–No te estoy rechazando por eso...

–Si no me aceptas, Laura, seré yo quien le diga a todo el mundo que Hattie es hija mía, y tus engaños no valdrán para nada.

Laura se quedó boquiabierta.

–¡Tú no eres capaz de hacer algo así! ¡No eres esa clase de hombre!

–Te equivocas. Soy exactamente esa clase de hombre. Haré eso, y mucho más, para conseguir que aceptes mi propuesta. Creo que he dejado bien claro que quiero que Hattie y tú viváis conmigo, y si el único medio de conseguirlo es decirle a todo el mundo que ella es mi hija, lo haré.

–Dices que quieres lo mejor para Hattie –dijo Laura, que se había encolerizado ante la decisión de Dexter–, y sin embargo, la amenazas y la usas como si fuera moneda de cambio.

–Solo quiero protegerla –dijo Dexter–. Has admitido que no estás unida a tu familia, Laura. Quiero que Hattie crezca en una familia llena de amor.

–No sé cómo va a ser feliz cuando sepa que su padre ha obligado a su madre a casarse con él, y que no soportan estar el uno con el otro –replicó Laura–. Además, no puedes aparecer un día y empezar a vivir con nosotras por las buenas. ¡Hattie no te conoce!

–Ya te he dicho esta mañana que los niños se adaptan fácilmente. Hattie me conocerá rápidamente. Con seis hermanos pequeños, tengo experiencia con los niños. Puedes confiar en mí.

Laura lo miró. Era cierto que Hattie sería más abierta que ella. Cuando había conocido a Dexter, aquella misma tarde, lo había aceptado sin problemas. Era una niña feliz porque, pese a todo lo que había ocurrido, Laura había trabajado muy duro para que nada ni nadie amenazara nunca la seguridad de Hattie. La niña le daría a Dexter su amor incondicional y Laura sabía instintivamente que Dexter nunca traicionaría el amor y la confianza de su hija. Laura era consciente de toda la felicidad que podría proporcionarles una relación así a los dos. Dexter sería un magnífico padre. Sin embargo, el precio era que también tendría que ser su marido. Sería un marido que siempre la odiaría por su engaño. Aunque, si la alternativa era que Dexter revelara la verdad sobre el parentesco de Hattie, ¿qué podía hacer Laura? Sintió un dolor amargo por dentro.

–Muy bien –dijo finalmente–. Me casaré contigo por Hattie. Y aceptaré el dinero que van a darme Henry y mi hermano como dote, por el bien de la familia. Sin embargo, será un matrimonio de conveniencia, Dexter. Tiene que serlo. Te vas a casar conmigo solo para ser el padre de Hattie, no mi marido.

Ella se interrumpió. En los labios de Dexter se había dibujado una sonrisa inquietante.

–Mi querida Laura –le dijo–, te engañas. Yo deseo ser tu marido en todos los sentidos. ¿Por qué vamos a tener un matrimonio de conveniencia?

–Porque no nos gustamos el uno al otro –respondió Laura bruscamente.

–Creía que ayer dejamos claro, en tu biblioteca, lo mucho que nos gustamos.

–Estoy hablando de confianza y de respeto, no de lujuria –dijo Laura–. Eso es lo que me dijiste que necesitabas en un matrimonio. Tú no sientes ninguna de esas dos cosas por mí.

Dexter no la contradijo. Seguía teniendo una sonrisa perturbadora.

—Esas cualidades son deseables, pero no imprescindibles para tener relaciones íntimas —murmuró.

—Qué cínico —dijo Laura con desesperanza—. No puedo hacer el amor contigo sabiendo lo mucho que te desagrado.

Dexter sacudió la cabeza.

—Estoy seguro de que puedes. Yo todavía te deseo, y eso es lo importante.

Entonces, él le deslizó la mano por la nuca y la atrajo hacia sí hasta que la besó. Sus labios eran fríos, firmes, casi delicados, pero no hubo ninguna ternura para ella. Pese a todo, Laura sintió un arrebato de pasión por todo el cuerpo, y sin poder evitarlo, abrió los labios en respuesta a las exigencias de Dexter. Cuando la soltó, los dos tenían la respiración entrecortada, y a él le brillaban los ojos de deseo.

—¿Lo ves? —le preguntó en el mismo tono frío—. No necesitas confianza, ni estima, ni respeto por mi parte. Conseguiré una licencia especial y nos casaremos en quince días.

Capítulo 19

Era el día de la boda de Laura, el sol de otoño brillaba en el cielo y los murmullos en Fortune's Folly eran ensordecedores. Todo el mundo comentaba que la duquesa viuda de Cole iba a casarse con el señor Anstruther con una prisa escandalosa y con una licencia especial. Laura sabía que la mitad del pueblo estaba sugiriendo que ella había tenido una aventura con Dexter, y que estaba embarazada. La otra mitad pensaba que él era un cazafortunas muy guapo y que ella era una mujer demasiado mayor que había caído rendida ante sus encantos. Ambos eran rumores escandalosos, y para Laura estaban demasiado cerca de la verdad como para permitir que se sintiera cómoda.

Se miró en el espejo, ya vestida de novia. No había tenido tiempo de encargar un traje nuevo para la ocasión, y había seleccionado un vestido muy bonito, aunque antiguo, que no se había puesto desde sus primeros días de casada con Charles. Era de seda rosa oscuro, bordado con capullos de rosa de un color más claro. Le favorecía mucho, pero lo más importante de aquel vestido era que se lo había puesto cuando era feliz, antes de que el fantasma de la desatención y la indiferencia de Charles la hubiera ensombrecido y hubiera cambiado su vida. Era como si al ponérselo para aquella boda, estuviera haciendo una promesa de fe, estuviera demostrando una gran esperanza en encontrar junto a Dexter la felicidad que tanto ansiaba.

Y aun así, experimentó un momento de pánico al ver su reflejo. ¿Cómo iba a soportar aquella farsa de boda? Dexter no la quería. Solo quería a Hattie. Claramente, no quería a Laura como ella lo quería a él.

Durante los quince días que habían pasado desde que él había insistido en que se casaran, Laura había borrado todas las dudas de su mente y se había concentrado solo en la necesidad de hacer lo que tenía que hacer para proteger a Hattie. Dexter había ido a visitarla todos los días, pero habían pasado muy poco tiempo conversando, y él no la había tocado ni una sola vez. Su única intención era empezar a conocer a su hija. Habían ido juntos a hacer volar la cometa de Hattie, o a merendar junto al río. Algunas veces los había acompañado Alice, y Rachel también había ido, lo que había facilitado la situación para Laura y para Hattie, al principio. Pero Hattie había aceptado a Dexter en su vida con toda la franqueza de su carácter, y a Laura le había dolido el corazón al ver la naturaleza confiada del amor de su hija. Para Hattie todo era tan sencillo, tan fácil...

Confesiones de una duquesa

Por parte de Dexter, también, Laura pensaba que el amor era incondicional. Le dolía verlo mirando a Hattie con tanto orgullo y afecto, porque solo servía para subrayar todo lo que le había negado durante los cuatro años anteriores. Y entonces, cuando Dexter alzaba la vista y la miraba, la ternura se evaporaba de sus ojos, y Laura sabía que no la había perdonado.

–Estás preciosa, Laura –le dijo Alice, mientras le ponía suavemente la mano en el brazo y la sacaba de su ensimismamiento–. Toma. He cortado algunas de las últimas rosas de mi invernadero para que lleves un ramo. Ya es hora de salir.

Laura tomó el pequeño ramo e inhaló la fragancia de las flores. Las rosas olían como los últimos días del verano.

–Gracias –le dijo.

Alice sonrió, y Laura se dio cuenta, con una punzada de remordimiento, de que su amiga pensaba que iba a casarse con Dexter por amor, y no porque no le quedara más remedio. Alice se había puesto muy contenta cuando se había anunciado el compromiso. Era una de las pocas personas que había recibido la noticia sin hacer ningún juicio. Laura no tenía valor para decirle que todo era mentira.

Deliberadamente, había elegido para casarse la primera hora de la noche, cuando la mayoría de los habitantes curiosos de Fortune's Folly estarían ya en casa. No tenía ganas de que su boda se convirtiera en un espectáculo. Las únicas personas que quería que estuvieran allí eran Alice, que sería su dama de honor, y Miles, que la entregaría al novio. Ella ni siquiera quería que acudiera Hattie, pero Dexter se había empeñado. Él sí quería que su hija estuviera allí y que viera casarse a sus padres, pero Laura sabía que la ocasión era por su bien, no por el de Hattie. Dexter estaba dejando claro, públicamente, que las dos eran suyas, sin ningún fingimiento.

Hattie estaba con Rachel en el pasillo, pequeña, somnolienta, frotándose los ojos y con un pequeño ramo de rosas sin espinas que era una versión en miniatura del de Laura. A Laura se le formó un nudo en la garganta al acariciar la mejilla suave de su hija con los labios. Miles también estaba allí, un Miles extrañamente grave, con un semblante serio y severo. Sonrió al verla, y Laura se las arregló para devolverle la sonrisa.

—¿Estás bien, Lal? —le preguntó él, y Laura asintió, con las lágrimas a punto de aparecer.

Miles tomó a Hattie en brazos y juntos salieron del Viejo Palacio hacia la iglesia.

Por el camino, Laura se estremeció dentro de su capa, pero no solo del frío de aquella noche de otoño, sino también de nerviosismo. El suelo estaba resbaladizo por el rocío, y ella agradeció el apoyo del brazo de Alice. El vicario de Fortune's Folly estaba esperando en la puerta de la iglesia, y en la eterna calma del interior del templo, estaban Dexter y su padrino, Nat Waterhouse. Cuando se acercaron, Miles asintió rígidamente a Nat, pero ignoró a Dexter por completo.

Laura miró a Dexter a los ojos. Él la estaba mirando también, y por un momento, pareció que estaba deslumbrado, y algo más, pero al segundo la frialdad volvió a apoderarse de sus ojos.

—Queridos hermanos —comenzó el vicario.

Confesiones de una duquesa

La misa terminó en un abrir y cerrar de ojos. Laura supo que debía de haber dado las respuestas apropiadas, pero al final, no recordaba nada.

Dexter la besó brevemente, con los labios fríos y distantes. Parecía que no tenía ninguna emoción para ella.

Hattie se abrazó al cuello de Dexter y le dio un beso, y entonces, Dexter sí sonrió; la sonrisa fue tierna y llena de cariño para su hija, y a Laura se le encogió el corazón de pena al ver que él sentía un amor tan puro por Hattie, y ninguno por ella. El amor que ella sentía por él era imposible de ignorar. Había temido que, como con Charles, su amor por Dexter se marchitara debido a la ira que él sentía por ella, pero no había sido así. Al verlo con su hija, experimentó una gran ternura. Deseaba desesperadamente que él la quisiera, y aunque sabía que no era así, no podía renunciar a la esperanza de que un día las cosas cambiaran.

Miles besó a Laura, pero ni siquiera le estrechó la mano a Dexter. Miró a su antiguo amigo con desagrado, con los hombros erguidos, con antagonismo en todos los ángulos de su cuerpo.

—Te advertí que no te casaras con ella a menos que fuera de verdad –le dijo a Dexter–. Si me entero de que Laura no es feliz, Anstruther, vendré a buscarte.

Después, asintió bruscamente hacia Alice y se marchó. Durante un momento, hubo un brillo de enfado en los ojos de Dexter. Después tomó a Hattie en brazos y se giró hacia Laura.

—¿Nos vamos a casa? –preguntó con una impecable cortesía.

Alice se puso de puntillas para darle un beso a Laura.

–Espero que seas muy feliz –le susurró.

Hattie estaba tan cansada cuando volvían a casa que se quedó dormida en brazos de Dexter. Laura lo observó mientras la llevaba a su habitación. Era extraordinario. Parecía que todo seguía igual, y sin embargo, las cosas no podrían ser más distintas. La señora Carrington había preparado un cordero delicioso para la cena, pero Laura no tenía hambre. Estaba sentada sola en el comedor, y el guiso se congelaba en su plato. Ella pensó, con aire taciturno, que aquello parecía un funeral, y no una boda.

La puerta del comedor se abrió y se cerró con firmeza. Laura se dio cuenta de que Dexter se sentaba tras ella en una silla.

–¿Estás cansada? –le preguntó él. Le acarició la mejilla de una manera suave, pero impersonal–. Quizá deberíamos acostarnos.

Laura no dijo nada. Había llegado el momento de la verdad, y se sentía asustada. Salió de la habitación y subió las escaleras delante de él, pero en el último escalón, se volvió de repente y dijo:

–Dexter, no puedo hacerlo. Tú... yo... tengo la sensación de que ya no te conozco.

Él le tomó la mano y le acarició la palma con el dedo pulgar, y al instante, Laura sintió un cosquilleo por todo el cuerpo.

–Me conoces –dijo Dexter, y la besó.

Sin que ella pudiera evitarlo, sus labios se abrieron bajo la inexorable presión de la boca de Dexter. Su lengua la invadió, dulce y seductora. El cuerpo de Laura lo reconoció al instante y se llenó de un

Confesiones de una duquesa

deseo trémulo. Sintió que le temblaban las rodillas y encogió los dedos de los pies dentro de los zapatos de seda rosa, mientras él seguía besándola y se hundía en su boca hasta que ella tuvo que retroceder para poder tomar aire.

Dexter soltó un sonido de satisfacción desde el fondo de la garganta y la tomó en brazos. Cruzó el umbral de la habitación y la tendió en la cama. A Laura se le subió la combinación por los muslos, y se sentó rápidamente para cubrirse. El beso le había llenado el cuerpo de deseo, pero su mente seguía distanciada, fría y preocupada. No podía responder a Dexter de aquel modo. No quería. Todo lo demás estaba retorcido y roto entre ellos por su sentimiento de culpabilidad y por la falta de perdón de Dexter.

Dexter se estaba aflojando el pañuelo del cuello. Lo dejó caer descuidadamente al suelo. Siguió su camisa. Laura apartó rápidamente la vista, pero antes vio su pecho musculoso, ancho. El deseo aumentó. Y también el pánico. Quiso transmitirle algo de su inquietud a Dexter, hacer un último esfuerzo para que la entendiera.

–¿Por qué estamos haciendo esto? Ni siquiera te agrado en este momento, Dexter, y mucho menos me quieres. Y yo ya te he dicho que no puedo tener relaciones sexuales sin amor, solo por el placer físico...

–Y yo te he dicho que estoy seguro de que sí puedes –respondió él, con una expresión implacable. Se acercó a la cama, y el colchón se hundió bajo su peso cuando se sentó junto a ella–. Será mi objetivo, querida Laura, demostrarte que puedes.

NICOLA CORNICK

A Laura le dio un vuelco el estómago, con una impaciencia que la horrorizó y la excitó al mismo tiempo. Se miraron, y Dexter alargó la mano hacia el lazo rosa que le abrochaba el cuello del vestido. Él le rozó con los nudillos la elevación del pecho por encima del vestido. Laura permaneció sentada, tensa y muy erguida, con todos los sentidos en alerta. Dexter hizo correr el lazo, pensativamente, entre los dedos, y después dio un tirón y soltó la lazada.

–Eres mi mujer, y quiero hacerte el amor –susurró, mientras desabrochaba el primer botón de su corpiño–. Voy a hacerte el amor y será muy placentero para los dos.

Enredó la otra mano entre su pelo y le inclinó la cabeza hacia delante para poder besarla íntima, profundamente, para poder marcarla con su posesión. A Laura comenzó a darle vueltas la cabeza. Sus sentidos ardieron. Él lo había tomado todo aquel día, pensó ella, mientras la tumbaba contra la colcha y se tendía sobre ella. Era su esposa, llevaba su apellido, él tenía a su hija y lo único que necesitaba para completar la apropiación era tomar su cuerpo. Su alma, que una vez le había dado voluntariamente, sería lo único que él no podría tocar. Entonces, ¿por qué no iba a rendirse a aquel calor delicioso e intenso que minaba todas sus defensas? Quería sentir el goce físico de sus caricias, y por el momento, aquello tendría que ser suficiente. No quería luchar más contra él, ni contra su propio instinto. Estaba cansada, se sentía sola, y quería saborear la ilusión de ser amada.

Dexter se apoyó en un codo y comenzó a desabrocharle el corpiño con movimientos lentos, deteniéndose a darle suaves besos en la piel blanca a medida que se abrían los botones. Ya libre del conflicto entre su pensamiento y sus deseos, Laura se relajó y quedó dócil bajo sus manos, y su respiración fue haciéndose entrecortada. Cerró los ojos y dejó vagar la mente, pensando nada más que en el placer carnal y en la necesidad que estaba apoderándose de ella.

Dexter le bajó el corpiño, y Laura quedó desnuda hasta la cintura. Entonces, él tomó uno de sus pechos en la palma de la mano y bajó los labios hasta la punta erecta. Laura no intentó reprimir el gemido que se le escapó y él se detuvo a escucharlo antes de tomar el pezón entre la lengua y los dientes y succionarlo suavemente. Laura se retorció sobre la cama, apretándole atrevidamente el pecho contra los labios mientras él se lo acariciaba con la lengua.

—¿Cómo te sientes ahora —preguntó él en voz baja, suave.

—Tengo calor... —la voz de Laura sonó distante, incluso para sí misma—. Y estoy temblorosa...

—Bien —dijo él. Ella sintió la curva de su sonrisa contra el pecho desnudo—. Entonces, ¿es placentero para ti?

—Completamente —dijo Laura con un jadeo, y se arqueó hacia arriba como un arco tenso, cuando él le mordió delicadamente la piel.

Dexter deslizó la mano por la curva de su estómago y después le quitó el vestido, la combinación, las medias y la camisola, y lo dejó todo a un lado, en un montón descuidado. Ella quedó pálida, desnuda y expuesta sobre la cama, y aunque tenía los ojos cerrados, sabía que Dexter la estaba mirando, pasando lentamente la mirada por cada centímetro trémulo de su cuerpo. Una pequeña parte de su mente le dijo a Laura que las cosas no deberían ser así entre ellos, y por un impulso, intentó echar mano de algo con lo que cubrirse, pero él le apartó las manos.

–No te cubras. Quiero verte –dijo, y le dejó un rastro de fuego con los dedos en el vientre. Después giró la lengua, con picardía, en su ombligo–. Eres muy bella, Laura.

Posó la mano sobre la piel de seda de su muslo, y Laura se estremeció. Aquella caricia calculada estaba demasiado cerca del corazón de su feminidad, y ella se puso tensa durante un segundo. Después le permitió que le separara las piernas y se deslizara suavemente hacia abajo para lamerle la carne excitada que estaba acariciando.

Dexter elevó un poco la cabeza.

–¿Cómo te sientes ahora?

Laura emitió un gemido al notar el habilidoso roce de su lengua sobre el más secreto de los lugares de su cuerpo.

–Quiero...

–¿Esto?

Entonces, Dexter deslizó la lengua dentro de su hendidura ardiente.

A ella se le escapó un pequeño grito e, inconscientemente, se arqueó hacia arriba de nuevo, con una súplica muda. Lentamente, con sabiduría, él prolongó el placer, completando todas las caricias, todos los roces, mientras Laura movía las caderas sin poder contenerse, buscando la liberación. Él fue implacable, controlado. Laura no podía sentir otra cosa que la necesidad que latía dentro de ella.

Confesiones de una duquesa

Se dio cuenta, vagamente, de que él se alejaba para quitarse el resto de la ropa, y de que después se tumbaba a su lado en la cama, con el cuerpo duro y cálido, y la sacó de su sueño sensual por un momento. Laura posó las manos sobre su pecho al notar su erección contra el muslo con algo parecido al asombro.

—Tómame.

Eran palabras de Dexter, no suyas, una orden en vez de una petición. Laura abrió los ojos de par en par mientras él se movía y se colocaba entre sus muslos, donde su cuerpo todavía latía exigiendo satisfacción. Él la movió ligeramente y cuando estuvo perfectamente colocada para acogerlo, Laura notó la punta de su erección tocándola, un segundo antes de que él embistiera y se hundiera en su cuerpo tenso, tembloroso.

Él la besó con una posesión primitiva mientras entraba en ella con acometidas seguras, fuertes, que no permitían respiro. Su exigencia sobre Laura era absoluta.

—Abre los ojos.

No había ternura en él, solo una necesidad total de que ella fuera suya y solo suya, y de que lo reconociera. Laura abrió los ojos y vio la orden severa en su rostro, en la mirada intensa y en el brillo de sus ojos. Ella ardía y ansiaba el clímax mientras él la empujaba más y más hacia el límite. Laura se dejó llevar hasta el éxtasis, se hundió en el placer obligada por el empuje insistente del cuerpo de Dexter en el suyo. Sin embargo, en el último momento, notó que se retiraba de él, de modo que aunque su cuerpo estaba dominado por las convulsiones del placer absoluto, su mente se quedó fría e intacta, y ella se sintió extrañamente vacía.

Sus ojos quedaron atrapados en los de Dexter. Él se había detenido y la estaba observando. Le apartó el pelo húmedo de la cara, y posó los dedos durante un segundo sobre su mejilla, con algo parecido a una caricia. Sin embargo, no había afecto en sus ojos.

–No te escondas de mí, Laura –dijo él.

El cuerpo de Laura vibraba aún por la intensidad de su orgasmo, y él seguía dentro de ella, fuerte y duro, llenándola. Laura sabía que no había llegado al clímax. Lo que había hecho era demostrarle que podía obtener placer, y que sus negativas estaban vacías. Su cuerpo podía responderle sin amor y sin otro motivo que el deseo físico y el placer. Lo había hecho. Él lo había demostrado. Sin embargo, no era suficiente para él. Ahora quería también su mente. Quería su sumisión completa.

Dexter se movió de nuevo, suavemente, pero la fricción fue suficiente para enviarle a Laura oleadas de sensaciones por todo el cuerpo. Cuando se retiró de ella, Laura no pudo contener un pequeño gimoteo de decepción. Entonces, él le dio la vuelta y alzó sus caderas en el aire, y ella se quedó impresionada al notar que le separaba las piernas y volvía a penetrarla. El oscuro placer la invadió. Expuesta, vulnerable a su mirada y a sus caricias, sin embargo se sintió increíblemente excitada.

El ritmo aumentó de nuevo. En aquella ocasión, él se hundió profundamente y se retiró lentamente, una y otra vez, y a cada embestida, los pechos de Laura se movían lánguidamente y sus pezones se rozaban contra la colcha, causándole una estimulación insoportable. Dexter deslizó las manos para acariciarle los pechos antes de alzarle las caderas con un una mano y pasar la mano por su vientre para acariciarle el centro tierno del sexo. La presión, intensa y deliberada, de la invasión de su cuerpo, hizo fluir en Laura un placer ardiente como la lava, que se hacía más y más intenso, hasta que no pudo resistirlo más. Ella gimió y gimió con una dicha exquisita, y sintió que Dexter también sucumbía a su éxtasis. Las sensaciones se fundieron en su mente con un fogonazo cegador, y Laura se olvidó de todo y se abandonó al placer.

Después rodó por la cama y se tumbó boca arriba, saciada, vagamente consciente de que Dexter estaba a su lado, escuchando su respiración acelerada.

Laura giró la cabeza ligeramente, y una lágrima gruesa se le derramó por la mejilla hasta que cayó en la almohada con un golpecito.

—¿Laura? —preguntó Dexter en voz baja—. ¿Por qué lloras?

Hasta aquel momento, Laura no se había dado cuenta de que estuviera llorando. Entonces, sus sentimientos alcanzaron las sensaciones de su cuerpo y destruyeron el placer lánguido que la había invadido después de hacer el amor. Su cuerpo estaba lleno y satisfecho, pero en su mente solo había vacío, soledad, oscuridad.

—Lloro porque ha sido maravilloso, Dexter —dijo—, y no debería haberlo sido, porque no había amor en ello.

Dexter frunció el ceño. Estaba tumbado en la cama, en su magnífica desnudez, sin hacer ademán de cubrirse. Era glorioso. Ella quería acariciarlo.

No. Quería abrazarlo y tenderse contra él, y deleitarse con su intimidad.

Quería acurrucarse entre sus brazos y dormir, y despertarse y encontrarlo allí, aferrándola contra su corazón. Sin embargo, él había dejado bien claro lo que quería, y no era ningún elemento de ternura. La desesperación de sus anhelos golpeó a Laura con fuerza.

Se levantó de la cama y tomó su ropa del suelo. No iba a quedarse allí ni a dejar que él la viera llorar, o peor todavía, quedarse a su lado y sentirse perdida y sola.

—Me has demostrado que tenías razón —le dijo con serenidad—. Puedes hacerme el amor sin que yo te importe, y puedes darme placer, pero no significa nada. ¿Lo entiendes, Dexter? Es algo vacío y sin valor. Eso es tu matrimonio.

Atravesó la puerta que comunicaba ambas habitaciones y se encerró en su dormitorio. La habitación le pareció cálida a la luz de las velas, familiar y reconfortante. Era como si nada hubiera cambiado. Pero sí había cambiado. Nada era igual. Laura se secó otra lágrima de la cara y se puso el camisón. Estaba frío, porque Molly no lo había calentado ante el fuego, seguramente pensando que no le haría falta aquella noche. Se metió en la cama y se acurrucó con fuerza para defenderse del frío. Sin embargo, el frío estaba en su interior. Y no se fue.

Dexter estaba pescando. Hacía una preciosa tarde y estaba a orillas del río Tune, observando cómo el sol del atardecer arrancaba destellos del agua. Debería estar disfrutando de la paz que envolvía al río. Sin embargo, no era así. Debería ser feliz. Y no lo era.

Lanzó el anzuelo con una fuerza exagerada. Ahora tenía todo lo que quería, ordenado, organizado y bajo control. Tenía a su hija, tenía el dinero, o al menos lo tendría en cuanto el abogado, el señor Churchward, hubiera terminado de redactar los documentos legales del matrimonio. Había escrito a su madre para contarle que se había casado y que podría ayudar a sus hermanos y saldar las deudas de la familia. Tenía su trabajo en Londres, al que iba a regresar en cuanto hubiera resuelto el caso Crosby. También había escrito a lord Liverpool para decirle que se había casado y que esperaba progresar en la investigación, suponiendo que Miles quisiera seguir trabajando con él.

Laura era su mujer.

Al pensarlo, experimentó sentimientos incómodos. Remordimientos de conciencia, culpabilidad... no estaba acostumbrado a sentirse culpable por nada. Siempre había intentado hacer lo correcto en su vida, y creía en su propia integridad. Incluso en aquel momento en que sentía arrepentimiento por la forma en que estaba tratando a Laura, se decía que la había obligado a casarse con él por el bien de Hattie, y que con el tiempo, aprenderían a vivir más cómodamente el uno con el otro. Ella era su esposa, y por eso, ahora encajaba en su ordenada vida.

Se movió con incomodidad mientras su conciencia volvía a protestar. Llevaban casados una semana, pero él no pasaba tiempo con Laura deliberadamente. La estaba castigando. Estaba tan amargado, se sentía tan traicionado por el hecho de que ella le

NICOLA CORNICK

hubiera ocultado que Hattie era su hija... No podía evitarlo. Vivían como extraños, salvo que todas las noches, él iba a su cama y hacían el amor con un fervor apasionado. Sin embargo, aquello también era parte de su vida ordenada. Así, Dexter podía mantener sus necesidades físicas bajo control, satisfaciéndolas en el lecho matrimonial. Todo era disciplinado y racional.

Pero no. No lo era. Faltaba una pieza de su vida, y ni siquiera con toda su lógica y su intelecto podía averiguar cuál era. Dexter cerró los ojos durante un segundo. Cuando los abrió de nuevo, el sol que se reflejaba en el agua estuvo a punto de cegarlo. Sabía que estaba insatisfecho con su matrimonio. Él, que lo tenía todo arreglado exactamente como siempre había querido, estaba infeliz. Era algo inexplicable.

Con un suspiro, recogió la caña y se puso en camino de vuelta hacia el Viejo Palacio. Cuando estaba entrando en las praderas, vio a Hattie corriendo hacia él por la hierba, acompañada por su niñera y por Alice Lister. Alice movió la mano para saludarlo de lejos, se despidió de Rachel y de Hattie y se encaminó hacia Spring House.

Dexter dejó la caña en el suelo y tomó a Hattie en brazos. La niña le rodeó el cuello y gritó de alegría. Dexter tuvo un sentimiento intenso de amor que lo sacudió por dentro. Con Hattie, todo era muy fácil. Ella daba su cariño de una forma tan generosa...

–Estoy recogiendo piedras para mamá –le dijo–. Son un regalo.

Entonces, se retorció para que él la dejara en el suelo y corrió hacia el río, donde siguió recogiendo piedrecitas que le entregaba a Rachel, que a su vez las metía en el bolsillo de su delantal.

Dexter volvió lentamente hacia el Viejo Palacio, dejó la caña en el cobertizo y entró en la casa a lavarse. Después bajó las escaleras y se encontró a Hattie en el vestíbulo, colocando las piedrecitas en un dibujo en el suelo. Tenía la misma mirada de concentración, de determinación, que él. Cuando la niña alzó la vista, vio que sus ojos eran los de Laura.

–Papá –dijo Hattie lentamente, como si estuviera probando la palabra. Después sonrió, y Dexter se vio inundado de amor por ella, nuevamente.

Se abrió la puerta del salón, y Laura apareció en el vestíbulo. A Dexter le pareció que estaba cansada. Era evidente que había estado escribiendo, porque tenía los dedos manchados de tinta. Se los miraba con cierta irritación, e intentó limpiárselos en la falda. Tenía unas ojeras marcadas, y él sintió una punzada de culpabilidad insoportable. Dexter se dio cuenta de que tenía que arreglar las cosas entre ellos, pero no sabía cómo. De repente, se sintió como cuando era joven y se había enamorado de Laura, y la había perdido. El instinto le pedía que se retirara a la seguridad de su mundo ordenado, pero él sabía con toda seguridad que no encontraría consuelo allí. Tenía que hacer algo distinto. No sabía qué, sin embargo. Aquello le causó terror. Él, que se enfrentaba al peligro, e incluso a la muerte, durante su trabajo, estaba aterrorizado de sus propios sentimientos.

–Dexter... –dijo Laura cuando lo vio.

Él la tomó de la mano, y ella lo miró con una expresión de asombro.

NICOLA CORNICK

—¿Quieres pasar el día conmigo mañana? —le preguntó él—. ¿Los dos solos? Me gustaría mucho.

Laura se quedó desconcertada, y aparentemente asustada, y Dexter se sintió como un completo canalla por alejarla tanto de él.

—No estoy segura —murmuró, evitando sus ojos, mirando a Hattie.

—Por favor —susurró Dexter, y le apretó la mano hasta que Laura lo miró—. Por favor —repitió suavemente—. Laura, tengo que hablar contigo. Tenemos que hablar de muchas cosas.

—Estoy de acuerdo en que tenemos que hablar —dijo ella, pero todavía titubeaba.

—Entonces, pasemos el día juntos mañana —dijo Dexter—. Quizá pudiéramos ir a montar a caballo.

Ella sonrió con cautela.

—Eso sería... agradable.

—Intentaré que lo sea —dijo Dexter.

Se dio cuenta de que Hattie los estaba mirando, y por primera vez, parecía que tenía una mirada de recelo, como si hubiera sentido que había tensión entre ellos y fuera demasiado pequeña como para entenderlo.

—Sé que tenemos que intentarlo —murmuró Laura—, por el bien de Hattie.

—No solo por eso —dijo Dexter—, sino también por...

—Quiero tener un hermano —dijo Hattie desde la alfombra—. Mamá, papá, quiero tener un hermano o una hermana.

Laura pestañeó.

—Te ha llamado papá —susurró.

—Sí —dijo Dexter, y se acercó un poco a ella—. Creo

que Hattie siente que me he ganado ese honor, pero no estoy seguro de que merezca el título de marido tuyo.

Laura estaba confusa, como si no entendiera bien lo que él le estaba diciendo. Dexter le soltó la mano y se agachó junto a su hija.

—Creo que tardaremos un poco en traerte un hermano o una hermana, tesoro —dijo él—. Primero tengo que conocer a tu madre.

Laura se ruborizó.

—¿De veras? —preguntó—. ¿Lo dices en serio, Dexter?

—Sí. Empezaremos esta noche.

—Iba a llevar a Hattie a la hoguera —dijo Laura, y miró el reloj—. Empieza dentro de media hora.

—Entonces iremos juntos —dijo Dexter—. Estoy seguro de que será una noche estupenda. Y después, podemos hablar.

La puerta de la zona de servicio se abrió, y apareció Carrington, arrastrando un poco los pies.

—¿Podría hablar con usted un momento, Excelencia? —le preguntó a Laura con gran dignidad—. A la señora Carrington y a mí nos gustaría pedirle permiso para ir a ver la hoguera de esta noche.

—Por supuesto que sí, Carrington —respondió Laura, sonriendo—. Me encanta que salgan a dar un paseo. Rachel y Molly prefieren quedarse en casa. Parece que no les gustan nada las hogueras.

—No, Excelencia —dijo Carrington—. Su casa se quemó cuando eran pequeñas, y desde entonces odian estas fiestas.

—No, no puede ser un momento del año muy feliz para ellas —dijo ella. Miró a Dexter, y vio algo en sus ojos que le encogió el corazón–. Oh, Carrington –le dijo al mayordomo–. Una cosa más. ¿Le importaría dirigirse a mí como señora Anstruther, ahora que me he casado?

–Será un placer, Excelencia –dijo Carrington. Después se dirigió hacia la escalera de nuevo y cerró la puerta al salir.

Laura tomó a Hattie en brazos.

–Laura –dijo Dexter, conmovido por lo que ella acababa de hacer–, espera...

Ella negó con la cabeza.

–Tenemos que arreglarnos –dijo–. Hablaremos después, Dexter.

Y en aquella ocasión, sonrió. Él sintió una emoción desconocida por dentro, que lo alejó más que nunca de la razón y del sentido común. Era peligroso, terrorífico. Se parecía mucho al amor.

Capítulo 20

Todos los habitantes de Fortune's Folly habían acudido a la hoguera de Guy Fawkes aquella noche. Laura vio a sir Montague entre la multitud, con Miles, Nat Waterhouse, lady Elizabeth Scarlet y Alice Lister. El señor y la señora Carrington estaban hablando con la señora Morton, la modista del pueblo. El señor Blount estaba asando castañas en la hoguera, y ya le había dado unas cuantas a Hattie.

La noche era fría, y en el cielo brillaban las estrellas blancas. El fuego crepitaba y silbaba, y las llamas lamían los pantalones raídos del pelele.

Los niños del pueblo habían hecho un trabajo excelente. El pelele llevaba una peluca de paja y un viejo sombrero de fieltro, y una máscara que se parecía de un modo inquietante a sir Montague Fortune.

NICOLA CORNICK

Laura se preguntó si la habría pintado lady Elizabeth. Se decía que era muy buena pintora.

Hattie se acurrucó en brazos de Laura y observó la hoguera extasiada, con una manzana caramelizada en una mano y un pedazo de galleta en la otra. Con Dexter tan atento, además, Laura se sentía casi como si fueran una familia de verdad, como si la pena, la desconfianza y el dolor de las últimas semanas hubieran terminado por fin. Aquel breve momento en el vestíbulo le había dado esperanzas, y aunque Dexter no la quisiera, y estuviera haciendo aquel intento por el bien de Hattie, para que su hija tuviera una infancia más feliz que la que habían tenido sus hermanos y él, no era imposible que con el tiempo construyeran un matrimonio sobre el respeto mutuo, según deseaba Dexter. Sería una pálida imitación de lo que ella quería de él, pero era un comienzo.

Faye Cole estaba un poco apartada de la multitud, estremeciéndose de frío dentro de sus pieles. No parecía muy contenta de estar allí, y Laura se preguntó por qué había ido a la hoguera. De Henry Cole no había ni rastro. No era el tipo de evento que a Faye pudiera gustarle, pero quizá lo viera como otra oportunidad de atraer un marido para Lydia. Cuando lord Armitage había pasado por delante de ellas, Faye había intentado empujar a su hija hacia él, pero Lydia no se había dejado avasallar. Estaba junto a su madre con cara de frío y muy triste. Acariciaba febrilmente con los dedos una cadenita de oro que llevaba al cuello.

–Será mejor que te des prisa, hija –le oyó decir Laura a Faye–, o esa descolorida de Mary Wheeler te quitará a lord Armitage. Primero tu prima se lleva al señor Anstruther, y ahora lord Armitage le está haciendo la corte a esa llorona...

Laura vio la expresión de Lydia un segundo antes que Faye, y supo exactamente lo que iba a ocurrir. Se volvió hacia Dexter para entregarle a Hattie y poder intervenir, pero cuando daba un paso hacia ellas, ya era demasiado tarde. Lydia había llegado al límite.

–¡No quiero casarme con lord Armitage! –gritó la muchacha, y varias personas que estaban cerca de ella, incluida Laura, se sobresaltaron por lo agudo de su voz–. ¿Me oyes, mamá? ¡No quería casarme con el señor Anstruther, y no quiero casarme con lord Armitage!

Faye dio un paso atrás.

–Cállate, boba –le susurró con furia–. ¡Nadie va a querer casarse contigo si haces una escena en público!

–¡No me importa! –gritó Lydia–. Estoy harta de que me digas lo que tengo que hacer. Nunca me preguntas lo que quiero. ¡Me acosas, y papá va por ahí teniendo hijos bastardos con cualquier sirvienta que pueda encontrar, y yo no le importo a nadie!

–¡Y no le vas a importar nunca a nadie si te comportas así! –respondió Faye a su hija, gritando también. Estaba congestionada de ira por el estallido de su hija–. ¡Cállate! ¡Te digo que te calles!

El resto de la gente, atraída por el inconfundible sonido de un conflicto, se había acercado. Todos tenía una cara ávida a la luz del fuego, pero ni Lydia ni Faye se dieron cuenta. Las cosas ya habían ido demasiado lejos como para poder disimularlas.

–¡Sí hay alguien a quien le importo! –prosiguió

Nicola Cornick

Lydia–. ¡El señor Fortune quiere casarse conmigo! ¡Me dio un anillo! –se sacó la cadena de oro del cuello, y le mostró a su madre la alianza que brillaba junto a la hoguera. Laura oyó que, a su lado, Dexter soltaba una exclamación repentina.

–Señorita Cole... –dijo.

Faye agarró a Lydia del brazo, haciendo caso omiso de la intervención de Dexter.

–¡El señor Fortune! ¿Tom Fortune, que no tiene nada que ofrecer, ni siquiera un buen apellido? Has caído muy bajo, niña.

–¡Cómo se atreve! –dijo entonces sir Montague–. ¡Le diré que el apellido Fortune es mucho más antiguo que el de los Cole, señora! ¡Nuestros ancestros provienen del tiempo de la Conquista!

–¡Los Fortune solo son caballeros, y los Cole son duques! –gritó Faye, mucho más alto de lo que había gritado Lydia, llena de rabia–. ¡Y si su hermano ha intentado descarriar a mi hija, sir Montague, eso demuestra el resentimiento de la familia Fortune!

–Quiero a Tom –dijo Lydia, que se había echado a llorar–. Iba a marcharme con él.

La muchacha estaba girando la alianza entre los dedos. Faye le arrancó la cadena del cuello y el anillo cayó al suelo. Miles lo recogió. Laura vio cómo lo examinaba y después le hacía un gesto de asentimiento, casi imperceptible, a Dexter.

–¡Estúpida! –le dijo Faye, venenosamente, a su hija–. ¡El señor Fortune no te quiere! ¡Estoy segura de que solo quería una cosa de ti! Si te quiere, ¿dónde está ahora?

–No lo sé –dijo Lydia, llorando. Se le habían hundido los hombros, y estaba encogiéndose–. No lo sé.

Confesiones de una duquesa

Iba a reunirse conmigo en el establo esta noche para escaparnos juntos, pero no estaba allí...

El resto de sus palabras se ahogaron entre los sollozos, y fue Elizabeth Scarlet quien se acercó y le pasó el brazo por los hombros para consolarla.

Hattie había notado la malevolencia del ambiente y había empezado a gimotear. Laura la abrazó. Todo el mundo estaba inmóvil, asombrados por lo que estaban presenciando.

—Laura —le dijo Dexter con urgencia—. Tengo que ir tras Tom Fortune. Miles y yo debemos encontrarlo. Lo siento.

—Claro —dijo Laura. Estaba confusa por la rapidez con la que todo se había desarrollado a su alrededor. Los sollozos desgarradores de Lydia habían cesado, pero su devastación había sido horrible.

—Entonces, ¿Tom es el criminal a quien estáis buscando? ¿Es el esbirro de Warren Sampson?

—Creo que sí —le dijo Dexter—. La alianza que tenía Lydia provenía del cadáver de Crosby. Creo que Tom también es quien intentó hacerte daño, Laura, aquel día en el río, y en las ruinas del priorato. Sampson y él debían de saber que eras Glory, y tenían miedo de lo que pudieras saber —le explicó con una expresión dura—. Intentó matarte, y solo por eso tengo que atrapar a Tom.

Su mirada se había vuelto, de repente, tan primitiva y tan fiera, que Laura se quedó impresionada. No había nada de calma ni de contención en Dexter en aquel momento, solo furia y una emoción violenta que casi le cortaba la respiración.

Lo agarró de la manga del traje. Ya no había tiempo para el orgullo ni el engaño entre ellos.

—Ten cuidado —le dijo—. Por favor, Dexter, ten cuidado. Por Hattie... y también por mí.

Vio cómo la mirada de Dexter se suavizaba, y durante un segundo, Laura pensó que estaba viendo el reflejo de su amor en él. Era algo tan poderoso que ella se sintió desfallecida.

Dexter le dio un beso a Hattie en la cabeza.

—Sé buena, cariño —le dijo—. Volveré pronto.

Después miró a Laura.

—No quiero marcharme; pero volveré pronto, te lo juro —le dijo con la voz ronca. Le dio un beso duro, breve, que dejó a Laura temblorosa. Acto seguido, se fue.

Una vez que terminó el espectáculo, la gente volvió a su casa, sin duda, para hablar de la noticia de la deshonra de Lydia Cole. Solo se quedaron unas cuantas personas, hablando en voz baja junto al fuego. Lady Elizabeth y Nat Waterhouse estaban juntos, y él le sujetaba las manos en un gesto de consuelo. Laura tuvo otra punzada de angustia. Se le había olvidado que Tom era el hermanastro de Elizabeth. Ella sentiría mucho su deserción.

Hattie se había quedado dormida contra el hombro de Laura. Alice se acercó a ellas.

—Nunca me había quedado tan impresionada en mi vida —dijo. Estaba muy pálida—. Pobre Lydia. ¡Y pobre Elizabeth! ¿Será verdad que Tom Fortune es un seductor despiadado? ¡Tiene que ser un error!

—No lo creo —dijo Laura—. Es peor que eso, Alice. Es un asesino. Parece que fue él quien mató a sir William Crosby. Todos pensábamos que el responsable era Warren Sampson, pero parece que fue Tom.

Confesiones de una duquesa

Alice, de repente, se asustó.

—¿Y el señor Anstruther y lord Vickery han ido tras él?

—Todo irá bien, Alice —le dijo Laura, comprendiendo la causa de su angustia—. Miles estará a salvo. Estoy segura de ello.

Las llamas se movieron y crepitaron y, de repente, con un crujido de ramas y troncos que se quebraban, el pelele cayó de la hoguera y rodó hasta el suelo. El sombrero se cayó. La peluca de paja ardía y también la máscara con la cara de sir Montague, y bajo ella...

Alguien gritó cuando el cadáver de Warren Sampson se giró y quedó inmóvil, mirando ciegamente al cielo de la noche.

—Una hoguera de lo más horripilante, señora —dijo Carrington, cuando le llevaba una jarra de chocolate caliente al salón, más tarde, aquella noche. Hattie ya estaba acostada, y la casa estaba silenciosa—. ¿Quién iba a pensar que el joven señor Fortune era un seductor y un asesino? Me hace perder la fe en el género humano.

—Pues sí, Carrington —dijo Laura, y tomó la taza de sus manos antes de que se le cayera—. Muchas gracias. Me imagino que ni usted ni la señora Carrington lo habrán pasado muy bien esta noche. Lo lamento.

—No ha sido lo que pensábamos, señora —asintió Carrington.

—Le sugiero que tomen un poco de este delicioso chocolate para calmar los nervios —le dijo Laura, sonriendo—. Por favor, dígale a la señora Carrington de mi parte que está delicioso y que es exactamente lo que necesitaba después de tanta impresión.

Carrington titubeó.

—Muchas gracias, señora —le dijo a Laura, y carraspeó—. Excelencia... —se interrumpió, y comenzó de nuevo, con la voz temblorosa—. Excelencia, hay una cosa que quisiera confesarle. Algo que usted desconoce.

—¿Un secreto, Carrington? —preguntó Laura con desconcierto—. ¿Qué es lo que tiene que confesarme?

—Oh, señora... ¡Yo fui quien la encerró en la bodega!

Laura se llevó una sorpresa tan grande que estuvo a punto de derramar el chocolate sobre la alfombra.

—¿Usted, Carrington? ¿Cómo es posible?

—Oh, señora... Fue un error. ¡Pensaba que usted era la duquesa de Cole!

Laura arqueó las cejas.

—¿Pensó que yo era Faye Cole? Pero, ¿por qué? Yo creía que ni siquiera sabían que la duquesa estaba en Fortune's Folly en ese momento. ¿Y por qué iba a bajar ella a mi bodega?

—Fue un terrible error —repitió Carrington, retorciéndose las manos—. La señora Carrington vio a su Excelencia en el pueblo y la siguió hasta el priorato una tarde. ¡Estaba robando la mermelada de su bodega, señora! Pensamos que si podíamos dejarla encerrada, demostraríamos al mundo el tipo de persona que es...

—¡Espere! —dijo Laura—. ¿Faye Cole estaba robando en mi bodega?

—Siempre tuvo una dependencia horrible de la

mermelada con ginebra de endrina, señora. Cuando trabajábamos para ella en Cole, la señora Carrington se volvía loca por la cantidad de tarros que tenía que hacer. ¡Todos los arbustos de endrinas se quedaban desnudos! Tiene un apetito antinatural, señora. ¡Es inquietante!

–Pues sí –murmuró Laura–. Estoy asombrada, Carrington. ¡Y más al pensar en que la señora Carrington y usted hubieran planeado atrapar a la duquesa y revelarle sus hábitos extraordinarios al mundo!

–Sí, señora –dijo Carrington con consternación–. Verdaderamente, estuvo muy mal por nuestra parte, señora, pero la duquesa siempre nos trató con tanto desprecio y crueldad...

–Lo sé –dijo Laura–. Sé lo mucho que sufrieron en Cole, y lo siento. Lo entiendo, Carrington.

–¡Oh, gracias, señora! –dijo Carrington, que iba a echarse a llorar de alivio en cualquier momento–. Cuando llegué aquella noche a casa y la señora Carrington me dijo que usted no había regresado, me di cuenta de que había cometido un error tremendo. Así que salí corriendo hacia el priorato y abrí la puerta de nuevo. Pero en el proceso, debí de hacer que se moviera alguna de las piedras de la torre y... –se detuvo de nuevo, como si fuera a desmayarse–. Oh, señora, cuando me enteré de que estaba herida... estaba dispuesto a entregarme a la policía.

–Bueno, pues me alegro de que no lo hiciera –dijo Laura–. Al menos, ese accidente es algo que no podemos atribuirle a Tom Fortune.

–No, señora –dijo Carrington–. Me gustaría pedirle un favor muy grande, señora...

—¿Sí, Carrington?

—¡No se lo diga al señor Anstruther! —le rogó Carrington—. Todos nos hemos dado cuenta de que es muy protector con usted, señora, ¡y me da miedo pensar lo que haría si supiera que yo fui el responsable de su accidente!

—¿Creen que es muy protector conmigo? —preguntó Laura.

Sin darse cuenta, sonrió. De no haber sido por aquel momento en el que Dexter se marchaba, quizá ella le hubiera dicho al mayordomo que estaba equivocado, pero ahora... Agarró la taza de chocolate con fuerza para sentir su calor en las manos. Ahora, al menos, tenía una pequeña esperanza.

—Pensamos que la quiere, señora —dijo Carrington con solemnidad—, como debe ser —añadió. Después hizo una reverencia—: Si eso es todo, señora, y piensa que puede perdonarme...

—Por supuesto —dijo Laura—. No piense más en ello, Carrington.

—Gracias, señora —dijo Carrington, y se marchó.

Cuando el mayordomo cerró la puerta, dejó a Laura sola, pensando en Dexter y rezando para que estuviera a salvo.

Capítulo 21

—Lizzie, lo siento muchísimo —dijo Laura.

Estaba tomando el té con lady Elizabeth Scarlet y con Alice Lister en el balneario. Fortune's Folly era un hervidero de rumores aquella mañana, porque todo el mundo estaba hablando de lo que había ocurrido la noche anterior.

—Siempre supe que Tom era un sinvergüenza —dijo lady Elizabeth con tristeza—, pero no tenía ni idea de que lo fuera tanto.

Estaba un poco pálida y mucho más callada de lo habitual. Su vivacidad se había apagado aquel día.

—Oh, era fácil intentar convencerse de que no había ningún problema, porque Tom podía ser tan encantador y tan simpático, ¡justo lo contrario a Monty! Pero desde niño, siempre estaba metido en apuros, y a medida que se hacía mayor se volvía más y más salvaje... –dijo, y sacudió la cabeza–. Perdía mucho dinero en el juego, y en más de una ocasión estuvo a punto de matar a un hombre en una pelea. Deberíamos habernos dado cuenta de que su propensión a la violencia iba a causarle problemas graves.

–Pero tú no podías saber que estaba asociado con el señor Sampson, ni adónde iba a llevarle todo esto –dijo Laura para consolarla.

–Supongo que no. Lord Waterhouse me ha dicho que creen que Tom aceptó dinero de Warren Sampson a cambio de hacerle el trabajo sucio, porque Sampson pagó sus deudas de juego. Mató a sir William Crosby en nombre de Sampson. Este estaba chantajeando a Tom, pero al final, Tom se volvió contra él.

–Fue horripilante cuando apareció el cuerpo del señor Sampson rodando de la hoguera –dijo Alice, estremeciéndose–. Si yo fuera el tipo de mujer que se desmaya, ese es el momento que habría elegido para hacerlo.

–Al menos, la duquesa de Cole sí se desmayó y nos dio a todos un poco de paz –dijo Elizabeth–. ¡Pobre Lydia! Tom siempre tuvo una terrible reputación, pero ¡seducir a la hija de los duques de Cole!

–Espero que Lydia esté bien –dijo Alice ansiosamente–. ¡Primero, la traición del señor Fortune, y después, que sus padres la saquen de casa a medianoche para evitar el escándalo!

–Tenemos que averiguar lo que podemos hacer por ella –dijo Laura.

Ya había decidido que iría a Cole e intentaría ayudar a Lydia. La reputación de su prima estaba destrozada, pero además, Lydia tenía el corazón roto, y necesitaría a alguien más amable que Faye para consolarla.

—Espero —continuó Laura— que sir Montague esté bien, Lizzie.

Lady Elizabeth puso cara de disgusto.

—Oh, Monty no se merece tu preocupación, Laura. No soporto su crueldad. ¿Sabes que ya se ha lavado las manos en cuanto a Tom? Incluso va a quedarse con la pequeña finca que heredó Tom en Witheshaw y la va a incluir en El Tributo de las Damas. ¡Su avaricia no conoce límites!

—Dios Santo —dijo Alice—. Sabía que era codicioso, ¡pero eso es demasiado!

—Te libraste de una buena, Alice —le dijo lady Elizabeth—. Aunque ya sé que nunca hubieras aceptado la proposición de matrimonio de Monty —añadió, con una sonrisa de picardía—. ¿Y quién lo haría, cuando un hombre como lord Vickery es mucho más divertido?

—Lord Vickery es un libertino —dijo Alice, sonrojándose como la grana, y miró a Laura—. Lo siento, Laura, porque sé que es tu primo, ¡pero es cierto!

—Oh, no te disculpes —dijo Laura alegremente—. Sé lo que es Miles, pero creo que también tiene sus buenas cualidades.

—Habría que buscarlas mucho —respondió Alice con irritación—. Si estuviera interesada en hacerlo, cosa que no estoy —afirmó, y aplastó el azúcar furiosamente con la cucharilla—. ¿Has tenido noticias del señor Anstruther, Laura? ¿Han encontrado a Tom? ¿Van a volver pronto a casa?

—Me temo que es un poco temprano para tener noticias —dijo Laura.

Intentó no ponerse triste, porque sabía que sus

NICOLA CORNICK

amigas la estaban mirando, y sabía que Alice necesitaba que la animaran.

–Estoy segura de que el señor Anstruther está impaciente por volver en cuanto pueda –dijo lady Elizabeth, sonriendo–. Todos vimos cómo te besó la última noche, Laura. Es una pena que Nat no se fuera con lord Vickery, en vez de él.

–Pero entonces, tú no tendrías a nadie a quien atormentar, Lizzie –respondió Laura, y vio que lady Elizabeth se ruborizaba antes de agitar la mano con elegancia.

–Oh, Nat y yo somos viejos amigos –dijo con petulancia–. Por eso siempre estamos peleándonos. No es más que eso.

El señor Argyle, el maestro de ceremonias, se acercó a la mesa.

–La última declaración de sir Montague sobre El Tributo de las Damas, señoras –dijo con importancia–. Cada dama no casada del pueblo deberá pagar un tributo de cuatro chelines por ventana y un tributo de dos chelines por perro.

–¡Pero si yo tengo seis spaniels! –protestó lady Elizabeth–. Y Monty lo sabe. ¡Ya se ha quedado con toda mi asignación de este trimestre, el muy desgraciado!

–¡Y yo tengo por lo menos veinticuatro ventanas! –dijo Alice, que había palidecido. ¡Esto es horrible!

Mientras el señor Argyle hacía su ronda por la sala, se alzó un murmullo de ira entre todas las mujeres que se enteraban de la noticia. Laura observó pensativamente su avance.

–He estado pensando –dijo– que desde que me casé no os he ayudado en vuestra lucha contra El Tributo de las Damas. Ha sido muy negligente por mi parte.

Confesiones de una duquesa

Pero ahora tengo una idea –añadió–. Aunque parece un poco duro hacerle esto a sir Montague cuando acaba de tener un disgusto tan enorme con su hermano...

–Oh, no permitas que eso te detenga –dijo Elizabeth amargamente–. ¡Piensa en el impuesto sobre las ventanas. Piensa en mis perros.

–Muy bien. Si estáis seguras... Hay una cosa que le hará mucho daño a sir Montague.

–¿Vamos a vender sus caballos?

–No –dijo Laura–. No es tan malo.

–Entonces, debe de ser algo sobre su bodega –dijo Elizabeth–. Eso es lo único que le preocupa en estos momentos.

–Exactamente –dijo Laura–. Tengo un plan.

–¿Y crees que el señor Anstruther nos ayudará? –preguntó Alice tímidamente–. Perdóname, Laura, pero no parece el caballero más indulgente del mundo en lo que se refiere a violar la ley.

Laura sonrió con remordimiento.

–Bueno, no, no lo es. Probablemente, lo desaprobará con firmeza. Me temo que mis planes no encajan con la idea que tiene Dexter del comportamiento más apropiado, pero como en este momento no está, no tiene por qué enterarse.

Se sirvió más té y comenzó a explicar su estrategia, esperando fervientemente que tuviera razón y que Dexter no se enterara de aquel plan hasta que fuera demasiado tarde.

Dexter y Miles salieron de Newcastle hacia el sur, una semana más tarde.

Habían detenido a Tom Fortune cuando intentaba tomar un barco hacia Alemania, y lo habían dejado en la cárcel de la ciudad.

–Lord Liverpool se pondrá contento –dijo Miles, la noche del segundo día de viaje hacia el valle de Tune–. Warren Sampson está muerto, y su asesino, preso. Hemos hecho un buen trabajo.

–Sí –dijo Dexter–. Compensará un poco mi fracaso al no capturar a Glory en mi último caso por estas tierras.

Miles se echó a reír.

–Nunca la hubieras atrapado, amigo.

–No –dijo Dexter–. Con ella encontré la horma de mi zapato.

Notó que Miles lo miraba fijamente. Su amistad se había restablecido durante aquellos días que habían pasado trabajando juntos, y al estilo masculino, no necesitaban hablar de ello. Sin embargo, había algo que Dexter quería preguntar.

–Miles –dijo lentamente–. ¿Cuándo supiste que Laura era Glory?

Hubo un silencio tan largo, que él pensó que Miles no iba a responder. La pregunta causó una ligera tensión entre ellos, porque habían evitado deliberadamente hablar de Laura durante todo el tiempo que habían estado juntos.

–No lo supe en la época de sus correrías –dijo Miles por fin–, pero después de un par de años, Nick Falconer vino a verme y me pidió que le ayudara a pedirle el perdón para Laura a lord Liverpool. Creo que lo hizo por Hattie, para que Laura no corriera peligro en el futuro.

–Entonces, Nick lo sabía –dijo Dexter lentamente–, y tú lo sabías, y lord Liverpool lo sabía, ¿y ninguno me lo dijo? ¿Por qué?

Confesiones de una duquesa

—Probablemente porque sabíamos que eras el único que te enfadarías —respondió Miles—. Tú tienes un concepto muy rígido de lo que está bien y lo que está mal, Dexter. Nunca cedes.

—No —dijo Dexter—. Supongo que no.

Recordó que Laura le había dicho que los dos estaban en el mismo bando, luchando por la justicia, pero que él era demasiado inflexible como para reconocerlo. Ella tenía razón. Él era demasiado obstinado por miedo a perder los principios, como le había ocurrido a su padre.

Los caballos chapoteaban en el vado que había junto a la carretera de Fortune Hall. Estaba empezando a anochecer.

—Tú admiras a Laura por lo que hizo, ¿verdad? —preguntó Dexter.

—Y no era el único. Cuando lord Liverpool la conoció, también sintió admiración por ella —dijo Miles, y se echó a reír—. Siempre fue más pragmático que tú, Dexter, más capaz de adaptar la aplicación de la ley si le beneficiaba.

Dirigieron los caballos hacia el largo paseo que llevaba a Fortune Hall. Los ciervos pastaban entre los árboles, junto a las ovejas y los otros animales de los habitantes del pueblo.

—Tenías razón en lo que me dijiste el otro día —admitió Dexter—. Laura se merece a alguien que la quiera y la acepte como es, y no alguien que quiera cambiarla para que encaje en su idea del comportamiento correcto y sensato. Ahora me doy cuenta.

—Alguien como tú, quizá —dijo Miles, mirándolo de reojo—. Eres tonto, Dexter. Has tardado mucho en verlo —añadió con un suspiro—. Bueno, al menos no he tenido que pegarte un tiro. Lo mejor será que vayas a buscar a Laura y se lo digas. Ya has perdido suficiente tiempo.

–Lo haré. Se lo diré en cuanto le hayamos dado a sir Montague la mala noticia del arresto de su hermano –dijo Dexter, y miró a Miles fijamente–. ¿Y tú, Miles? ¿Vas a ir a buscar a la señorita Lister?

–Yo no –dijo Miles, con una expresión descorazonadora–. Voy a Londres. He oído hablar de la hija de un comerciante muy, muy rico, cuya fortuna hace que la de la señorita Lister parezca una miseria –respondió, y taloneó al caballo antes de que Dexter pudiera responder.

Encontraron Fortune Hall a oscuras. No había sirvientes por allí, y tuvieron que atar los caballos a un poste del establo.

–Demonios –dijo Miles, cuando nadie respondió a su llamada y tuvieron que entrar por sí mismos–. Pensaba que Monty iba a tomarse muy mal lo de su hermano, pero no tenía ni idea de que se lo tomaría tan mal.

Los dos recorrieron el corredor de entrada, apenas iluminado, y entraron al salón. La figura de sir Montague apenas era visible. Estaba sentado en una gran silla de roble, delante del fuego. Tenía la cabeza agachada, y cuando entraron, ni siquiera se movió.

–¡Monty! –exclamó Dexter, poniéndole la mano en el hombro–. ¡Monty, amigo!

Sir Montague alzó la cara con una expresión trágica.

–Dexter. Miles. ¿Cómo estáis?

Miles y Dexter se miraron.

–Traemos malas noticias, Monty –le dijo Dexter–. Alcanzamos a Tom en Newcastle. Está en la cárcel de allí... –se interrumpió cuando sir Montague asintió ligeramente.

–Bueno, pues que no espere ayuda mía –dijo–. Maldito sinvergüenza. Además, tengo que ocuparme de cosas más graves que los desmanes de Tom. ¡Esas malditas mujeres! No podéis imaginar lo que han hecho ahora.

Dexter frunció el ceño, preguntándose si el descubrimiento de que su hermano era un criminal había vuelto loco a sir Montague.

–¿Qué mujeres, Monty?

–¡Mi propia hermana! ¿Qué he hecho yo para merecer unos hermanos tan desagradecidos? Y la señorita Lister, esa víbora vestida de mujer –añadió, y su expresión se volvió malévola–. ¡Y tu esposa, Dexter! ¡Tu prima, Miles! ¡Se libra del tributo casándose y ahora tiene la espantosa audacia de dirigir a esas mujeres en su peor atrocidad! –exclamó, y se enjugó la frente con la manga de la chaqueta.

Dexter frunció los labios.

–Vaya, sí que estás afectado, Monty. ¿Qué han hecho ahora mi esposa, la señorita Lister y tu propia hermana?

–¡Mi bodega! –lloriqueó sir Montague–. Dijeron que existe un antiquísimo tributo sobre el vino que me obliga a compartir un cuarto de mi bodega con los habitantes del pueblo en honor a San Amando, el patrón de los mercaderes del vino. ¡Como si esos campesinos pudieran apreciar mi bodega! ¡Qué desperdicio! ¡Se llevaron mi clarete! ¡Mi champán! Elizabeth les enseñó dónde estaba, y la señorita Lister ayudó a cargarlo en el carruaje, ¡y la señora Anstruther se lo llevó, no hace más de diez minutos!

—Dios Santo —dijo Miles, horrorizado—. ¡Pero si tu bodega es el único motivo por el que vengo a cenar aquí, Monty!

—Me temo que las damas de Fortune's Folly han ido demasiado lejos esta vez —dijo Dexter.

—Completamente de acuerdo, Dexter —dijo sir Montague, asintiendo vigorosamente. De repente, parecía mucho más animado—. Si no me devuelven el vino, llamaré a la policía.

—Yo me ocuparé de Laura personalmente —dijo Dexter—. Déjamelo a mí, Monty.

Tomó por el brazo a Miles y lo sacó del salón.

—Solo hay un modo de hacer esto. ¿Me prestas tu caballo, Miles? El mío está cansado y no está a la altura de la tarea.

Miles arqueó las cejas.

—Con gusto, amigo, pero, ¿qué vas a...

—Y tu pistola.

—Y mi pistola —repitió Miles. Miró a Dexter sin entender nada, pero al instante, sonrió—. Ah... ¿sabes que el robo de carruajes y el secuestro son delitos capitales, Dexter? —preguntó.

—Claro que lo sé —respondió Dexter—. Tú dame la dichosa pistola, Miles, y me iré. Y si alguien te pregunta, tú no sabes nada de un asalto.

—Cada día me falla más la memoria —dijo Miles, y le dio una palmada a Dexter en el hombro—. Buena suerte. Yo voy a darle un poco de oporto a Monty, suponiendo que le quede algo.

El carruaje que había alquilado Laura en la posada de Morris Clown avanzaba lentamente, chirriando, por las curvas de la carretera de York, y ella se apoyó contra el respaldo y escuchó el tintineo de las botellas de vino de sir Montague Fortune. La incursión en su bodega había ido bastante bien. Había tomado solo un cuarto de las botellas, pero por la reacción de sir Montague, Laura sospechaba que había tomado su mejor cuarto. Sir Montague se había puesto furioso, había lloriqueado y se había retorcido las manos, y había ordenado a sus sirvientes que las detuvieran. En aquel momento, lady Elizabeth había dado la contraorden, y los pobres sirvientes no habían sabido qué hacer.

Laura sonrió. Pensaba que los habitantes de Fortune's Folly iban a disfrutar mucho de los vinos de sir Montague. Y casi tenían derecho a probarlos. Bajo las antiguas leyes, sir Montague tenía que dar el vino al pueblo, así que, técnicamente, ella no se lo había robado, pero él no lo había ofrecido por su propia voluntad... Laura se movió en el asiento con un poco de desasosiego.

Le había prometido a Dexter que sus días de reparar las injusticias de los ricos contra los pobres habían terminado, pero estaba acercándose peligrosamente al límite. Dexter no iba a aprobarlo. En realidad, Laura había cometido una ilegalidad. Esa era la razón por la que había enviado a Alice y a Elizabeth al pueblo para decir que el vino iba en camino. No quería que las acusaran de robo y que sufrieran los rigores de la ley. Aquello sería solo responsabilidad suya.

Suspiró. No, verdaderamente, Dexter no iba a ponerse contento. Su comportamiento no era ajustado a la idea que él tenía de una esposa sensata. Era una suerte que él no supiera lo que había hecho o su reconciliación en ciernes peligraría. Si él volvía y se encontraba con que su mujer estaba arrestada en la cárcel de Skipton por robo... Laura se estremeció y miró por la ventana para distraerse. Quizá bromeara sobre ello ante sus amigas, pero no podría soportar perder a Dexter otra vez.

Llegó el tramo recto de carretera anterior al pueblo y el coche tomó velocidad. Estaban pasando por una estrecha garganta del camino. El sol ya se había puesto detrás de las colinas y hacía frío. Todo estaba lleno de sombras.

—¡Alto!

Laura dio un respingo al oír aquella orden. Apenas podía creerlo. Los valles llevaban varios años libres de asaltos, y perpetrar un robo tan cerca del pueblo era una locura. El carruaje dio un giro brusco a un lado, y las botellas entrechocaron en las cajas. Por un momento, Laura temió que se rompieran. Pronto se dio cuenta de que el cochero, uno de los mozos de la posada de Morris Inn, no era ningún héroe. No les pagaban lo suficiente como para que pensaran en resistir. El hombre detuvo a los caballos y se mantuvo en un silencio prudente.

Alguien abrió de par en par la portezuela del coche. El aire helado invadió la cabina, y Laura se estremeció y rebuscó en su bolso su diminuta pistola de nácar.

—Tengo una pistola —dijo—, y sé usarla.

Junto a la puerta había un hombre montado en un caballo negro, envuelto en una capa y con otra pistola, mucho más grande que la de ella, en la mano. Su sombra era enorme y amenazante contra el cielo oscuro. Laura lo miró a la cara y sintió que le daba vueltas la cabeza.

Confesiones de una duquesa

Era Dexter.

No podía creerlo. Dexter nunca, nunca asaltaría un carruaje. Dexter nunca violaría la ley. Dexter nunca...

Vio que sonreía, aunque su mirada era de frialdad. Él movió ligeramente el arma y dijo:

—Le sugiero que guarde su juguete si no quiere que se lo arrebate de un tiro de la mano.

Al ver la determinación en sus ojos, Laura comenzó a creerlo.

—¿Qué estás haciendo...?

No pudo continuar la pregunta, porque Dexter la tomó del brazo y la sacó del coche sin decir una palabra más. La tomó por la cintura con fuerza, con un solo brazo, y la colocó en la silla, delante de él. Después le hizo un gesto al cochero con la pistola.

—Siga hasta el pueblo. Lo estarán esperando —dijo. Tomó media docena de botellas de champán de una de las cajas y las metió con habilidad en las alforjas del caballo—. Me llevo estas, y también a la dama. Adelante.

El cochero miró a Laura durante un segundo, con una expresión furtiva y culpable, y continuó el camino. Dexter taloneó al caballo y se dirigió hacia los páramos. El cielo estaba cubierto de nubes y habían empezado a caer copos de nieve. Dexter no dijo nada. Laura intentó volverse para mirarlo a la cara, pero él apretó los brazos a su alrededor y la presionó con fuerza contra su pecho.

—Dexter, ¿qué estás haciendo? —le preguntó Laura con la voz entrecortada—. Esto es secuestro y asalto armado. Cuando el cochero llegue al pueblo y lo cuente, llamarán a la policía.

NICOLA CORNICK

—Sir Montague ya lo habrá hecho —respondió Dexter con dureza—. Quiere recuperar su vino.

Laura se quedó en silencio. Así que estaba enfadado por eso. Había ido a Fortune Hall y se había enterado de lo que ella había hecho. Estaba horrorizado por el hecho de que ella hubiera vuelto a su antigua vida de fechorías. Seguramente, pensaba que Laura había vuelto a traicionar su confianza. Con su falta de respeto por las convenciones y su empeño por hacer lo que creía que estaba bien, era exactamente lo contrario a lo que él siempre había querido en una esposa.

Sin embargo, eso no explicaba por qué la había secuestrado de un carruaje y había robado el champán de sir Montague.

—Dexter —dijo—, ¡no entiendo nada! Tú eres demasiado sensato como para hacer esto. ¡Es una locura! Y es peligroso. Aunque no sea ilegal que un hombre secuestre a su esposa, si es que es posible, has amenazado a un hombre a punta de pistola. ¡Y has robado champán de sir Montague! Pueden arrestarte, y tu carrera quedaría destruida. Vamos a casa y hablemos de esto razonablemente.

—Ahórrate el discurso, Laura —dijo Dexter—. Esta noche me he dado cuenta de que lo último que necesito es ser sensato. ¡Y si no quieres que te secuestre tu marido, deberías haberlo pensado antes de violar la ley!

Laura se quedó callada. No podía creer lo que estaba pasando, pero había empezado a recuperarse pese a lo extraordinario de la situación. Dexter la sujetaba con fuerza, y ella sentía la tensión de su cuerpo, pero también había algo más: algo de promesa e incluso de amor, y en un momento dado, él volvió la cabeza ligeramente y le rozó el pelo con los labios, acariciándola.

Ninguno de los dos volvió a hablar. El caballo siguió la carretera hasta que comenzaron a descender hasta el pueblo siguiente. Cuando entraban en el patio de la posada de la Media Luna, Dexter desmontó y bajó a Laura del caballo, tomándola en brazos en vez de dejarla en el suelo. Laura se quedó sorprendida y se retorció como una loca cuando él la pasaba por la puerta hacia el bar de la posada, que estaba llena hasta la bandera. Se hizo un silencio absoluto cuando lo atravesaron. Laura se sintió mortificada.

–¡Bájame! –susurró con furia–. ¡Nos está mirando todo el mundo! Dexter, ¡Bájame! Ya me has castigado lo suficiente. ¡Oh! Mi prima Hester venía aquí para elegir hombres. ¡Todo el mundo va a creer que yo soy igual!

–Entonces, estarán acostumbrados a este tipo de cosas –dijo Dexter, sujetándola con fuerza–, y como todos conocen tus correrías como Glory, tampoco se van a asustar mucho.

Dexter miró a Josie Simmons, que estaba en jarras, observándolos.

–Hay una habitación libre –dijo, señalando con la cabeza las escaleras.

–¡Josie! –exclamó Laura. Después vio a un hombre detrás de su amiga–. ¡Lenny! ¿Es que no me vais a ayudar?

–Creo que no necesita ayuda, señora –dijo Josie con admiración–. Bien hecho, señor Anstruther. No creía que tuviera agallas. Pensaba que era demasiado estirado para esto. Pero ya veo que no.

NICOLA CORNICK

Dexter le entregó una botella a Josie.

—Es el mejor champán de sir Montague —le dijo—. Hay más en las alforjas del caballo —añadió, y miró hacia el bar—. Que lo disfruten.

—¡Dexter! —protestó Laura.

Dexter sonrió.

—Nosotros no lo necesitamos, querida —le dijo, y comenzó a subir las escaleras. Alguien soltó una aclamación. Laura se enfureció más todavía al darse cuenta de que Dexter no se inmutaba al subir los escalones, cerrar la puerta de la habitación de una patada y dejarla de golpe en mitad de la enorme cama.

—Y ahora —dijo Dexter—, por fin vamos a hablar.

—¿Estás enfadado conmigo? —preguntó Laura—. Entiendo que no apruebes mi reasignación del vino de sir Montague...

—Me importa un comino el vino de sir Montague —dijo él sin miramientos—. Ni tampoco me importa El Tributo de las Damas, ni mi arresto inminente por asalto armado. En este momento, lo único que me importas eres tú, Laura —afirmó.

Se quitó la capa y se sentó junto a Laura en la cama. Le tomó las manos, y ella percibió su tensión. Tenía una pulsación en la mandíbula.

—Te quiero —dijo Dexter, y su expresión se relajó, como si se hubiera librado de una pesada carga—. Ya está. Por fin lo he dicho. Al fin he tenido la valentía de admitirlo ante ti. Te quiero mucho, Laura, y no me queda ni un pensamiento racional en la cabeza, y por una vez, me alegro.

—¿Me quieres? —susurró ella. No podía creer lo que acababa de oír, y se aferró a las manos de Dexter para no separarse nunca de él.

Confesiones de una duquesa

—Me equivoqué al obligarte a que te casaras conmigo —dijo Dexter con la voz ronca—. Lo siento. Estaba herido, enfadado porque tú me habías ocultado la verdad, y quería que Hattie y tú estuvierais conmigo, pero lo hice mal. Quería asegurarme de que Hattie nunca tuviera que soportar las habladurías y los comentarios que han perseguido a mi familia toda la vida, y quería que creciera sabiendo quién es su padre. No quería que ella tuviera que soportar todo lo que yo soporté, o me habría comportado de un modo tan irresponsable como mi padre.

Laura cerró los ojos durante un segundo.

—Sabía que era muy doloroso para ti —susurró—, y nunca te habría ocultado la verdad si no hubiera creído que era lo mejor para Hattie. Lo siento muchísimo, Dexter.

Dexter se acercó a ella y la abrazó.

—Yo siempre he tenido pavor a cometer los mismos errores que mis padres —dijo. Siempre decían que estaban enamorados, pero se comportaban como libertinos. Cuando estaban juntos se juraban amor eterno, y después se peleaban, se separaban y tenían aventuras tormentosas —dijo él, y agachó la cabeza—. Yo me aferré al orden y a la lógica porque era lo único que me parecía seguro. Y la única vez que lo rechacé y me permití tener una aventura como las de mis padres, mi mundo terminó sumido en el caos.

—Cuando yo te seduje y después te eché de mi lado —dijo Laura, suavemente—. Mi amor, lo siento muchísimo.

—Shhh —dijo él, y le puso un dedo en los labios—. Hiciste lo que creías que estaba bien. Lo hiciste porque me querías, no por lo contrario. Cuando hablamos en la colina, yo te dije que ya no creía en el amor, y tú me respondiste que tenía miedo. Y tenías razón, Laura. Te quería, pero fingía que solo sentía lujuria porque tenía miedo de lo que me sucedería si bajaba la guardia y me permitía quererte, como antes. Sin embargo, ya no tengo miedo –dijo, y la miró a los ojos–. Tú eres lo más importante de mi vida, Laura, y quiero que nuestra existencia esté llena de pasión, de emoción y de amor. Quiero que nuestro matrimonio sea dichoso, no un desierto vacío de sentimientos, como pensaba antes.

Laura le dio un beso.

–Lo será –le prometió.

Dexter le mordió delicadamente el labio; con lentitud, dubitativamente, ella separó los labios y él la besó dulcemente, con reverencia.

–Yo no puedo ser la esposa perfecta que tú querías –susurró Laura cuando se separaron. Tenía las mejillas llenas de lágrimas–. Soy como soy, Dexter, salvaje, temeraria y todas las cosas que tú deplorabas.

–Eso es lo que me encanta de ti –respondió él con ternura–. La besó de nuevo y le acarició el pelo–. Te quiero porque eres comprometida, apasionada, y porque sientes las cosas de verdad. No quiero cambiarte, Laura, y no puedo dejarte. Ahora lo sé.

Laura tiró de él para que se tumbara a su lado sobre la cama.

–¿Vamos a hacer el amor en una posada? –le preguntó, acariciándole la mejilla, sin poder dejar de sonreír.

–¿Y por qué no? –preguntó Dexter, y comenzó a desabrocharle el vestido.

Ella se estremeció voluptuosamente.

—Quizá me parezco más a Hester de lo que yo pensaba —susurró Laura—. No me había dado cuenta de lo desvergonzada que soy hasta que te conocí.

Dexter le pasó las manos por todo el cuerpo, acariciando, explorando.

—Y cada vez que hacía el amor contigo —dijo él—, tiraba la sensatez y la lógica por la ventana y me perdía en ti. Tenía que haberme dado cuenta de que estaba luchando por ganar una guerra perdida y que en realidad no quería ganar. Tenía mucho miedo de permitirme sentir. Perdóname, Laura, por favor.

—Te perdono —dijo Laura, con una sonrisa resplandeciente—. Te quiero.

—Esto podría ser muy, muy malo —dijo Dexter después de un momento.

—¿Malo? ¿Contigo? —preguntó Laura, y dejó escapar un jadeo al sentir sus labios sobre el cuello—. ¿Y eso?

—Porque te quiero —respondió Dexter—, y tú me quieres a mí. Y por fin, lo hemos admitido abiertamente, y no hay secretos ni reservas. Te quejabas porque era bueno cuando no confiábamos el uno en el otro...

Laura se arqueó contra él.

—No me estaba quejando exactamente, Dexter —dijo ella, y le acarició la mejilla con la palma de la mano—. Pero me alegro de saber que esta vez será con amor —susurró.

Él le cubrió la boca por completo. La atrajo hacia sí, adoró cada línea y cada curva de su cuerpo con los labios y las manos y ella lloró un poco al final, pero de alegría en aquella ocasión, y tuvo la sensación de que él también lloraba, casi.

Nicola Cornick

Horas después, Laura se despertó de un sueño profundo y plácido al oír que alguien aporreaba la puerta de la habitación. Oyó un bullicio que provenía del bar de la posada, y supo que estaba lleno de alborotadores, que la noche estaba bien avanzada y que posiblemente todos habían disfrutado del champán de sir Montague.

–Está aquí la policía, señora –dijo Josie a través de la puerta–. Han venido a arrestarlos por robar el champán de sir Montague, y el señor Anstruther está acusado también de asalto y secuestro.

Laura se metió entre los brazos de Dexter, piel contra piel, disfrutando de su calor y de la sensación de pertenencia, de plenitud.

–Por favor, diles que ha sido un malentendido, Josie –dijo–. Diles que yo resolveré el problema con sir Montague. Diles –añadió, mientras Dexter le mordisqueaba suavemente el hombro–, que voy a dispararles yo misma si intentan detener a Dexter.

–Muy bien, señora.

–Oh, y por favor, dile a todo el mundo que yo invito esta noche –añadió–. Gracias, Josie.

Volvió a moverse, y su pecho quedó en el lugar donde había estado su hombro. Dexter había aprovechado para colocarse en un lugar más ventajoso, pero Laura lo apartó riéndose.

–Deberíamos irnos a casa –dijo–. Por mucho que haya disfrutado de mi estancia aquí, preferiría estar en casa contigo.

Dexter se estiró para tomar su ropa, suspirando.

–Muy bien –dijo–, pero solo si me prometes que volveremos a ser temerarios y alborotadores muy pronto.

Laura sonrió.

—Podemos serlo muy pronto, en realidad —susurró—. Hester me contó una vez que había hecho el amor en un carruaje durante todo el trayecto a casa.

Ella vio que a Dexter se le dibujaba una sonrisa en los labios mientras se inclinaba para besarla.

—Bueno, entonces, ¿a qué estamos esperando?

Epílogo

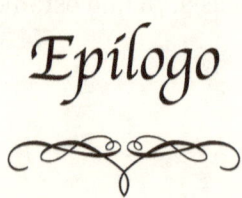

Diciembre de 1809

—Me resulta incomprensible —dijo Faye Cole en un tono desagradable, durante el desayuno, un par de semanas después—, que Laura se haga llamar ahora señora Anstruther. Parece que se siente orgullosa de haberse casado con un don nadie como Dexter Anstruther. ¡Ella, que fue la duquesa de Cole!

—Quizá sea incomprensible para ti, mamá —dijo Lydia, apartando su plato de tostadas intactas, con una expresión de repugnancia—. Me imagino que tú no puedes entender una cosa así.

Su madre la miró sin afecto.

—Tus opiniones sobre el matrimonio no son muy fiables, ¿no crees, Lyddy? ¿Se te ha olvidado que estabas dispuesta a fugarte con un criminal?

—No es probable que se me permita olvidarlo —dijo Lydia.

Confesiones de una duquesa

Tomó un sorbito de té, pero dejó la taza inmediatamente sobre la mesa, y palideció. Ninguno de sus padres se dio cuenta.

El duque estaba concentrado en la lectura del periódico, y la duquesa estaba ocupada rebañando un frasco de mermelada.

—No sé cómo vamos a conseguir casarte ahora que tu reputación está por los suelos, Lyddy —dijo Faye—. Supongo que podríamos pagar a alguien, pero creo que tu dote no será suficiente, aunque el señor Anstruther haya devuelto el dinero que tu padre intentó darle a Laura —añadió, lanzándole a su marido una mirada venenosa—. Lo cual es extraordinario, ahora que lo pienso.

—El tipo dice que se casó con ella por amor —gruñó Henry Cole—. ¡Maldito idiota!

—Hablando de otra cosa, Lyddy, últimamente tienes una cara muy paliducha —continuó la duquesa, volviendo a su objetivo principal—. No es de extrañar que ningún hombre se interese por ti. ¿Lyddy? —vio cómo su hija se tapaba la boca con la mano, se levantaba bruscamente de la silla y salía corriendo de la habitación—. ¡Lyddy!

El portazo resonó por toda la habitación.

La duquesa miró a su marido.

—No sé qué le pasa a esta niña —dijo—. De verdad, Henry, es un completo misterio.

Estaba nevando en Fortune's Folly. Del cielo gris caían unos copos gruesos que formaban remolinos. Hattie estaba jugando fuera, gritando de emoción. Iba a hacer un muñeco de nieve con Rachel.

Nicola Cornick

Laura estaba sentada en el alféizar de la ventana, mirándolas.

—Voy a salir en un momento a ayudarlas —dijo—, porque parece muy divertido, pero antes quería saber lo que dicen las cartas.

Dexter rompió el sello de la primera de las cartas y se sentó a leerla. ¡Noticias maravillosas! Su hermana Annabelle le escribía con una gran emoción.

¡Mamá va a casarse de nuevo! El prometido es un admirador de juventud, que la había pretendido antes de que se casara con papá (al menos, creo que fue antes, aunque también podría haber sido mientras). En cualquier caso, es un militar que puede comprarle a Charlie un rango en el ejército. Y Roly ha conseguido una beca para Oxford, con lo cual su manutención no será prohibitiva. Caro se ha reencontrado con una antigua amiga del colegio con la que piensa abrir una escuela. No tenía ni idea de que quisiera trabajar, ¡pero me ha asegurado que se sentirá mucho más feliz ocupándose de algo más que de un matrimonio!

Lo cual solo me deja a mí, queridísimo Dexter, pero estoy segura de que si me proporcionas el más extravagante y emocionante baile de presentación, te verás libre de mí en un santiamén. No tengo escrúpulos al admitir que algunos caballeros ya han sido muy atentos conmigo cuando he salido de compras por la ciudad con mamá. No me sorprende porque soy muy guapa, así que me imagino que no tendré problemas para conseguir un marido...

Había mucho más en la misma línea, pero Dexter

dejó la carta a un lado con una sonrisa. La carta de Caro era mucho más breve.

Querido Dexter, ya te habrás enterado por Belle de que tu madre va a casarse. El señor Sandforth parece un caballero agradable, aunque es un poco obtuso y está completamente embobado con tu madre, pero ninguna de las dos cosas tiene por qué ser mala. Probablemente lo arruinará en un mes, aunque eso es su problema. Por suerte, es muy rico.

Supongo que Belle no tardará mucho en seguir a la señora Anstruther al altar. Le gustaría dar un baile de presentación, pero tienes que darte prisa, porque es tan romántica que quizá se fugue a Gretna antes de tiempo.

Pensándolo bien, si quieres ahorrarte el dinero, espera a que la naturaleza siga su curso. En cuanto a mí, voy a ser muy feliz dirigiendo una escuela. Encaja con mi naturaleza administradora...

La tercera carta era de lord Liverpool. La letra era picuda y negra, y el papel tenía algunas manchas de tinta, debidas probablemente a la irritación.

Anstruther, te ordeno que vuelvas inmediatamente a Londres. Ha llegado a mis oídos que has secuestrado a tu propia esposa. Aunque no es ilegal, ese tipo de comportamiento es reprensible y en absoluto es lo que esperaba de ti. Espero que las acusaciones de asalto y robo sean solo un malentendido.

Y ya que hemos mencionado el asunto de tu matrimonio, parece que has hecho una verdadera cha-

NICOLA CORNICK

puza. Te advertí que no te distrajeras, Anstruther. Tenías una tarea muy fácil, y me he enterado de que te has casado con una viuda que no tiene dinero, y con una hija, que será una boca más que alimentar.

Es inexplicable y totalmente incompetente por tu parte, y si no fuera por el hecho de que la dama en cuestión tiene toda mi admiración, te despediría inmediatamente...

Dexter soltó la carta, se tapó la cara con las manos y se echó a reír.

Laura le puso una mano sobre el hombro y él la miró.

Ella también sonreía.

—¿Qué pasa?

—Nada —dijo él, entregándole las cartas de sus hermanas—. No va a pasar ninguna de las cosas que yo más temía, y nadie necesita ya mi dinero.

—Una boca más que alimentar —dijo Laura suavemente, inclinando la cabeza para leer la carta de lord Liverpool, que estaba sobre la mesa—. Oh, Dios mío, creo que a lord Liverpool le va a dar un ataque cuando sepa que va a haber otro Anstruther al que alimentar, y tan pronto después de la boda...

Dexter la miró con los ojos muy brillantes.

—¿Quieres decir que...

Laura tenía la cara iluminada de felicidad.

—Nuestra familia va a crecer, Dexter —dijo, y en sus ojos apareció una sombra de ansiedad—. ¿Es muy irresponsable por nuestra parte, al no tener dinero ahora que has devuelto mi dote?

—Probablemente —respondió Dexter, y le dio un

beso–, pero al menos tengo mi trabajo, gracias a ti. Como ves, lord Liverpool te admira mucho.

–Entonces, puede ser el padrino de nuestro hijo –dijo Laura, y lo tomó de la mano–. Vamos a decirle a Hattie que va a tener un hermano. Seguro que se pondrá muy contenta.

Y juntos, salieron a la nieve.

TÍTULOS DE LA COLECCIÓN

BRENDA JOYCE ◆ *El premio*

CANDACE CAMP ◆ *Secretos de una dama*

NICOLA CORNICK ◆ *Confesiones de una duquesa*

SHANNON DRAKE ◆ *Baile de máscaras*

BRENDA JOYCE ◆ *La farsa*

CANDACE CAMP ◆ *Secretos de un caballero*

NICOLA CORNICK ◆ *La dama inocente*

SHANNON DRAKE ◆ *Sombras en el desierto*

BRENDA JOYCE ◆ *La novia robada*

CANDACE CAMP ◆ *Secretos de sociedad*

NICOLA CORNICK ◆ *Una pasión inesperada*

SHANNON DRAKE ◆ *Ladrón de corazones*

www.ingramcontent.com/pod-product-compliance
Lightning Source LLC
LaVergne TN
LVHW091620070526
838199LV00044B/875